陷入我們的熱戀 下

耳東兔子——著
虫羊氏——繪

目錄
CONTENTS

第十四章　我男朋友

籃球場上沒幾個人，但旁邊圍著一圈人，三三兩兩，目光時不時在他們身上探，旁邊還有幾個男生在起鬨，吹著口哨，陳路周過去要球的時候，看著身後的徐梔忍不住調侃了一句：「路草厲害啊。」

陳路周沒理他們，從他手上撈過球：「我陪徐梔玩一下，你們現在要訓練嗎？」

「你們玩你們玩。」對方立刻拱手讓球，覺悟很高地說了一句：「沒事，我們比賽可以輸，女朋友先追到手再說，玩，陪她玩！」

兩人一上場，徐梔便看見球場邊幾個女生走了，她看了正在找手感的陳路周一眼，「欸，你們班啦啦隊隊長走了。」

陳路周「哦」了聲，目不斜視地看著籃框，人沿三分線站著，隨手扔了球，一條圓潤的拋物線，「啪」，球進了，場下氣氛組男生在起鬨，吹口哨，海豹式鼓掌，整個球場瞬間熱鬧起來。

徐梔卻目不轉睛地看著那幾個開始往外搬水的女生，又說：「你們班啦啦隊隊長，現場脫粉，還搬走了物資。」

陳路周剛把球撿回來，往地上拍了兩下，這才回頭往球場外看了眼，笑得不行，「神經病，那是我們學院的學姐，隔壁還有大二的比賽，妳那個江部長也在打，物資是他們的。」

徐梔「哦」了聲。兩人面對面站在罰球線，陳路周說完，伸手把球給她，徐梔剛要去接，他手臂往回拉了下，冷淡地垂睨著眼看她：「想贏還是想輸？」

徐梔逗他說：「當然想贏了，我剛剛飯店都定好了。」

陳路周一動不動地低頭看著她，意味深長地說：「那我讓妳四個球，妳十個，我六個。」

徐梔：「我建議你乾脆認輸。」

「那不行啊，」陳路周挺有原則地拿著球在地上拍了下，然後又隨手朝著籃框扔了球，圓潤的抛物線從她頭頂刮過，「哐噹」一聲穩穩當當地砸進籃框裡，又進了，徐梔壓力倍增，只聽他似笑非笑地看著她低聲說：「妳多少也得努力一把啊，不然想睡我這麼容易？」

他素來坦誠、心貫白日，可此刻幽深的眼神裡好像夾雜一些別的讓人臉紅心跳的情緒，瞧她的時候好像危機四伏的叢林裡隱藏在樹叢最凶狠的那隻猛獸，直白、帶著衝動。

她的心跳沒來由猛地快了些，她不知道陳路周到底是不是說認真的，從剛才到現在，其實她一直以為陳路周在開玩笑，現在卻越發覺得他可能來真的，「你認真的？」

陳路周站在原地，看著她不太自在地微微別開眼，視線落在別處，冷淡地：「嗯。」

不然他能怎麼辦，剛在球場本來都不想跟她說話，可看她一個人站在那，他又不忍心。

其實來北京之前，他跟談胥見過一面，談胥說話很直接，問他是不是跟徐梔談戀愛了，陳路周沒回答，只反問了句跟你有關係嗎？談胥說是沒什麼關係，你們只認識一個月，她其實並沒有你想像中那麼好，陳路周，其實你根本也不了解她，她是個很自私的人，也會嫉妒別人學的比她好。

她還挺固執的，之前學校門口有家影印店坑了她五塊錢，她有陳子把通訊軟體名字改成「XX影印店是黑店」用了很長時間。而且她道德觀很淡，路上看見個老太太摔倒了，她肯定不會扶，因為她怕別人訛她，她習慣明哲保身。她解決問題的唯一方式和途徑就是暴力，你如果去過我們學校就知道，我們學校布告欄裡到現在都還是她的A大喜報和處分單貼在一起。還有，她以前除了蔡瑩瑩還有個好朋友，後來那個女生進了戒毒所，她身邊都不是什麼好人。

哦，她媽死後，她爸憂鬱症很長時間，還自殺過一次，她說她爸是個很溫柔的人。她那陣子每天都提心吊膽的，出門的時候都要把所有的刀具收好，上課有時候走神，忘了自己有沒有收刀具，還得翹課跑回去看，還有，其實她一直都抽菸，高三抽得很凶，你不知道吧。

陳路周，我以前在一中待過一段時間，都說你脾氣好，家教好，成績又好，不說完美無缺，但是像你這麼乾淨優秀的人應該挺少的。她的生活是你沒見過的混亂，你的出現對她來說，是打擊。或者說，她是一個很容易走歪路的人，但她能考上A大是我一步步拉她，高中兩年都是我跟她朝夕相處，她的錯題本是我訂正的，她的念書習慣是我手把手教的。

陳路周當時聽完，意外但又覺得不是很意外，談胥口中的徐梔對他來說很陌生，但又覺得，徐梔好像確實是這樣。但他感覺，談胥是她的精神導師，而自己除了跟她接接吻，也沒什麼實質上的交流了，就覺得自己真他媽是個便宜貨。

話音剛落，球場外有人小聲地叫了徐梔的名字一聲，兩人齊齊轉過頭去，許鞏祝帶著談胥站在球場邊，談胥穿著白襯衫，戴著一副眼鏡，面色一如既往的蒼白，但鏡片底下那雙眼睛堅定地盯著徐梔。陳路周不動聲色地收回視線，低頭有一下沒一下地在地上拍著球，徐梔剛要走下場，就看見陳路周把球高舉過頭頂，手一推，一邊把球扔出去，一邊輕描淡寫地丟出一句——

「如果妳現在下場找他，以後就不要再來找我了，我沒耐心陪妳耗下去了。我們就到這。」

徐梔現在才知道陳路周今天都在彆扭什麼，「你昨天是不是看見了？」

他冷著臉沒說話，有點掃興地把球扔地上，沒興致了，人往場下走去，彎腰從地上拎了瓶水擰開喝了口，旁邊的人不知道他們發生了什麼，還以為中場休息，立刻過來問陳路周要不要喝飲料，班長說幫他們幾個上場的一人點一杯。

陳路周仰頭喝著水，本來想說不要，想了想，還是回頭跟人要了一杯，萬一徐梔想喝，你他媽真的便宜貨，在吵架還想著她要不要喝飲料。

這種威脅性的話語其實對徐梔沒什麼用，徐梔直白冷靜地看著他說：「你真的這麼想是嗎？陳路周，我以為你跟我一樣。」

球場旁邊其實還是蠻多人的，他們站在籃球架旁，大約是瞧他們氣氛不太對勁，所以沒什麼人在他們附近逗留，一群男生坐在後面墊子上，偶爾會用好奇的目光打量，但也沒人敢靠往他們附近，旁邊經過的人也是刻意繞開。

陳路周臉上沒什麼多餘的表情，靠著籃球架，冷笑了一下，「得了吧，我自愧不如，甘拜下風。別人追我，妳就差在旁邊搖旗吶喊了，妳要是真的在意我會這樣嗎，昨天晚上談胥來找妳，妳陪他吃宵夜我理解，但妳多少跟我說一聲吧？妳拿我當什麼，真把我當炮友了是吧？」

「我以為你不會在意他，而且我以前也跟你解釋過很多次，我不喜歡他以後也不可能會喜歡他。陳路周你是不是傻。」

「但他喜歡妳。徐梔，就妳覺得我傻，在我這，我從來都是把妳當女朋友對待，不然妳以為妳真的能隨隨便便親我，如果是谷妍來找我，妳知道我會怎麼做嗎？我不會瞞著妳去見她。既然妳覺得無所謂，那我們不如就算了。」

說完，陳路周從籃球架上起身，經過籃下正好截了別人剛投進的球，冷冷淡淡地運了兩下，就再也沒回頭看過她一眼。

徐梔讓許鞏祝送走談胥之後，自己回寢室坐了一下午，結構圖令人平靜的橫線看起來也不怎麼平靜，徐梔喝了半桶飲水機的水，也沒冷靜下來，她已經很久沒有這種情緒了，自從她媽去世後，家裡一團亂，林秋蝶去世前，手下的工程出了點紕漏，一大堆工人拿不到薪水，林秋蝶是工程負責人，私下裡跟他們關係還不錯，見她出了事，一個個都找上門來一哭二鬧三上吊地討錢。老徐社恐應付不過來，老太太只會拿著擀麵杖打人，因為見識過那些人到底有多難纏，平日裡人好好的時候都客客氣氣，笑臉相迎，人一走，什麼話尖酸刻薄就撿什麼說，還有人抱著半個月大的孩子就在他們家門口安營紮寨，死乞白賴地怎麼趕也不肯走，非要到錢不可。

那時候她就已經知道，生氣是世界上最沒用的情緒，生完氣，該給的錢還是要給，該寫的試卷一張都不會少。

徐梔找了部電影看，球場離寢室很近，偶爾還能聽見那邊傳來此起彼伏的喝彩聲，朱仰起打電話給她的時候，電影正好快到結尾了，她偏頭看了窗外一眼，才發現天已經快黑了，摘下耳機，拿起桌上的手機。

朱仰起在電話那頭火急火燎急得上火說：『靠，終於打通了，陳路周到底在哪啊，我他媽在飯店等了他一天。』

徐梔把電腦畫面暫停，「在打球，不過現在應該結束了，他沒帶手機。」

『那應該還沒回去，我打他電話死活都是關機，妳現在忙嗎？不忙出來我們先吃個飯，我臨時有點事，應該等等要回去。』

朱仰起在飯店睡了一天，餓得前胸貼肚皮，一坐下大刀闊斧點了幾道菜就趕緊讓老闆上菜。

「你不等陳路周嗎？」徐梔一邊翻著酒水菜單一邊問了句。

朱仰起咕咚咕咚灌下一杯水說：「鬼知道他幾點結束啊，男生打球很麻煩的，他打完球應該直接跟室友去吃飯了，吃完飯回去大概還得洗個澡洗個頭，再吹個頭髮，怎麼也得一兩個小時啊。你們在學校難道沒經常約吃飯嗎？」

「正經的約還挺少，最近他在補課。」

「那今天週末，他等等總會聯絡妳的。」

徐梔嘆了口氣，「不會。」

朱仰起這才後知後覺地想起來，「這傢伙醋勁還沒過去呢？不至於吧，他昨晚跟我聊到三四點，五點多又爬起來，說要回去陪妳吃早餐，我以為他自己想通了呢。」

徐梔這才抬頭直視他：「早上？」

朱仰起點點頭，他嘆了口氣，一邊自己倒水，一邊對徐梔拿捏著語氣，說多了，怕陳路周打他，不說又替他委屈，最後想了想，他其實也不是會深思熟慮的人，但涉及到陳路周的事情他總是考慮得比別人多一點。

「徐梔，這話我就跟妳說一嘴，妳回頭也別跟他提了，因為我也從來沒跟他說過我自己的這些想法。」

「嗯。」

「他一直以來其實就沒什麼安全感，因為各種原因，加上自身條件優越，接近他的人總沒有那麼純粹吧，長得帥，家裡有錢。所以他對自己的要求很高，各方面都強迫自己去做到最好，掩蓋最膚淺的東西。因為他自己沒什麼安全感，所以他總是給足了身邊的人安全感，親情、愛情、友情都是。他當兒子沒得挑，我們雖然老是開玩笑說他是半個媽寶男，但是他跟我們確實不一樣，他沒有撒嬌的本錢，小學的時候，他考班級第一，他媽覺得班級第一有什麼稀奇的，他小學升國中就考了全市第一。」

「家裡讓他轉學他就轉學，讓他出國他就出國，他總是在不斷地去適應新環境，我轉過一次學我才知道要適應新環境有多難，但他從來沒跟我們抱怨過，他是一個很能自己消化負能量的人，當朋友更沒話講，我從來不擔心他認識新的朋友會讓我很緊張。你們曖昧這麼久，他讓妳緊張過嗎？」

「雖然他這幾個月跟消失了似的，但是我知道他每一步都在盡力朝著妳走。」

「我也不知道具體發生了什麼，他父母離婚了，他的家沒了，他曾經跟我說過，這是他唯一的家。妳大概不清楚，他在那樣的家庭裡，要走出這一步很難的。」

朱仰起大約是覺得不夠盡興，吃完飯又要去唱歌，他住的飯店樓下就有個ＫＴＶ，他要了間小包廂，在超市選果品的時候，朱仰起接到陳路周的訊息，看了眼，把手機丟回籃子裡，對徐梔說：「陳路周等等過來，他剛打完球賽，現在在洗澡了。」

「現在才打完？」徐梔正在挑酒，隨口問了句。

「說是腳扭了下，剛去醫務室了。」

陳路周推開包廂門的時候，徐梔下意識看了他的腳一眼，也沒一瘸一拐啊，半信半疑地看了朱仰起一眼，朱仰起正撕心裂肺地扯著嗓子唱阿信的〈死了都要愛〉，但小眼神洞若觀火，小聲地在她耳邊說：「緊張我兄弟了？我又沒說他腳崴了，是他室友。」

「無聊。」徐梔白他一眼。

陳路周走進去，沒跟徐梔說話，直接在朱仰起旁邊坐下，朱仰起被夾在中間，一臉沉醉地對著麥克風鬼哭狼嚎，一曲歌畢，把麥克風遞給陳路周，「來，唱一首。」

陳路周抱著手臂靠在沙發上，大約是剛打完球真的累，看起來有些疲倦，眼神不太耐煩地掃了麥克風一眼，「算了，剛打球嗓子都喊啞了。」嗓音確實有點沙啞，說完還咳了聲，清了清嗓子。

「贏了？」

「嗯。」

「有這麼廢嗓子嗎？」

他懶洋洋地嘆了口氣，「還是打得少，沒什麼默契，我打手勢他們看不懂，只能叫名字啊，啦啦隊喊得又大聲，我扯著嗓子都喊不過她們。不過對方隊伍裡有個挺厲害的，被他蓋了兩次火鍋，我後半場有點打愣了，回防也沒跟上。」

「贏了就行，你要求別那麼高。」

「那不行，我有強迫症，我下次得蓋回來。」

「得了吧，你的強迫症都是強迫別人。」

陳路周勾了下嘴角，兩人沒再聊了，包廂靜下來，朱仰起又只好拿起麥克風自己一個人唱，旁邊兩尊神像一動不動地看著電視機畫面。

包廂裡燈光昏暗，桌上有些贈送的水果和瓜子，整個房間光影幻動，ＭＶ畫面的光在三人臉上莫名令人惴惴不安地躍動著。

朱仰起的歌聲著實撕心裂肺，他內心大概有個搖滾魂，一腔煙嗓，那種金屬質感的嗓音，好像胸腔裡卡著一口陳年老痰，跟陳路周是兩種風格，陳路周的聲音很乾淨，偶爾的沙啞莫名讓人覺得性感。

兩人不說話，朱仰起夾在中間被這個氣氛夾得坐立難安，感覺自己像被兩個便衣警察挾持了，動也不敢動，生怕他們隨時掏槍。別人談個戀愛折磨自己，跩哥跩姐談個戀愛他媽淨折磨別人。

朱仰起只好充當起傳話筒，只是這個傳話筒有點費腦子。

徐梔說：「你問問他，吃東西了沒，沒吃這邊能點餐。」

朱仰起立刻把話遞過去，「徐梔問你，她的心肝小寶貝是不是還沒吃東西？」

那人靠在沙發上，大剌剌地敞著腿，眼睛盯著電視，聞言默默地瞥他一眼：「心肝小寶貝是你自己加的吧？」

朱仰起無辜地搖搖頭：「絕對不是，我沒有這種經驗的。」

信你有鬼，陳路周懶懶地：「不吃。」

結果就聽他轉頭對徐梔說：「他說讓妳餵他吃。」

陳路周目不斜視地看著螢幕，一副冷眼旁觀的樣子，毫不猶豫抬腳踹了朱仰起一腳：

「……我他媽聽得見。」

徐梔到底還是看他一眼，出去點餐了。要了一碗炒飯和一碗餛飩。等她回來，朱仰起已經不知道去哪了，沙發上就他一個人，高高大大的身形在那靠著，身上就一件寬鬆的黑色休開衣，還是他常穿的牌子，樣子款式大同小異，只不過logo的標誌換了個位置，袖子上有個很沒威懾力的小老虎刺繡，整個人清爽乾淨，手上拿著麥克風。

包廂裡就他們兩個，氣氛更凝固，攪都攪不動。徐梔看他低頭拿著手機點了首歌，隨口問了句：「朱仰起呢？」

他眼皮也沒抬，一隻手拿著手機，一隻手拿著麥克風在撓耳後，聲音冷淡，「廁所。」

話音剛落，音樂前奏緩緩流淌，徐梔安靜地靠著沙發，想聽聽他唱什麼，他還會唱什麼，聽前奏好像還挺歡快。這首歌叫〈小雨天氣〉，前奏進得很快，沒幾秒他的聲音就從麥克風裡傳出來，低沉乾淨的嗓音突然撞進她的耳朵裡，聽得她莫名心頭一熱。

「月亮眨眨眼睛，我把你放在手心，那幾個字說出去又怕你假裝聽不清……」

徐梔瞥他一眼，但他臉上沒有多餘的表情，只是在唱歌而已。

「叮叮咚咚，怎麼今晚突然好安靜，就等著你，呼吸決定……」

也不知道為什麼，聽著這個歌詞，再看他現在這副怎麼哄也哄不好的冷淡表情，徐梔莫名心跳加快，心頭像是拱著一頭亂竄的小鹿。

「飄飄灑灑的小雨輕輕落在屋頂，夏夜蟬鳴的節奏竟然也如此熟悉，滴滴答答怎麼今晚我又夢見你……」

朱仰起回來的時候，陳路周已經唱完了，他接了通電話把門推開跟他們匆匆說了句：「陳路周，我先回去了，我美術室的老師沒帶鑰匙，我得趕回去。」

於是包廂裡又只剩他們兩人，誰也沒開口說話，陳路周坐在那點了一堆歌，也不唱，就聽包廂裡的音樂來來回回切換，沒一首歌是聽完的，聽一半他沒耐心聽，就又換下一首，人靠著沙發，大腿無所事事的敞著，手上漫不經心地轉著手機，轉一下，停下來把歌切了，又甩過手機開始優哉游哉地轉，看起來簡直跟個潑皮賴子沒什麼區別。

而且徐梔每次都是聽到副歌部分，或婉轉或激情或亢奮或悲哀的情緒剛從心頭湧出來，流暢悠揚的旋律還在腦海盤旋的時候，他就猝不及防地切了，放的歌單還都是——

〈負心漢〉、〈花蝴蝶〉、〈bad girl〉、〈吻得太逼真〉、〈一場遊戲一場夢〉、〈受了點傷〉、〈開始懂了〉、〈我會好好的〉、〈你怎麼捨得不要我〉、〈狗東西〉。

但徐梔一句話不說，就靜靜地看他在那綿裡藏針地耍橫。

最後她淡淡開口：「朱仰起樓上的房間沒退，我去結帳的時候，老闆說這個時間退也是收全額了，我就沒讓他退。」

陳路周瞥她一眼，總覺得她在暗示什麼，就他媽這麼想睡他。陳路周說：「留著幹嘛，誰睡？」

徐梔今天化了淡妝，嘴唇的顏色比往日更深一點，襯得皮膚白膩，一雙眼睛直白乾淨，身上穿著一件米白色薄毛衣，勾勒著脖頸細膩，翹著二郎腿，腳上的靴尖輕輕點著地，不動聲色的回了句：「你不睡我睡。」

兩人進電梯的時候，電梯裡還有一對小情侶，男生正在逗女生說以後看到流星不要隨便許願，我剛看見有人說那是宇航員的大小便，女生驚訝地「啊」了聲，貼在電梯壁上笑得前合後仰，我讀書少，你別哄我。男生不知道趴在女生耳邊說了句什麼，女生臉紅紅地捶了他一下，你好煩吶，嬌嗔又甜蜜。這樣面紅耳熱的場景，在大學城其實隨處可見，學生之間的愛意好像總歸是大膽奔放一點。

陳路周沒按G樓，徐梔看他一眼，若無其事地問了句：「你不是回寢室嗎？」

陳路周單手抄在口袋裡，都沒看她，身後那對情侶舉止越發親密，他們倒也不怕人看，陳路周是懶得看，仰頭看著電梯上面跳動的紅色數字，一副四大皆空的樣子，滾了滾喉結哽著脖子說：「送妳到門口，就回寢室。」

徐梔平時跟別人坐電梯也沒覺得擠，可他瘦高、肩背寬闊，就覺得這電梯逼仄，他一人好像占了大半個電梯間，呼吸也不順暢，心跳聲怦怦怦鼓著。

「球場說的話是認真的對嗎？」

「嗯。」

他冷起來真的很冷，也難怪，畢竟長這麼大，應該也踩碎了不少女孩子的心。

「好，知道了。」

徐梔關上房門，在沙發上坐了大概二十幾分鐘。然後才想起來自己什麼東西都沒帶，卸妝的，洗臉的，嘆了口氣，拿上手機準備下樓去買條洗面乳，門一打開，左側視線的餘光裡有一片黑影，下意識看過去，牆上靠著一個人。

陳路周大約是沒想到，她會突然開門，所以瞥過來的眼神有點沒來得及收情緒，眼神裡茫然又壓抑，就好像在思索中被人打斷一樣，還有些愕然，但很快，他就冷淡下來，抱著手臂側過來，用肩頂著牆側，低頭看她，「我渴了，有水嗎？」

徐梔轉身進去拿水給他的時候，聽見身後的門猝然一關，以為是地鎖沒鎖牢拉回去了，飯店的門都是自動關上的，她以為又把陳路周關在外面了，下意識轉過頭去瞧的時候，眼前罩下一道黑影，人已經被熱火朝天地貼到門口的穿衣鏡上，她身上穿著薄毛衣，有漏孔的那種，所以乍然感覺後背一陣冰涼，胸前卻是一片火熱。

一片是冰川，一片是柴火，她的血液好像在體內開始亂竄，頭皮酥麻一陣，腳趾和神經都捲著，她忍不住掙扎了一下，但這人真的玩過火了，單手扣著她的雙手反剪在她身後，低著頭親她的脖子，徐梔被迫只能仰著頭，耳邊溫熱酥麻的觸感，以及他有一下沒一下輕重啄咬，她仰頭看著天花板，渾然覺得天地都在轉。

屋內還沒來得及開燈，靜謐無聲，除了兩人粗重的呼吸聲，以及那令人心猿意馬的啄咬她脖子的聲音。

「陳路周，你也想的是嗎？你還裝？」徐梔渾噩間仰著脖子說。

「不想。」他聲音難得沙啞，帶著一絲平日裡少見的性感，悶在她脖頸裡，呼吸急促卻也有剛涉及情事的青澀，好像新手司機嗚笛那樣的短促，「但我剛才在門口想了二十分鐘，今天就這樣回去我不甘心，我給妳兩個選擇，徐梔，要麼今晚我們睡了，以後在學校就當陌生人，要麼，妳讓陳路周當妳男朋友。」

房間內沒有開燈，窗簾也嚴絲合縫地緊閉著，兩人抵在鏡子前，陳路周低頭看著她，眼神幽深冷淡，那末端裡跳動著少年執著的火光，多少帶著一點絕薪止火的意思，他想把這段關係徹底推向兩個極端，也好過這日日夜夜的折磨和揣測。

下午跟她在球場吵完架，徐梔轉身就走，陳路周覺得自己真的拿她沒輒了，這女孩子真的不會服軟，他跩，她比他更跩，她驕傲得讓人無可奈何，更讓人束手無策，他狠話說盡，她也總是一副雲淡風輕的樣子。連吵架都不能盡興。球賽其實很早就打完了，他一個人又在球場打了大概兩個小時，拎起外套走的時候，他承認自己菜，也打算就這樣跟她斷了。後來朱仰起打電話給他，他又涎皮賴臉地想，媽的最後一次。

窗外有車輪轆轆滾過，四周很靜，幾乎聽不見任何聲音，除了他自己緊張而窒息的心跳聲，直到，一輛救護車停在樓下，「滴唔～滴唔～」在樓下持續不斷的嗚嗚作響。

昏昧的屋內，地燈打著微弱的光，像暗火，像螢尾那盞奄奄一息的光，幾乎要將他的耐心消耗殆盡。

徐梔靠在鏡子上，看著他不動聲色地問了句：「我如果選擇睡你呢？」

「那就只能睡一次，不會有第二次了，妳要是不想交男朋友，以後在學校我們就當不認識——」

話音未落，徐梔不由分說地仰頭吻住他，救護車的聲音越來越遠，四周又恢復安靜，一點細碎的聲響都彷彿踩在心上，緊張而又刺激。

她一手勾上他的脖子，一手去解他運動褲上的抽繩，陳路周沒有攔她，他當時心裡滿是失落，可又無可奈何，渾身上下都燙，心臟也緊得發慌，嗓子裡更是又乾又澀，他閉上眼，反手狠狠扣住她的後腦勺，將人撈過來，低著頭，舌頭滾著一股前所未有的狠勁，不再克制地和她接吻。

熱火朝天地親了半天後，陳路周才想起來，「我沒保險套。」

徐梔氣喘吁吁地掃了床頭一眼，「那邊有。」

兩人站在鏡子前，陳路周鬆開她，看她一眼，下巴冷淡地對旁邊的單人床一指，「床上等我，我去買。」

「誰用飯店的保險套。」他轉身去開門，丟下一句。

「……」

等他再回來的時候，徐梔已經很聽話地靠在床頭等他，屋內還是沒開燈，就亮著一盞若隱若現的暈黃色小地燈，襯得床上那人身影柔軟溫和。

徐梔五官偏純，圓臉圓眼睛，所以看起來總是很無害，可她身材偏偏又是最火辣的那種。此刻穿著一件裹著姣好身形的薄毛衣，下身是一件修身的灰色鉛筆褲，一雙長腿筆直修長地搭在床沿邊，靴子和襪子都被她脫在一旁，腳趾修長白皙，懶洋洋地翹在半空中，人靠在床頭玩手機，不知道在傳訊息給誰，專心致志地在手機上劈里啪啦地打字，平日裡，那雙直白鋒利的眼神總透著敷衍，此刻看起來挺嚴肅和誠懇，不知道的還以為是在寫論文，腳趾還時不時心猿意馬地捲一下鬆一下。

見他進來，下意識把手機鎖上丟到床頭，還裹了一把被子。

陳路周鎖上門，朝她走過去，一句話沒說，把東西隨手丟在床頭，拽著她的腳把人往下一扯，雙手直接撐在她頭的兩側，俯身默不作聲地親她。

徐梔雙手勾住他的脖子，去拽他的上衣，陳路周半跪在床上，順著她的手捲起休閒衣下擺從頭頂脫出來，那一身清白乾淨的薄肌，朝氣蓬勃，瞧得人心潮澎湃，一顆心撲通撲通個沒完，撞得她頭昏腦脹，最後徐梔坐起身，去吻他耳廓、脖頸。

陳路周把衣服隨手一丟，也沒管掉在哪，伸手漫不經心地撈過床頭的東西，一邊拆，一邊半跪在床上任由她沒分寸的親自己。

昏暗的房間內，也就剩下他撕東西的聲音，兩人都沒說話。他眼神全程冷淡暗沉，似乎一句話都不想和她說。陳路周隨手抽了一片，把餘下的扔回床頭，才一把撈過她的腰，把人捲進被子裡。

陳路周去洗澡的時候，把地上的衣物撿起來，丟在一旁的沙發上，徐梔不肯洗，趴在床頭玩手機，說等他走了再洗。

等他一進去，徐梔就悄悄從床頭摸過手機，用被子裹了個捲，在床上翻一下，然後把剛才沒打完的話繼續在手機上輸入，腦門上都是汗，手其實還有點抖，陳路周動作還算克制，也溫柔，就是青澀。

徐梔當時整個頭皮都是麻的，後背酥麻，血液倒沖，此時緩過勁來，有點意猶未盡。

陳路周洗完澡出來，只穿了件白色的短袖T恤和一件運動褲從廁所出來，徐梔已經傳完訊息，整個人蜷著身子裹在被子裡。

屋內昏暗，窗簾緊閉，地板上仍舊亮著小地燈，襯得屋內兩人的影子曖昧而悠長，外面仍舊有車輪轆轆地滾過聲音，走廊偶爾有別的房間的開門聲和關門聲之外，整個夜晚平靜而祥和。

陳路周收拾乾淨站在床頭，徐梔則躲在被子裡，兩人在房間裡，靜靜無聲地凝視著彼此。最後兩人都被這種無聲的默契弄得笑著撇開眼看著別處。

陳路周丟下準備穿的休閒衣外套，走到床邊坐下，兩腿懶洋洋地敞著，一手閒散地放在兩腿之間，另一隻手伸過去忍不住報復性地掐了掐徐梔的兩頰，口氣吊兒郎當：「得逞了，高興了？」

徐梔軟綿綿地裹在被子裡，只露出一張臉，眼神在他身上來回掃，但沒理他，反口問了一句：「今天打球很累嗎？」

能不累嗎，他打了滿場，四十分鐘，但跟有沒有打球沒太大關係。二十幾分鐘也還行吧。

陳路周下手更重，冷淡地瞧她，「妳激我也沒用，沒第二次了。」

徐梔指著床頭散落的東西，眼神清澈地問：「那這些怎麼辦？」

陳路周緩緩收回手，瞥了一眼，撈過一旁的鞋開始穿，輕飄飄地說：「留著當個紀念吧。」

徐梔「嗯」了聲，指著那些東西說：「畢竟是陳路周用過的。」

等他穿好衣服，陳路周拿起手機塞進褲子口袋裡準備回寢室，徐梔正在裡面洗澡，浴室裡水聲嘩嘩落在地上，他面無表情地在廁所門口的牆上靠了好一陣子，心裡琢磨了半天，最後也沒等她出來就走了。

進電梯的時候，手機在口袋裡震了下，他沒太在意，算著時間，以為多半是運動通知，也沒看，抱著手臂靠在梯壁上，隨手按了G樓，期間又碰見那對小情侶，兩人也約莫是認出他，就用似曾相識的眼神掃了他一眼。

剛走出飯店門口，手機通知又響了一下，所以就掏出來隨意看了眼，結果，看到幾則之前的訊息，腳步就停下來了，這個時間是深夜，馬路上人也不少，偶有車輛劃過，陳路周冷清地站在路邊，低頭看著手機，耳邊鼓著風聲，他算著時間，是他們剛做完那時，他在洗澡的時候收到的。

徐梔：『之前答應你，在你身上花錢就要寫八千字小論文，因為今晚開房的錢是我結的，朱仰起說你給，讓我找你報銷，你等等做完應該還是要回去睡，那我算你鐘點房，打折一下，我寫幾百字，你將就看一下，八千字小論文我以後再補行嗎？』

徐梔：『暑假的時候我其實跟你媽見過一面，但是一直沒告訴你，是因為那時候你要出國，你放心，她沒有對我說什麼重話，也沒有甩支票給我，也有點遺憾，你媽媽有點小氣，不過從言語間我覺得你媽媽很愛你，她每句話都在為你考慮（具體內容如果你想了解，我可以寫進後續的八千字小論文裡），她說你一直都很乖，所有人都對你讚不絕口，說他們領養了一個好兒子，她當時驕傲的口氣，讓我想起來那句廣告詞：畢竟不是所有的牛奶都是特侖蘇，也不是所有人領養的兒子都跟陳路周一樣又跩又酥。但是她說你臨出國那幾天在別墅當著幾個親戚朋友的面跟他們吵了一架，有些親戚說了不好聽的話。然後你媽媽說我們之間的感情僅僅只是衝動而已，你放心，這點我當場就反駁她了，反駁得她啞口無言，她當場氣得喝了兩杯咖啡錢都忘了給，不過後來回去想想，當時我們之間認識也不過一個月而已，熱戀期確實容易衝動，我怕你是一時衝動，所以我從沒問過你能不能留下來，也怕我再煽風點火，或許你會因為一時衝動跟家裡鬧翻，因為我怕你過了這個勁頭，發現徐梔也沒有你想像中那麼好的時候，你可能會後悔，畢竟我知道父母對我們的重要性，因為我很愛我爸爸，哪怕他挺平庸的，有時候也很懦弱，更何況你的父母都那麼優秀。所以暑假也不敢打電話給你，也不敢跟你說想你。我不想你為了我去賭，也不想親戚們說你是白眼狼。』

徐梔：『陳路周，你可能還不太了解我。但是我越了解你，我就越不敢開口，因為你身上真的太乾淨了，沒有任何可以讓人詬病的東西。不過我覺得你腦子也是真的有點問題，我說小狗搖尾巴，你跟我說校董是你媽。』

徐梔：『用我爸的話來說，我們的人生才走了四分之一，小時候吃奶的那股勁都還沒過去，談愛確實有點早，如果我只是單純想跟你談個戀愛，我完全可以把話說得更漂亮一點，我承認那很浪漫，但我想跟你走得更遠一點。我始終覺得愛應該是讓人變得勇敢，無堅不摧，你暑假去看的那場展覽還記得嗎，其實後來我們分開後，我去看了，那個雕塑家已經把世界上最堅韌的愛意表達得淋漓盡致。』

徐梔：『我藉此抒發一下，世界上如果只有最後一朵玫瑰，我八十歲也會滾著輪椅為你衝在前面。畢竟，我男朋友陳嬌嬌是個浪漫主義的小詩人。』

朱仰起還在計程車上匆匆趕回美術室，沿路交通堵塞，夜晚在車尾燈和霓虹燈的交輝映照下，顯得格外寂寞，尤其是他這種北漂學子，朱仰起形單影隻地坐在計程車上，看著車窗外華燈初上的繁華世界，那種在他鄉舉目無親的無助感頓生，莫名陷入了一種令人惆悵的孤獨感。

還好，他還有兩個同鄉朋友。

偏巧，手機在車上響了下，他一看是陳路周，果然是兄弟，有心靈感應，這種慰藉的電話打得特別及時。

朱仰起接起來，「喂。」

那邊是熟悉的聲音：『欸，救命，我喘不過氣了。』

朱仰起一愣，「怎麼了，是毛衣穿太緊了嗎？」

『不是，是我女朋友抱太緊了，』那邊聲音欠揍得很，『剛跟我表白了。』

朱仰起：「狗東西！！！！！！！！！」

陳路周折回去的時候，房門關著，他沒房卡，於是，在走廊的牆上默默地靠了一下。然後掏出手機打了通電話給朱仰起，其實他當時有點輕飄飄的，總有一種落不到實處的感覺，直到等他欠揍的炫耀完，對面急赤白臉的咒罵聲才讓他的心稍微沾了邊，笑著說：「要不然你再罵兩句？」

朱仰起一口精妙絕倫的國粹脫口就來，『操你妹啊，XXX，要不是我你他媽能泡到徐梔？趕緊把計程車費給我報銷了，我他媽這時候還塞在路上，我還以為你多搶手呢，追個人還要老子出手幫你，廢物。』

手機裡的聲音簡直勢如破竹，如巨石炸裂，震得人耳蝸嗡嗡。陳路周下意識把手機往外拉了一下，側了側腦袋，笑了下，「行，帳單給我，掛了。」

剛把手機揣回口袋裡，房間門「滴答」輕輕轉了下，陳路周聽見聲音下意識回頭，徐梔正巧就把門打開了，掛著一頭濕淋淋的頭髮，衣服已經穿回去了，站在燈光昏弱的房間門口，身影被襯得高挑修長，眼神也亮得剛被水浸過似的，澄淨地看著他，「朱仰起又敲詐你？」

陳路周進門就用腳把門勾上，後背抵上門板，一隻腳屈著膝蓋踩著，懶散靠著，然後就低頭看著她，在細微的光末裡，不動聲色的打量她，那眼神裡，好像藏著一場江南要落不落的細雨，看起來是晴空萬里，可雲角處總壓著幾片沉沉的烏雲，總讓人不乏有些心有餘悸。

奇怪，距離剛才也才過去半小時而已，該冷卻得早已冷卻，可兩人瞧彼此的眼神裡，始終帶著一絲未盡興的潮濕氣，陳路周若有所思地將後腦勺抵上門板，雙手環在胸前，眼神低睨著她，吊兒郎當又格外意味深長，「我媽沒給妳錢，妳是不是挺失望的？」

徐梔手上還拿著毛巾，在擦頭髮，「算不上失望，就是覺得，怎麼不按牌理出牌呢，我都想好怎麼說了呢。」

「怎麼說？」他問。

她故意掰著指頭說：「我懷了陳路周的孩子，我打算把他生下來，贍養費加上各種精神損失費吧，您給這麼點肯定是不行的，多少再加點，以後孩子長大了，我要是有剩的，再退給您。」

陳路周知道她在開玩笑，低頭笑了下，自然而然地抽過她手上的毛巾，伸手把人扯過來，徐梔以為他要幫她擦頭髮就乖乖站著，結果，就看著他靠在門上，無動於衷地看著她，然後一言不發地將毛巾擰作一股繩，那眼神裡有種嚴刑拷打的深意，徐梔頓覺不對，轉身要跑，陳路周眼疾手快地把人勾回來，然後也沒顧上用毛巾，把人扣在懷裡，陳路周從後背抱著她，一手勾著她的腰，一手去勾她的臉，腦袋側在她的耳邊，皮笑肉不笑地掐著她的兩頰咬牙說：「就喜歡玩我是吧？妳倒是能忍，因為我媽一句話，三個月不打一通電話給我，真的想過我嗎？」

被他這樣抱著，整個人都燒得慌，心跳有點不受控制，徐梔耳廓發燙，她忍不住躲了下，「你老是掐我臉幹嘛啊，而且，你要是真的想我，也只打了一通電話給我。」

「妳說我菜，我還敢打？」陳路周的頭抵在她肩上，手還在掐她的臉，把人掰過來，看著自己說：「那為什麼剛剛不說，非要等現在說？」

徐梔嘴撅著，被他捏的，眼神低垂看著那張臉，除了清心寡欲還是清心寡欲，眉峰像冷冰冰的劍鞘，眼皮輕抬著，「我要是說完了，你肯定不會答應我。」

陳路周對她的答案不置可否，慢慢地抬起頭，靠回去，仍是一副諱莫如深的表情，若有所思地看著她半晌。最後直白又冷冷地問了句——

「妳是不是第一次見到我就想上我？」

「我要是說不是，你可能也不信，但真不是。第一次見你那天下午，我比較想認識你媽，其實當時抱著一種你媽可能是我媽的想法，對你的感覺更多只是親切。怎麼可能會對親切的大哥哥產生這種想法呢。對吧，我當時很尊敬你的。」口氣相當誠懇，她從來擅長敷衍的話誠懇說。

陳路周無語地看著她，思考著「哦」了聲，黑漆漆的眼仁看起來不近人情卻頗有撩雲撥雨的意思，然後順著她的話饒有興趣地往下扯：「那是什麼時候對『親切的大哥哥』產生這種不尊敬的想法？」

徐梔拿過他手上的毛巾，擦了擦，想了半天，如實說：「錄節目之後。」

陳路周懶散地靠在門上，抱著手臂，耐著性子靜靜地看她，等下文。

在那之前，徐梔的想法還是很單純，碰見這樣的人，泡他或者被他泡，結果無非都是那兩個。兩人之間頂多也就是曖昧，然而放煙火的時候，徐梔要親他，陳路周躲了，徐梔也知道他應該不會跟她做太出格的事情。

陳路周的冷淡克制，她早就領教過了，包括那晚，他們班女生想靠近他又不敢靠近，也知道這人平時跟女生應該挺保持距離的，可偏偏就這種分寸感，挺撓人的。

那天晚上，徐梔沒忍住好奇，就回去搜尋了他的名字，才發現，陳路周這個名字早就被人搜尋了幾萬次，而且搜尋出來的相關資訊很多，各種論壇上都會有人提到他的名字——

競賽論壇：『我問了市一中的陳路周，這題就只能用代入法，微積分均值定理不能用，如果用了導函數，就得先證明這個函數的存在，等於預設這個題幹已經成立，他說不行。』

附中論壇：『在競賽考場碰見市一中的陳路周了，他真的好帥，就坐我後面，我們班男生還過去搭訕了，一幫人圍著他問題目，他脾氣挺好的，因為那道題我們班糾結很久了，來一個問一個，他講了三遍，最後直接跟一個男生加了好友，拉了個群組，就把解法傳在群組裡了。我們班好幾個女生都悄悄混進群組裡了，不過都不敢私下加他，他好像很少加別的學校的女生，不過我們還是聊了兩句，他眼神真的好乾淨，看誰都是正經的，沒有多餘的打量。我們問他市一中的競賽班是不是學微積分了，他笑笑說沒有，蔣老師不建議他們這麼競爭。』

底下蓋了百來層樓：『哈哈，路草是看女生在不好意思說吧。蔣老師的原話可不是這麼說的，老蔣說的是，我不建議你們高中就壯陽。我們當時那個競賽班都是男生，老蔣說話很直接的。』

『路草這分寸感真是無人能敵。』有人回覆。

然而，緊跟著，徐梔就滑到一則詞條，陳路周說谷妍胸大，其實挺震撼的，但說到底，陳路周分寸感再好，也是男生，怎麼可能沒有那方面的想法，可他對自己總是發乎情止乎禮，冷冷淡淡的。

所以她總是想在身體上占領他。

徐梔換了條毛巾在擦，擦完最後站在廁所的鏡子前把頭髮包起來，想了想冠冕堂皇地說：「是出於對您這具年輕充滿活力的身軀的尊敬。」

「……」

陳路周靠在廁所門框上無所事事地看她，也挺禮貌淡淡地回了句：「謝您。」

「您不解釋一下？」徐梔回頭看他，京腔上癮了，但此情此景聽起來莫名陰陽怪氣。

陳路周笑了下，腔調倒是跟她一致，「解釋什麼，您不是不吃醋嗎？」

徐梔不置一詞，自顧自整理腦袋上的毛巾，包好。

陳路周走過去，在她旁邊的洗手臺靠著，低頭笑著看她，還是解釋了一句：「我高中三年都沒跟她說過一句話，什麼看流星啊，省下早餐錢帶人去溜冰這種事我也沒幹過，要不是朱仰起跟她同班，說不定我聽見這個名字都不知道是誰，妳說我說沒說過她胸大？」

洋腔怪調。

徐梔瞥他一眼，說：「你還記得我們第一次見面，當時你住他樓下，你媽在訓你，認為你升學考考砸了，要送你出國。其實我一開始不太敢接近你，我怕你跟他一樣，考砸了就怨怨艾艾，看別人考得不錯心裡不舒服，我那時候覺得十八、九歲的男孩子真的無趣透了，除了會做題，其他什麼也不會。所以，我們那時候聊那麼多，我很少跟你聊學校和成績。後來跟你接觸久了，我才知道原來不是十八、九歲的男孩子都這麼無趣。他來找我，說自己最近複習不進去，我沒告訴你，是之前江餘的事你也沒在意，更何況是談胥。談胥跟江餘之間怎麼也隔著百八十個朱仰起吧，我以為你不會介意，而且我之前跟你解釋過那麼多遍了。」

陳路周為他好兄弟爭了一口氣，要笑不笑地接了句：「我怎麼覺得朱仰起比江餘帥啊？」

「是嗎？你確定你對朱仰起沒有濾鏡？」

他笑了下，人靠著，手又去掐她兩頰，乾淨溫熱的手掌罩著她半張臉，居然開始拿喬了，「算了，之前沒確定關係，我也不想跟妳扯了，但現在確定關係了，如果他還來找妳，妳怎麼做？」

徐梔想了想說：「我男朋友是國家一級醋精，不好哄第一名，要不然你先找他聊聊？」

陳路周鬆了手，勉強哼了聲，「有這覺悟就行。」

「……」

「嗯，對你們江部長也這個標準。」醋精從廁所出去之前天理昭昭地補了句。

屋內仍舊沒有開燈，暗沉沉的，就床頭一盞暈黃色的閱讀燈亮著，堪堪照著剛才被他們折騰得凌亂不堪的床頭，床頭櫃上還散落著幾片剛剛沒用完的東西。

徐梔頭髮也沒吹乾，就跟出去，陳路周已經在沙發上坐下了，嘴裡還哼著歌。是那首〈小雨天氣〉，轉頭見她跟出來，就沒哼了，這時候真的確定關係了，被攪了一晚七上八下的那顆心，突然落了地，反倒有點不太適應，也可能是剛做完，在某些事情落定之後，體內那股浪潮餘韻突然湧出來，陳路周都沒太看她，側著臉一直一言不發地看著窗外，也不哼歌了，似乎就不想讓她看出自己被哄好了。

窗簾敞了一條細縫，窗戶沒關，有風一陣陣湧進來，隱隱還能聽見樓下有人在ＫＴＶ唱歌，間或調不成調如泣如訴著，間或鬼哭狼嚎地讓人心驚肉跳。兩人在空氣中偶爾對視一眼，又不動聲色地別開，彷彿第一次接吻那晚，只不過再也沒有孜孜不倦的蟬聲能壓下這股青澀勁，氣氛變得格外沉默而直白。

「那個，你舒服嗎？」徐梔突然問。

陳路周身上還是那件黑色休閒衣，嵌著邊的運動褲，兩腿敞著，靠在沙發上，一隻手臂還掛在沙發背上，然後慢慢從窗外收回視線，才知道她在問什麼，咳了聲，「還行。」一邊故作姿態地去開燈，一邊又禮尚往來地回了句：「妳呢？」

徐梔說：「不是這個意思。」她有些猶豫，但還是決定把真相告訴他，指了指一旁的垃圾桶說：「有件事忘了告訴你，我剛剛仔細研究了一下，男朋友，我發現你保險套好像戴反了……」

陳路周看她頭髮還濕著，剛準備站起來去幫她拿吹風機，聽見這話，手還按在電燈的開關上，突然一愣，順著她的話鋒，下意識看了垃圾桶一眼——套著塑膠袋空蕩蕩的垃圾桶，就躺著一個用過的，確實是反著捲的。

「……」

房間內氣氛靜了三秒。

「……妳等一下。」

於是，陳路周就把自己鎖在廁所裡，研究了半小時那東西的正確戴法，還特地鎖上門，鎖門之前，還不忘把吹風機丟出來。

「啪」一聲，丟在桌上，冷淡又跩。

徐梔一邊吹頭髮，一邊笑得不行，還在門外看熱鬧不嫌事大地問了句：「陳路周，你研究明白了嗎？要不然我進去幫幫你？」

陳路周對她的調侃置之不理，人坐在浴缸上，雙手無動於衷地環在胸前，旁邊丟著一個剛拆完的保險套，側頭看了眼，嘆了口氣，又不可置信地看了眼，隨後，又生無可戀地仰頭看天花板。

「陳嬌嬌？」門外吹風機聲音停了，又聽她試探性地叫了聲。

陳路周懶懶地：「沒死啊，妳別吵。」

直到吹風機的聲音再次響起，陳路周才深深地嘆了口氣，把旁邊滑膩膩的東西撿起來，又無奈地看了一眼。

他剛沒注意，因為是在被子裡戴的，他也沒往下看，自己摸索著往上戴，一開始滑掉好幾次，戴上也總覺得不舒服，他還以為是自己買小了，沒想到是大力出奇蹟，因為網路上說反著不好戴上去。

陳路周是不打算重振雄風了，反了就反了，重點是只要不發生意外就行了。網路上說戴反了也不影響效果，只是可能會比正常使用多一些機率中招。但陳路周覺得應該不太可能，其實剛剛過程很草率，因為他都沒整個……半個還在外面，當時心裡有氣，就敷衍地隨便動了兩下，就出來了。

徐梔吹完頭髮，見他還沒出來，這時也趴在床上意猶未盡地回味，這感覺就好像，她才走了個卒，對方直接將軍，告訴她遊戲結束了，單純只是讓她嘗了個甜頭。但她不認為陳路周有所保留，她覺得陳路周可能真的不太行。

兩人當時也沒交流，陳路周做的時候，兩手撐在她枕頭邊，低頭看著她，眼神裡都帶著一種存天理，滅人欲的意思，滿眼都是：滿意了？得逞了？高興了？

但那雙眼睛，黑得發亮，帶著彷彿浸著汗水的瑩亮，青澀克制，卻讓人瞧得勾魂攝魄。

等徐梔耐心燃燒殆盡，準備去敲門的時候，陳路周正巧開門出來，兩人在門口對視了一眼，陳路周看著她問了句：「妳那個什麼時候來？」

徐梔愣了一下，反應過來是說生理期，「快來了。」

陳路周「嗯」了聲：「如果推遲跟我說。」

徐梔「哦」了聲，莫名被他弄得緊張起來，「應該不會吧。」

陳路周拿著手機準備充電，發現飯店床頭附的充電器已經被徐梔插了，兩人都沒帶充電器，他把手機扔在床頭，人坐在床沿意味深長地看了她一眼才淡淡說：「不會，我讓妳注意一下。」

陳路周剛剛就瞥了一眼，徐梔心領神會，走過去把自己的手機拔下來，「你充吧。」

陳路周也無所謂，也沒插，反正她在旁邊，也沒什麼事要看手機，最後檢查了一遍沒什麼要回的訊息之後，把手機扔回床頭，人靠著床頭，眼神坦然指了指他前面床沿的位置，抬了抬下巴，口氣懶散又正經：「過來，聊聊。」

此時已是深夜，窗外車聲伶仃，人聲寥寥無幾，飯店KTV只開放到十二點，現在也快停了，四周恢復萬籟俱靜，月光透著窗戶的縫隙，輕輕匝進來，像輕煙，軟綿綿地搭在床角，旖旎如水。

徐梔放下手機，坐過去，兩人膝蓋抵著膝蓋，徐梔往他腿上蹭了蹭。

「妳別蹭我，」陳路周抱著手臂靠在床頭，腿正經地還往外撇了下，似笑非笑地看她說：「聊天，正經點？」

「……我不小心碰到的！」

「女朋友，坦誠點，」他笑著說：「我看不出來妳想蹭我？」

徐梔無語地看著他，懶得跟他計較，問了句：「你要聊什麼？」

陳路周剛在裡面其實大半時間是在想怎麼回應她的小作文，徐梔能說這些，確實挺讓他意外的，陳路周嘆了口氣，說：「聊聊我們的未來。」

「我們才大一聊這個是不是有點沉重？」徐梔說。

「我們都到這了，還不聊點沉重點的？」他抓了個枕頭墊在背後，看著她說：「妳對我轉系有沒有什麼想法？或者妳想我以後做什麼？」

「你自己沒想法？」徐梔說。

「有，但我想聽聽妳的。」陳路周姿勢沒變，難得正經看著她說。

床頭氤氳的閱讀小黃燈落在他腦袋上，光影勾勒著他的挺直鼻梁，眼睫很漂亮，頭髮柔軟地貼在床頭，整個人看起來溫柔又堅定，窗外的風偶爾吹到他們身旁，帶著他的氣息，徐梔卻絲毫沒覺得冷，心裡滿滿的豐盈。

「其實我覺得你比較適合讀書。」他不讓她蹭，徐梔只能把腳伸直，側頭看著他說：「什麼系我覺得你都沒問題，以後保送研究所留在學校裡當教授也不錯。」

他「嗯」了聲，側著臉，略微思索了片刻說：「那可能就得留在北京了。」

徐梔彎著腰，抱著膝蓋，側頭看他：「你不想留下來？」

「妳呢？妳想回家還是留在這邊？」陳路周看了窗外一眼，想了想，轉回頭看著她說：「我猜妳想回家，如果是這樣，我們以後是不是得異地了？妳有沒有想過異地這個問題？而且，教授錢不太多，正教授一年才三十萬，而且等我評上正教授怎麼也得三十了。妳不想要個會賺錢的男朋友？」

倒不是覺得教授不行，只是相比他自己創業來說，賺得可能會少一點，但徐梔愛錢的態度，也是有目共睹了。

還挺會誘惑人的，「你自己怎麼想？」

陳路周靠著，後腦勺微微仰著，垂著眼看著她，思索一下說：「我本來打算轉社科實驗班，第二學年分流去經濟學，但是轉社科可能要多讀一年，我覺得太麻煩了，如果妳覺得以後當教授不錯，我得先考慮保送研究所，留不留校到時候再說。」

聊到這，徐梔有點犯睏，眨著一雙惺忪睡眼，最後趴在他腿上誠懇地說：「我跟你說，我有個叔叔就是慶大的教授，他是A大美術學院畢業的，他們那年工作分配的時候，學校分配了兩個地方，一個是北京的大學，一個就是慶大，但是慶大這邊聘用他的時候說可以幫他女朋友在學校安排工作，我叔叔就選擇留在慶大了，後來我每次去他們家吃飯，老是聽見他們吵架，我叔叔就說要不是為了妳我現在已經在北京了，我嬸嬸能說什麼呢？每次都是沉默，無言以對，畢竟他是為了她妥協嘛。所以我之前說愛應該是讓人勇敢，而不是互相妥協，懂嗎？談戀愛歸談戀愛，學業上或者工作上我們都先做對自己最好的決定，我們的未來不要綁定在對方身上，柴米油鹽這東西誰都要吃，我們都不是神仙。」

陳路周漫不經心地一寸寸捏著她的耳朵，靠在床頭淡淡地「嗯」了聲。對他們來說，一切確實都為時尚早。他想時間慢一點，好好跟她享受這幾年大學的戀愛時光，可又希望時間能快點，好早點塵埃落定。

但有些東西真的還沒辦法塵埃落定，棺材闔上了都還能再打開，戀愛真不是隨隨便便就能談到九年、十年，熬過了愛情長跑，等到了論及婚嫁分手的也很多。

兩人沒再說話，他仍舊靠在床頭，就著頭上那昏昧的光線，低頭瞧她，徐梔趴在他腿上，陳路周的手墊在她的臉下面，時不時有一下沒一下地捏著她的耳朵，她臉上肉嘟嘟，軟綿綿的，沒忍住掐了下，引得昏昏欲睡的人悶悶哼了聲，直接把整個臉埋進他的手裡，睫毛戳著他乾燥的掌心，聲音不耐又無奈，呢喃：「陳路周，你老掐我臉幹嘛啊。」

陳路周低頭逗她，「睫毛精，這就睡了？」

「那你還要做嗎？」

滿腦子就這事，「不做，妳睡吧。」

「哼。」

沒多久，睫毛精睡著了。

半夜的時候，大概是房間裡空調溫度太高，徐梔被熱醒過一次，那時燈全關掉了，黑漆漆的屋內，朦朦朧朧感覺旁邊床頭還靠著一個人，轉頭瞧過去，發現陳路周還靠在床頭，揉了揉眼睛，茫茫然問了句：「你還沒睡？」

陳路周靠坐著，也昏寐，低低「嗯」了聲：「沒，剛醒，做了個夢。」

徐梔說：「夢見什麼了？」

陳路周嗓子沙啞，咳了聲說：「夢見又回到高三了。」

徐梔揉著眼睛懶懶地笑了下，「嚇醒的？我之前也好幾次夢見回到高三都嚇醒了，確實恐怖。」

陳路周笑笑沒說話，其實不是，他在夢裡找徐梔，發現高三沒有徐梔，他伸手摸了摸她的臉說：「妳接著睡吧。」

徐梔困倦地「嗯」了聲。

其實他沒想到他們的開始會這麼倉促，如果不是談胥，他可能還會再等一陣子，至少等到期中考完之後，怎麼也得照流程辦事，但從跟徐梔認識以來，他們之間每一步，都沒有照著流程走過，又覺得好像也是他們的風格。

陳路周靠著床頭，接著閉目養神好一陣子，然後睜眼看著窗外，月亮再漂亮，也總得有人一起欣賞，夏日蟬鳴再動聽，也得有聽蟬的人，想那麼多幹嘛啊，先愛得死去活來再說。以後如果真的分手了，跟自己談過戀愛，她還能找個比自己差的？

第二天，兩人退房回學生餐廳吃早餐，陳路周坐在對面，剛剝完雞蛋放她碗裡，徐梔睏得兩眼迷濛，拿起來就一口往嘴裡塞，鼓著腮幫子咕咚咕咚地嚼著，他覺得這愛得確實有點死去活來了。

「談戀愛第一天妳給我表演怎麼嚇跑男朋友是吧？」陳路周把第二顆雞蛋放她碗裡的時候，下巴朝她點了下，「沾醋吃。」

徐梔說：「我餓，昨天半夜我就餓了，你非要拉著我聊天，我本來想點宵夜的。」

「那妳不說？」陳路周夾了個湯包低頭塞嘴裡，瞥她一眼。

「你一本正經跟我聊科系的事情，我哪敢打岔啊。」徐梔說著餘光瞥見一道熟悉的人影，「那不是你室友嗎？」

陳路周回頭看了眼，手上正夾著一個湯包，慢悠悠回過頭，是趙天齊和另一個男生。

徐梔好奇問了句：「聽劉意絲說你們男宿晚上關燈都在聊女生，你也聊嗎？」

陳路周笑了下，湯包沾了沾醋說：「我有時間跟他們聊嗎？」

他剛來的時候，李科就跟他說了，大學跟高中還是不太一樣，高中男生之間相處可能更單純一點，大學之間利益牽扯多一些，他也沒打算過來交朋友，更不會跟人聊這些，他跟李科那幫省榜首待的時間更多一點，所以壓力也挺大，這幫人只顧著競爭，期中考試馬上來了，立刻就要見真章，說實話，他還是有點緊張的。

徐梔想想也是，靠在椅子上往外看了眼，A大校園週末也生機勃勃，已經有人抱著書快步朝著圖書館走了，連旁邊的湖光秋景都沒時間欣賞，目不斜視地朝著圖書館走去，她問了句：「你等等去圖書館嗎？」

陳路周手機正巧震了下，低頭看了眼，說：「嗯，前幾天光顧著補微積分，馬克思主義哲學那些還沒看。李科又在競爭了，妳看看現在才幾點。」

徐梔想了想說：「那我今天陪你去圖書館吧。」

「妳不是要去拍建築物？」陳路周抬頭。

餐廳人越來越多，簾子總一開一合，風時不時湧進來，徐梔捲著袖子，縮著手說：「不拍了，我拍出來的東西不能看，就很抽象，我們攝影協會幾個哥們最近在弄球賽的航拍。週三要期中考了，我還是先看一下書吧，不過，你這什麼表情？」

陳路周意味深長地看了她一眼，放下筷子，嘆了口氣說：「那妳別蹭我腿。」

徐梔：「……」

兩人回了寢室一趟，拿了書就直奔圖書館了。幾張桌子都坐滿了人，他們一進去，就看見李科那個競爭王已經坐在他們的老位子上，旁邊兩個位子各壓著一本書，替他們占了位子，陳路周剛坐下，李科看了旁邊的徐梔一眼，然後悄悄在他旁邊耳語：「你昨晚幹嘛去了，居然連續兩晚都沒回寢室？」

徐梔去扔了個垃圾才過來，陳路周坐著幫她拉開椅子，這才不鹹不淡地回頭看了李科一眼，「你什麼時候這麼八卦了？我沒回寢室連你都知道了，我們隔著五層樓吧。」

「趙天齊說的，你們那層樓應該都知道了。」李科說。

陳路周靠在椅子上，一隻手閒散地放在徐梔的椅背上，一隻手翻開書，無語地勾了下嘴角，低著頭懶洋洋地胡謅了句：「朱仰起來了，陪他睡飯店啊。」

話音剛落，陳路周就感覺腿邊被人若有似無的蹭了蹭。

又來了。

這他媽還能不能好好看書了。

陳路周沒理她，繼續視若無睹地跟李科說：「你們系是不是要學線性代數？你有書嗎？借我看一下，我打算下學期轉經管。」

那腿還在不依不饒地蹭他。

陳路周有點無奈地轉過頭去，警告性地冷淡看她一眼：「女朋友？自覺點？」

徐梔也一臉無語，指了指他的褲子口袋，拿了本書小聲遮著說：「不是，你保險套漏出來了。」

陳路周：「……」

還真是，陳路周把放在徐梔椅背上的手收回來，假裝若無其事地揣了下褲子口袋。轉頭再看她，人已經安安靜靜開始看書了，也就真的沒有再蹭他了。有時候徐梔給他的感覺真的挺像個機器人，就是那種隨時隨地調戲他兩句，自己卻能立刻冷靜下來，他還記得他們第一次接吻那次，在他家，她坐在他腿上親他，還知道電影在講什麼。

還是那副狗德行，淨他媽徒亂人意。

李科別的沒聽見，光聽見女朋友那三字腦子就已經停止運轉了，偏偏此刻又在圖書館，宛如吞下一個悶雷，在心裡炸了又炸，嘴上也只能波瀾不驚地問了句：「確……確定關係了？」

陳路周「嗯」了聲，面前攤著本馬克思主義哲學，漫不經心在翻，發現前面幾章都看過，稍稍鬆了口氣，又把手搭上徐梔的椅背，很隨性，卻莫名有股侵略性，旁人都不敢靠近，還裝模作樣嘆了口氣：「嗯，還挺黏人的，非要陪我來圖書館看書。」

不等李科說話，徐梔在算微積分的例題，筆尖刷刷不停，頭也不抬地小聲叫他：「陳路周。」

「嗯？」他回頭。

徐梔說：「別吹牛了，馬上期中考試了，你把牛都吹上去，我拿什麼給你補腦子。」

陳路周：「……」

李科本來都想站起來走人了，跟情侶一起看書本就是一件消磨意志的事情，這時聽見徐梔這麼說，又踏踏實實坐著了，小聲在他耳邊說：「小黑馬為什麼是小黑馬，人家就是比你厲害，不過我是第一個知道的嗎？」

陳路周意興闌珊地「嗯」了聲，但是片刻又想起來，「哦，第二個，昨天確定完關係我就打了通電話給朱仰起。」

李科立刻想到，眼神狡黠地看著他，「嗯？朱仰起不是跟你一起睡飯店嗎？你打什麼電話？」

「我電話費多不行？」陳路周斜他一眼。

李科意味深長地「哦」了聲，知道再說下去，這個大少爺大概要急了。但而後想想也挺惆悵，好兄弟脫單了，以後沒人跟他競爭了，就很失落，於是忍不住提醒了一句：「不過你可別耽誤學業啊，A大好進不好出的，大家都還在拚，H省那個榜首昨天還問我你升學考數學幾分，他知道你拿過數理競賽國賽一獎，說以前在獲獎名單上看過你的名字，人家都盯著你呢。」

陳路周嘆了口氣，然後下巴朝另外一邊得意忘形地點了下，就這麼一下子功夫，計算本已經被她用微積分公式寫得滿滿當當，「你沒發現，我女朋友更競爭嗎？」

李科當下只有一種想法，徐梔能拿下陳路周是有原因的，這樣的女孩子，換誰誰不迷糊。

週一週二課很滿，因為馬上要來臨的週三期中考，校園裡的氣氛也變得比往日緊張些，學生們步履匆匆，很少在無謂的風景面前停留，A大校園內有個人工湖，本來平日裡在那邊散步的學生還挺多，這幾日略顯寂寥，只剩幾隻白白胖胖的大鵝趴在池子邊，愜意地晒著太陽。

期中考完之後，所有人都在緊張兮兮地等著成績公布，結果有一個八卦消息在校園裡不脛而走。

「驚天大八卦，禁欲系天花板和建築系系花好像談戀愛了啊。」

「在哪在哪？」

「圖書館啊，路草又在陪女朋友看書。」

「說反了，徐梔又被路草按在圖書館陪他看書。」

「我已經淡定了，上王教授的課時，他們天天坐在一起，路草早就在追徐梔了。」

「江餘怎麼這麼菜，追了這麼久，還沒路草來這一個月就輕輕鬆鬆泡到手了。」

「別這麼說，畢竟是路草，如果路草要泡我，算了，不做夢了。」

「我靠，痛失路草。」

「我靠，痛失美女。」

「路草很狗的，上王教授的課時，路草幫徐梔夾了個髮夾，居然是一株草，他自己。哈哈」

「一個最新消息，路草和徐梔吵架了，因為在餐廳吃飯的時候，徐梔瞟了一個美術學院的帥哥一眼。」

「他們能不能行，這偌大個校園不夠他們發揮的嗎？居然至今都沒人看到按著親？」

十一月，兩人確定關係沒多久，校園裡已經傳得沸沸揚揚，徐梔知道八卦消息傳得快，也沒想到這麼快，某天下午，在上必修課時，朱仰起傳了兩則訊息給她，其中一則是截圖。

朱仰起：『嘖嘖，今天下午第三個了，我們一中好幾個女生跑來問我妳以前是哪個高中的。』

徐梔：『？』

朱仰起：『跟他談戀愛，很正常，畢竟高中那麼多女孩子暗戀他，他誰也不理，大家都以為他至少會寡到大學畢業，沒想到，高中一畢業就談了，這多少有點傷我們學校女孩子的心了。這陣子肯定會有不少人過來打聽妳。不過妳放心，他是我兄弟，妳的資訊我不會亂說的，我告訴她們妳是仙女高中畢業的，長得很漂亮。』

徐梔：『他們班女生好像見過我。』

朱仰起：『格局小了，妳以為在我們一中就陳路周他們班女生知道他？我們藝術校區哪個女的不知道他，他還沒發動態呢，要是哪天發動態，我猜我手機得炸了。』

徐梔：『那現在她們是怎麼知道的。』

朱仰起：『你們學校不少我們以前高中的同學啊，好像是有個兄弟找他的時候不小心把訊息傳到以前高中競賽群組了，問他人在哪，然後就有人幫他回了句，說在餐廳陪妳吃飯，緊跟著我就陸陸續續接到各位姐妹的問候了。等放寒假妳就知道了，他以前在我們學校到底有多厲害，到時候聚餐應該是少不了的。』

陳路周那時在球場打球，手機丟在籃球架下的墊子上，他下場的時候，人坐在地上，兩手撐在後面神情專注地看場上幾個人打配合，有人見他手機亮了好幾下，於是把墊子上的手機撈起來遞過去給他，「草，你電話。」

手機從肩上滑下來，陳路周穿著一身鬆鬆垮垮的灰色運動服和灰色褲子，拉鍊嚴絲合縫地拉到頂，正好擋住他半個下巴，懶洋洋地坐著，一隻手伸過去接住手機，漫不經心地按在胸口位置，沒急著接，還不急不緩地跟場上的人提醒了兩句：「讀秒了，你再不出手要被蓋了。」

為時已晚，話音剛落。

「啪」，球被人從頭頂拍飛，直直朝陳路周飛過來。

他預判精準，反應挺快，輕巧地偏頭躲過，藉此調整了姿勢，盤腿坐直，嘆了口氣，低頭去看手機。

旁邊人對陳路周的預判能力毋庸置疑，由衷感嘆：「草，你預判能力厲害了欸。」

「角度好而已。」陳路周只說了句，低頭看著手機，頭也不抬地問他：「哪有電話？」

仔細一看，是訊息，看那名字還有點陌生，想了好久才想起來，是高一承受不住壓力從他們班退出去的那個女生。

張予：『你沒出國啊？』

Cr：『嗯，有事？』

張予：『沒，剛在班級群組裡，看她們聊起你，我才想起來，之前聽說你出國了，沒想到你還是去了A大，李科他們也在吧？我在B大，有時間一起吃個飯？』

Cr：『再說，最近忙。』

張予：『行。』

下一秒，又一則傳進來，不是張予，是一則備註名為「Rain cats and dogs」的訊息。

Rain cats and dogs：『在哪？』

Cr：『球場，下課了？』

Rain cats and dogs：『還沒，有點……』

Cr：『餓了？』

Rain cats and dogs：『……想你。』

他們剛在一起的第一個星期，聊天對話還挺正經的。

『在哪？』

『圖書館。』

『等等一起吃飯？』

『好，下午有課嗎？』

『沒有，不知道要不要開會？我想吃螃蟹了。』

『嗯，等等帶妳去。』

諸如這種。

後來，漸漸的熟了，兩個人本性暴露之後，對話才開始略顯直白，不過他們直白也就說一句想你想我沒之類的，沒多餘的。

陳路周剛要回，正巧有人撞槍口上，朱仰起電話進來，他剛跟室友吵完架，聽陳路周聲音也挺喘，心裡有一股不祥的預感，先發制人：『你這麼喘幹嘛？你又喘不過氣了？女朋友又抱你抱太緊了？』

陳路周笑了下，「我在打球啊，下午沒課。」

朱仰起鬆了一口氣剛要說話。

陳路周又補了句：「不過她剛說想我想得不行。」人往後仰，一隻手肘撐著，不懷好意地問了句：「欸，朱仰起，你有女朋友嗎？」

朱仰起一口氣差點沒上來，咬牙切齒地問候他老祖宗：『……你有良心嗎？』

陳路周收了笑，口氣這才正經：「找我幹嘛？」

朱仰起心力交瘁地說：『我實在受不了寢室裡兩個奇葩了，天天吵架，我打算下學期自己在外面租房子住，你要跟我合租嗎？』

陳路周坐直，換了個姿勢，一手舉著手機，一隻手肘隨意地搭在屈起的膝蓋上說：「我們學校隔這麼遠，怎麼合租？」

朱仰起說：『大不了我吃點虧，租個離你學校近點的地方，反正我們課少，一週也就上幾節必修課。』

「不太……方便吧。」陳路周仰著腦袋左思右想，喉結輕輕滾了下，慢悠悠地說。

朱仰起知道他有女朋友有顧慮，但他剛被室友氣得受不了，悶頭灌了一瓶雪碧，胃裡火燒火燎地直咕咚，也耐不住性子說：『你是考慮徐梔嗎？我跟你們住也沒問題……』

「你想多了，」陳路周說：「我們學校大二才讓通勤，李科那邊也想到時候搬出去，他打算下學期申請創業基金，住外面方便點，我跟他合租，你要是想過來，我讓他找個離你們學校稍微近點的地段，下學期你要是在寢室憋不住，自己先找個地方湊合吧。」

『徐梔不打算跟你一起搬出去嗎？我們學校好些情侶已經在外面租房子了。』

陳路周無奈地嘆了口氣，看著球場上人影活躍晃動，這地方四處通風，無密封的牆，說：「那到時候學校不知道傳成什麼樣了，我們在學校認真接個吻都得繞大半個教學大樓找地方，怕被人撞見。」

徐梔又那麼愛接吻。

被人撞見挺麻煩，有人會拍，到時候亂發動態、論壇，影響不好。朱仰起很理解，畢竟在雙一流的高等學府，而他從來又是分寸感十足的人，『也是，畢竟你從小就純。』

熱戀嘛，總是格外黏膩一點，但朱仰起其實這時還沒回過神，他這個從小潔身自好、又純又跩的兄弟跟女朋友談戀愛到底是什麼樣的。

在人前肯定是不會騷的，私底下肯定騷得很。

緊跟著，陳路周在電話這邊問了句：「這週要不要過來？」

朱仰起心裡一警惕，『幹嘛，餵狗糧啊？』

陳路周笑了下，懶散道：「我生日啊，我跟她確定關係之後還沒請你和李科吃過飯，順便把生日過了。」

『生日你們不單獨過？』朱仰起說：『要是我，寡了這麼多年，第一次談戀愛過生日不得讓女朋友好好準備驚喜啊。』

這事陳路周想過一陣子，最後還是覺得沒必要，嘆了口氣說：「不了吧，誰女朋友誰心疼，準備驚喜很累的，她最近忙。」

朱仰起有點震驚，『你少來，你這個矯情精不是最重儀式感了嗎？』

「徐梔這系不比別的系，挺耗腦細胞的，他們系裡的學長學姐都在調侃他們頂多為國家健康工作五到十年，有時候看她天天熬夜畫圖，我也挺煩的，我還想她活久一點，」陳路周擰著眉說：「開學才多久，她不知道喝了多少咖啡了。」

所以，早在前幾天，陳路周就再三叮囑她，生日不用準備什麼，妳陪我過就行了。

陳路周身分證上的生日日期是三月，但身邊幾個熟悉的朋友都知道他生日在十一月。正好是光棍節。高中的時候，其實也不太過，要不是朱仰起每年都會叫一幫人出去喝酒唱歌，這天他通常在家蒙頭睡大覺。因為這個日子對他來說其實不是什麼好日子。

但沒想到，姜成今年還寄了生日禮物給他，包括高中幾個可能都說不上熟悉的朋友也傳了訊息給他，祝他生日快樂。

陳星齊也傳了一則給他：『哥，生日快樂啊。』

法院把陳星齊判給陳計伸之後，他們就沒再聯絡過，當晚他和連惠收拾東西搬離別墅時，陳星齊抓著他的脖子，像個無尾熊吊飾，死都不肯放手，哭著問他，哥，我能不能跟著你。我不要跟他們了。

陳路周那幾天狀態更差，嗓子全啞，說出來的話幾乎都是沒聲音的：「不能，我自己都要半工半讀了，我怎麼養你。」

陳星齊眼睛都哭腫了，還是小聲地說了一句：「我很好養的，你讓我吃飯就行。」

陳路周當時整件衣服都被快被他扯下來，肩膀半露著，然後看了連惠一眼，連惠站在車門邊不說話，最後他還是把陳星齊抱下來，哄了兩句：「好好在家待著吧，哥有空回來看你。」

然而，陳星齊知道他是騙他的，當場就嘶吼著戳穿他：「騙人！你跟媽媽都不會再回來了。」

陳路周沒說話。

最後還是連惠一言不發地走過來把陳星齊拖進屋裡，把門一鎖，也不顧陳星齊在裡面嚎啕大哭，像一隻小狗似的瘋狂拍打著門板。

也是那一刻，陳路周彷彿看到了當年的自己。

連惠第一次丟下他的時候，走得一定比剛才決絕。

後來上了車，氣氛沉默開了一段路後，連惠讓司機把車停在路邊，她下去抽了根菸，回來的時候，從包裡摸出把新房鑰匙丟給他，沉默地看著窗外片刻，才說：「如果我知道他會把你送到育幼院，當初我也不會把你交給他。那時候我跟他感情出了問題，分手之後我發現自己懷孕了，本來想把你打掉，但是去醫院的前一個晚上我做了一個夢，我夢見你一直叫我媽媽，夢裡那個孩子長得跟你很像，我捨不得打。但我跟他已經沒感情了。」

她停頓片刻，回憶似乎讓她很痛苦，眼角都皺著：「你沒見過他，你不知道他是什麼樣的人，他謊話連篇，身上爛桃花一堆。跟他在一起的時候，一直都是他養我，後來分開之後我沒辦法，我沒生計來源，只能大著肚子去工作，就遇見了陳計伸，那時候陳計伸已經有點小錢，他說不介意我肚子裡的孩子，生下來他養。後來那個人找到我，大鬧了一場，場面很難看，鬧到陳計伸的公司，他說如果我要跟陳計伸結婚，就讓我把你給他，不可能讓你給別的男人養。他雖然是個人渣，但家裡多少有點家底。」

車一輛輛從他們旁邊駛過，橙紅色的車燈忽遠忽近，說到這，連惠無奈地笑了下，「我當時想，你要是跟著我嫁給陳計伸，我畢竟是弱勢一方，我什麼都得依靠他，我電視臺的工作也是他給的，以後陳計伸有了自己的孩子，你多少要看別人的臉色。但你如果跟著他，無論他以後跟誰結婚，你都是長子，你懂嗎？畢竟那是你親爹，他的東西，你肯定有一份。」

「他為什麼又不要我？」陳路周當時靠在後座上，面無表情地看著窗外，聲音已經聽不出任何喜怒，啞得幾乎只能聽見隻言片語。

「他以前跟人飆車，年輕又狂，得罪了不少人，後來出了車禍，他昏迷了三四年，緊跟著因為飆車的事情，扯出他父親的齷齪事被抓了，他媽有點精神分裂，把你送進了育幼院，他醒來可能過了好久才想起來他還有個兒子，後來他去找你，但他這人年輕的時候就是混帳，根本不記得你的生辰八字，出車禍之前也是保姆帶你的。」

「隔了三四年，他根本不記得你的長相，他走投無路找到我，讓我去育幼院認人。我當時氣瘋了，但我不能再把你交給他，後來我騙他說你被人領養走了，回來我跟陳計伸商量。他同意了，但是他要求我等你成年把你送出國。那時候我才知道他怎麼可能那麼大度，真的不介意。」

嗓子眼發緊，在拉扯，陳路周已經說不出任何話了，早在前幾天，他就已經把嗓子喊啞了，那種極度崩潰和絕望的情緒，他早已經在知道真相的那天消耗乾了，那時他心裡只有一潭死水，像一個木偶，眼裡也是，平靜得毫無波瀾，「所以妳用八字當藉口，騙他了？」

連惠嗓子也乾，說到最後，她喉頭哽咽，吸了口氣，但話語支離破碎，勉強撐著一絲力氣說：「沒有，陳星齊那陣子確實一直發燒，我知道他迷信，就讓他找人算了算，有時候命中注定吧，那個算命的說，讓陳星齊認個乾娘，但我不同意，他說認個哥哥也行，說陳星齊命裡還有個哥哥，我當時和陳計伸都心知肚明，去育幼院辦手續的時候，那時候你六歲，你絲毫沒有芥蒂，乖乖地對著我們叫爸爸媽媽，特別聽話。我突然不敢告訴你真相，我怕你反而對我有抵觸，也怕你一時接受不了，我想著等以後有了適合的機會再跟你說。」

她低頭自嘲地笑笑，儘管保養再好，皮膚看起來吹彈可破，眼角還是暴露了魚尾痕跡，「你一直以來對我們都毫無芥蒂，你十歲那年我本來想告訴你的，但你跟陳計伸好得跟親生的一樣，甚至比陳星齊都好，我不敢打破這種平衡，所以一直都沒找到適合的機會跟你說。但陳計伸骨子裡還是個腐朽守舊的人，等他生意越做越大之後，他不僅開始防備你，也已經開始防備我了，無論我怎麼小心翼翼，他始終覺得，我雖然對陳星齊好，但是私心裡總是偏向你，所以那天你半夜打電話給我，我沒接，我確實沒在電視臺開會，是因為他在旁邊。」

「因為前一秒我剛掛了陳星齊的電話，他那幾天總嚷嚷著要買球鞋，我知道他沒正經事就沒接，陳計伸說我對陳星齊態度冷淡，結果後腳你就打來了。後來你問我為什麼堅持要送你出國，是因為我的態度越堅定，他才會越放心，我那時候總想，無論怎樣，陳計伸是我們母子倆唯一可以依仗的人了，只要順著他就行。」

車廂裡靜了兩秒，陳路周推門要下車，這時情緒已經淡了，但他也不知道要跟連惠說什麼，有些東西破了就是破了，誰也沒辦法粉飾太平，知道真相之後，他只覺得自己好像完全不應該存在在這個世界上。

他整個人靠在後座上，先是看著窗外，停了兩秒，又仰頭看車頂，然後仰著腦袋靠在車座上，喉結冷淡地滾了兩下，嗓子發乾得緊，滾著都澀澀地泛著刺疼，整個人都帶著倦意，直冷冷地看著車頂，才疲乏地張開口，因為嗓子幾乎出不了聲，像是卡了卻字正腔圓的錄音帶，自嘲地說了句：「人有時候還真的得愛點什麼，才能活下去。」

說話還是吊兒郎當，但卻像一條瀕臨乾涸的魚，心如死灰，已經放棄掙扎了，任由雨打浮萍，芭蕉散葉，比以往都消沉，偏偏又帶著一點之死靡它的狠勁。

連惠慘白著一張臉，卻笑了笑，說：「愛是最虛無縹緲的東西，更多時候，愛在某種程度上，只是一種廉價感動和精神錯覺。」

陳路周當時只是靜靜看著窗外，沒回應她。

陳路周回了通電話給陳星齊。

那邊掛掉，打了通視訊電話回來，但是沒看到腦袋，只看到一堆堆積如山的試卷和作業本，桌上橫七豎八躺著好幾個PSP，陳星齊的聲音還沒到變聲期，是他們班最晚的一個，聽起來還是小孩音：『哥！』

陳路周在寢室，室友聽見這聲，還以為才十幾歲，一看那桌上草垛一般的作業本，忍不住調侃了一句，「現在小學生作業還挺多啊。」

「國中生，變聲晚。」陳路周回了句。

他人敞著腿靠在椅子上，身上就穿了件短袖，外套掛在椅背上，被他後背壓著，身形仍舊寬闊而高瘦，陳星齊一見他哥這熟悉的寬肩闊背安全感就油然而生，頓時想起以前窩在他懷裡打遊戲的樣子，只想往他懷裡窩，眼饞地看著他寬寬的胸膛，『哥，你怎麼還穿短袖啊，北京應該下雪了吧？我看東北都下大雪了。』

陳路周翹著椅子晃了兩下，拿手機對著自己，沒理他，「我剛看見個什麼奇怪東西？你把手機對準你自己。」

陳星齊剛點開視訊時，忘記反轉鏡頭，所以第一下其實露出的是他的臉，他哥果然看見了。

「你染頭髮了？」陳路周有些一言難盡地看著螢幕，「這什麼顏色？」

陳星齊漫不經心地說：『黃綠色。』

「什麼路子？」陳路周費解地看著他問。

『氣死我爸的路子。』

陳路周無語地撇了下頭，懶得跟他講道理了，語帶調侃地問了句：「出過門嗎？」

『出過啊，都染好幾天了。』陳星齊一邊玩著PSP，一邊抬頭看了螢幕一眼說。

「沒人把你當紅綠燈嗎？」

陳星齊說：『你這麼一說我想起來，我爸昨天開車差點撞到我，是不是把我當紅綠燈了？』

「他應該真的想撞你吧。」

『管他呢，反正他現在就我一個兒子，撞死了沒人替他養老送終。』

「陳星齊，」陳路周這才正經地叫了他一聲，聽見這聲，對面PSP也放下來了，一副叛逆少年不聽管教的樣子看著他，當然陳路周也不管他聽不聽，直接點了兩句：「沒必要，你過你的，好好讀書吧，把頭髮染回去。」

『那我能去北京找你嗎？』

「考上市一中，來北京哥帶你玩。」

『市一中，我又不是你。哥，你那麼聰明，到底吃什麼長大的啊？我們老師昨天還跟我們說，其實普通人努努力都能考上國立大學，但是如果要考上名牌大學普通人還真的不行，多少得有點念書的天賦，然後我們老師說，能考上你們A大的，都是天賦異稟但是又極其努力的人。我很難想像你們這樣一群人聚在一起都在聊什麼，聊火箭發射嗎？』

陳路周懶得跟他扯了，「什麼都聊，天賦異不異稟我不知道，但我知道這裡的人確實都挺努力的，你好好念書吧，實在跟不上我幫你找個家教，我們應該有同學在慶大。別跟你爸媽說，以後單線聯絡。」

掛了電話，陳路周把手機丟桌上，回頭問了句剛剛那個插嘴的室友，「期中成績出來了嗎？」

期中只考了幾門選修課，微積分、英語這些必修課都沒考。人文實驗班考得多一些，因為他們學得雜。

陳路周微積分九十六，英語滿分。

「你很厲害了，晚來一個月，微積分還能考這個分數。」室友說。

但李科很震驚：「你微積分居然沒滿分？不能啊，你們微積分不是最簡單的嗎？我剛還聽說人文院有個英語微積分全滿分，我還以為鐵定是你。你是不是談戀愛受影響了？」兩人當時正往校外走，旁邊來往都是同學，李科四下張望兩眼，然後悄悄湊到他耳邊鄭重其事、小聲說：「我聽說那什麼，破了處之後，智力和精力都會下降，你是不是太不節制了？」

陳路周：「……」

吃飯地點約在學校對面的大排檔，他們過去的時候，朱仰起早早坐在那敲碗等了，見只有他們，往後看了眼，「徐梔呢？」

陳路周拉開他對面的椅子坐下，李科則自動自發地坐到朱仰起旁邊，陳路周靠在椅子上，先拿過旁邊空位上的塑膠包裝碗筷拆了，把塑膠薄膜在手心揉成一團說：「在建築館上課呢，等等過來。」

「過生日吃大排檔啊，你怎麼想的。」朱仰起說。

還坐在馬路邊，他看了一圈，四周人不多，不過也是這個學校的常態，週五要麼出去玩了，要麼都在圖書館。

「搞那麼隆重幹嘛？別嚇她了，生日而已。」陳路周無所謂地低垂著眼，說得輕描淡寫，然後幫她把筷子擺好，才去拆自己的。

「行吧，就你會疼人。」朱仰起嘖嘖。

這家海鮮大排檔前些日子關了很久，最近又重起爐灶，聽學院裡學長學姐說這家大排擋有點他們家那邊的味道，徐梔沒吃過，陳路周就定了這。旁邊還有兩三桌，不過看起來都是研究生從實驗室出來放風的，顯然也注意到陳路周那桌，忍不住看了兩眼，感嘆兩句歲月無情，想他們剛來那年也是如此有著星星般乾淨清澈的眼睛。

大排檔背景音樂放著最近很紅的一首歌，〈茫〉。

朱仰起不喜歡這首歌，幾乎把孤獨詮釋到極致了，歌詞聽起來也很扎心，什麼萬家燈火，卻沒盞燈留我。

李科拿了幾罐可樂回來，滑了一瓶過去給陳路周，又忍不住提一嘴：「欸，我剛跟你說的那件事，你好好想想啊。」

「想什麼？」朱仰起好奇問。

「沒，我們打算參加數模競賽，但他最近狀態不佳，我覺得他談戀愛多少受了點影響。」李科好奇地問了句：「欸，你知道熱戀期通常幾個月啊？」

「三個月吧？」朱仰起說：「這得看人，這傢伙難說，說不定要一年，他多少有點戀愛腦。」

「那不行，美國大學生數學建模競賽到時候都結束了。」

陳路周樂了，嘆了口氣，把可樂擰開，回到剛才的話題，也大方承認：「總歸肯定沒高中那麼充沛了，精力上肯定會分心點的。」

「分什麼心？」旁邊的椅子被人拉開，徐梔一邊坐下，一邊好奇問道。

兩人穿得還挺搭，陳路周裡面一件灰色針織衫和白色T恤疊穿，底下露出一點白邊，下面一件鬆垮的黑色運動褲，外面套著一件黑色的立領外套，襯得整個人線條乾淨俐落，徐梔也是一身黑灰，黑色毛呢大衣，黑色的小腳褲，裡面一件灰色針織衫，線條卻柔和。

本來陳路周坐在那，單槍匹馬，帥得挺孤獨，也想像不出是誰能坐在他身邊。然而徐梔一坐下，畫面渾然天成。旁邊是雙一流的學府，路燈瑩瑩冉冉地照著陳舊泛黃的街道，旁邊馬路上橙紅色的車燈瀉成一條河，混沌澆漓的畫面裡，也許是身上輪廓硬朗和漂亮的線條，襯得他們格外清晰，看起來清醒獨立，溫柔堅定。

陳路周靠在椅子上，一隻手臂吊兒郎當地掛在椅背上，另一隻手搭在桌上，手腕上還綁著一條黑色髮圈，食指有一下沒一下地敲打著，側著身看她，將她從上到下抽絲剝繭般地打量了一遍，最後眼神若有似無地落在她身後的包上，意味深長、悠悠地扔出來一句：「妳男朋友生日，就真的空手來？」

馬路邊是白色欄杆，他們那桌就坐在欄杆旁邊，北京那時已經入冬，又恰巧是雙十一，校門口停著好幾輛快遞貨車正在卸貨，徐梔往那邊心不在焉地看了一眼，笑著回頭看他，目光落在他清瘦冷白的手腕上，「你不是說不用準備嗎？」

「行。」

不說話了，李科和朱仰起愣愣地看著他們，但那人還是吊兒郎當地靠著，眼神一動不動地看了她好一陣子，拿下巴懶洋洋地指了指她放在背後的包，「是不是在包裡？快，拿出來。」一副妳不可能沒準備的樣子。

徐梔笑得不行，拿起他的可樂，喝了口，但還是說：「真的沒有啊。」

「真的沒有？」

「沒。」

陳路周倒也沒生氣，就是有點失落。但也知道徐梔最近忙，前幾天為了交必修課的期中作業一直在熬大夜，建築系是出了名的沒有週末系，作業交完她回寢室補了一天一夜的覺。

他人靠著，嘆了口氣，低著頭想了想，畢竟現在是熱戀期，他能理解，但為了杜絕自己以後因為這事跟她吵架，於是他努力說服自己，淡淡地抬了抬下巴，越過如流水一般密密匝匝、忽遠忽近的橙紅色車燈和正在忙忙碌碌卸貨的幾輛快遞貨車，給了自己一個臺階下，環顧了一圈，發現附近也只有一家籃球店，口氣卻又跩又冷：「妳去隨便買顆籃球給我，別買斯伯丁那些，不用太貴，就當生日禮物了。以後我要是拿這事跟妳吵架，妳就拿它砸我。」

徐梔低頭笑了下，陳嬌嬌還是陳嬌嬌。二話不說，乖乖站起來去了。

等她回來的時候，桌上菜剛齊，幾人在聊期中成績，陳路周幫她拉開椅子，手一伸，徐梔把一個籃球鑰匙圈放在他的掌心裡，還是斯伯丁訂製系列，應該不比普通籃球便宜，他一愣，撂下筷子，狐疑地抬頭看她。

徐梔皮膚本就白，北京乾澀的風一吹，整張臉緊繃輪廓圓潤而精緻，皮膚細膩幾乎無可挑剔，黑色的長髮半捲不捲地散在背後，她一坐下，然後自然而然地從陳路周手腕上拉下髮圈鬆鬆地把頭髮綁上說：「我問老闆哪種球砸起來不疼，老闆說，應該也就鑰匙圈不疼了。你那麼愛生氣，我覺得買這個保險一點。是不是暑假那條？」

他「嗯」了聲：「掉在我臥室門口。」

「不生氣了？」徐梔說：「那我可以提個要求嗎？」

陳路周氣笑，一隻手閒散地放在她的椅背上，側頭看她，「蹬鼻子上臉了？」

徐梔覺得這話不好當著對面兩人的面跟他說，於是從包裡摸出手機，劈里啪啦傳了一則訊息給他。

Rain cats and dogs：『晚上可以住外面嗎？』

結果徐梔這邊剛「嗖」一聲，陳路周放在桌上的手機便緊跟著「叮咚」一聲。

朱仰起和李科：「……」

你們可以再明顯一點嗎？

陳路周沒理，李科還在跟他聊數模競賽的事情，正說到興頭上，慷慨激亢地給陳路周畫大餅，說得口若懸河，引得一旁倚老賣老的研究生頻頻打量他，覺得現在的年輕人真狂，不知天高地厚。但也就這股熱血勁，卻令人覺得似曾相識，那不就是曾經的他們嗎？

李科：「我問了，我們學校就算不參加國家競賽也能直接參加美國競賽，數模競賽拿獎能保送研究所，高中搞了三年的競賽，怎麼也算我們的老本行了吧？不過跟數學競賽不太一樣，我覺得數模競賽更有意思。」

「我考慮下。」陳路周思忖片刻說。

結果徐梔說：「我報了國家數學競賽，微積分。月底初賽。」

李科：「妳報了啊？那挺好，數學競賽讓你女朋友出戰，你跟我去數模競賽。你以前搞過競賽嗎？」

徐梔說：「沒搞過，所以打算跟你們取取經。」

李科笑著說：「這妳男朋友是行家，他數競國家獎第一，進過集訓隊的，要不是我們省去年趕上教育改革特殊時期，全部取消了保送資格，只能加分，不然早都保送了。」

旁邊的人，不知道是得意還是怎麼樣，還哼上歌了，低低沉沉，字正腔圓，很好聽，因為大排檔裡正放著這首歌——〈鹽〉，他的聲音跟著旋律和在裡面，格外清晰。

「沒有了我的浪漫，他們算什麼浪漫，你就只能夠抱憾……」

陳路周自己可能都沒意識到，不小心跟著旋律哼出聲了，嘴裡啃著螃蟹腿，聽他們聊天。

等聊天聊沒聲了，才意識到一桌幾個人都在看他，陳路周剝了隻螃蟹腿扔徐梔碗裡，咳了聲，「看我幹嘛，唱歌犯法？」

徐梔笑著問他：「訊息看了嗎？」

「嗯。」

「可以嗎？我有禮物要送給你。」

陳路周一隻手臂還掛在徐梔的椅子上，手上戴著手套，把剝好的螃蟹腿一根根丟她碗裡，表情挺無動於衷，意味深長地瞥她一眼，說：「送禮物？」

「要獎勵吧？」他要笑不笑地補了句。

第十五章　我愛你

泛黃的路燈和車燈將整條馬路拉長，車燈霓虹閃爍，一眼望不見盡頭。大排檔陸陸續續又坐下幾桌客人，生意還是冷清，說話聲零碎。

徐梔眼神暗示，無聲地問，行不行嘛。陳路周把搭在椅子上的手臂收回來，垂在身側，另隻手拿起桌上的小茶壺幫她倒茶水，將她枯苗望雨的眼神徹底忽略了。徐梔一急，去拽他的手，晃了晃，沒輕沒重地捏他掌心。

被人反手扣住，溫熱的觸感抵著她的，徐梔心裡莫名一跳。因為很少在公共場合做親暱舉動，要麼直接去他們的祕密基地接吻，要麼就是正經地在圖書館看書，徐梔沒什麼時間陪他手牽手逛校園。談戀愛這麼久，好像還沒認真牽過手。

手指在桌子底下，隱祕地被人一點點攥住。徐梔心口憧憧，指縫被人撐開，十指慢慢滑進來，緊扣在手心。手心熱，腦袋也熱。

陳路周面上冷淡、不動聲色，嘴裡還在跟李科聊數模競賽的事情，問他美國競賽在幾月份。說話間隙瞥她一眼，眼神難得帶上一些玩味。

徐梔手指在他手臂上抓了下，看著他，行不行啊。

陳路周回頭看她一眼，不行。

徐梔氣鼓鼓地在他掌心掐了一下，陳路周則淡淡地看著她，一副妳能奈我何的樣子，兩人正無聲、暗潮洶湧地對峙著。

李科啃完螃蟹，抽了張紙巾擦手，突然問了句：「徐梔，妳怎麼會突然想到去參加數學競賽？你們系不是挺忙的嗎？」

徐梔回神，手被人牽著，「王教授說讓我去試試，我以為他也會去，不過你們好像看不上？」

李科笑笑：「不是看不上，是某人精力實在有限，他說談戀愛挺分精力的。」

徐梔看了陳路周一眼，狐疑：「我分你精力了？」

正好服務生過來上菜，陳路周咳了聲，把幾個空盤子疊起來遞給服務生，把新添的菜放在中間，說：「沒有，妳別聽他胡扯。」

李科也沒有多說：「反正你自己看著辦，你要是想衝獎學金，保送研究所，現在這個狀態肯定不行。」

徐梔低頭吃著陳路周幫她剝的螃蟹，冷不防冒出來一句：「李科，你別給他壓力，他自己有分寸的。」說完，夾了塊碗裡的蟹腿肉，蘸了蘸醋，餵到他嘴邊，「吃嗎？我幫你剝。」

兩人另隻手還在底下密不可分地十指緊扣著。

剝不剝呢，剝了要鬆手。他看著她。

徐梔似乎猜到他的猶豫，言笑晏晏，別提多得意，「用嘴剝，獨門絕技。」

對面兩人當下沉默：「…………」

朱仰起當晚發了一則動態。

『有人吃螃蟹偷偷牽著手，有人吃螃蟹戳破舌頭。是誰我不說，等我以後找到女朋友，我競爭死你（狗頭.jpg）。』

李科也發了一則動態。

『他媽的熱戀期到底是幾個月啊，很認真的問。』

朱仰起那則動態一發，相當於半官宣了。大家多半也都猜到了，畢竟他是陳路周最好的兄弟，底下留言頓時激增，多半都是女孩子，有著說不清道不明的晦澀少女情緒，朱仰起看了都替她們心酸，尤其是那種小心翼翼的打探卻又不敢直白地說出他的名字。

『他真的有女朋友了？』

朱仰起回覆：『嗯。』

回完留言，朱仰起坐在計程車上想：徐梔真幸運。

轉念又覺得，陳路周也幸運，徐梔要身段有身段，要樣貌有樣貌，人又聰明伶俐，也不矯情，還總是護著他。

最後深深嘆了口氣，他們真幸運——

不幸的是我。

靠。

幸運的人最後還是去了飯店。

徐梔早就開好房間了，從包裡拿出房卡刷的時候，陳路周的眼神變得格外意味深長，「早就開好了在等我，送禮物？我才是禮物吧？」

「滴答」房門打開，徐梔沒讓他進去，說了句：「你在門口等一下。」

陳路周愣了一下，穿著一身黑，身材俐落，身形高大，插口袋站在門口，口氣有點跩：「幹嘛？」

徐梔一雙乾淨直白的眼睛隱在門縫裡，笑得曖昧不明地看著他：「我準備一點東西。」

門被人關上。

陳路周腦子裡自然冒出一些不太正經的東西，用他龐大的閱片量來說，男女朋友在談戀愛初期就會迫不及待地以探索對方身體上的愉悅為主。他自然而然也會跟徐梔走到這一步，但是他們畢竟不到二十歲，嚴格來說，今年才十九周歲。有些成年人的情趣，說實話，他不想過早體驗。

所以不太有耐心，人靠在走廊的牆上，眼神掃著四下無人的走廊，用食指指節心不在焉地叩了兩下，「別鬧了，開門。」

大約又過了兩分鐘，徐梔才來開門，身上衣服倒是沒換，她把大衣脫了，橫著扔在沙發上，腳上換了一雙拖鞋。

陳路周進來沒地方坐，就在茶几邊沿坐下，把手機從口袋裡拿出來扔一旁，把人拉過來，「妳在裡面幹嘛呢。」

徐梔低頭看著他：「在準備驚喜給你呀。」

陳路周順著她的話四下環顧一圈，「在哪呢？」

「在裡面呢，你現在看不到。」

陳路周自然想歪了，咳了聲，「妳別搞色情。」

然而，一轉眼，她不知道從哪掏出來一個蛋糕，放在茶几上。這時正跪在地毯上，專心致志地用打火機點蠟燭，屋內沒有開頂燈，只開了一盞小壁燈，她的影子被拉長，輕得像一片羽毛落在地毯上，瑩瑩火光在她臉上跳躍，原本冷白的皮膚在燭黃色的火光下，染上了一抹溫暖的黃色，溫和得不像話，也漂亮得不像話，徐梔身上只有一件裹得緊緊的針織衫，將她身形襯托得玲瓏有致，削肩薄背，勻潤緊緻的線條引人遐想，她似乎沒聽清，溫柔堅定地跪在那，一邊一動不動地為他點著蠟燭，一邊笑著抬眼問他：「嗯？你說什麼？」

陳路周當時抱著手臂坐在茶几上，低頭靜靜地看著她，心裡泛著一陣陣難以壓制的瀾濤，有小魚受不住躍出水面，好像鬆快了些，接著那些無形的小魚越來越多，頻頻在他心裡躍上躍下，有些情緒也再難壓制。但那時心裡只有一個想法：還好沒走。

徐梔點完蠟燭，把蛋糕推到他面前，兩隻手臂交疊搭在茶几上，小心翼翼地護著搖搖欲墜的小火苗，說：「男朋友，快許願。」

人家根本沒在聽，俯下身，二話不說把蠟燭吹滅了。

「你不許願——」

她跪在地毯上，一抬頭，黑影驀然追至跟前，嘴被人堵住，後腦勺也被人勾住，徐梔被迫仰著頭，熟悉的氣息密密麻麻地鑽進來。

屋內靜謐，唇舌之間密密的嘬吻聲，漸漸清晰，是越漸激烈，夏日裡的蟬鳴再也壓不住，初冬的飄雪也無法阻止。

燈影幢幢，兩人的影子如同雪片一樣糾纏著、輕飄飄地落在地毯上，從未分開過。

「下雪啦！」飯店裡的住客或許有南方人，見雪格外激動，在走廊裡叫嚷著讓同伴出去看雪，是今年的初雪。

屋內，兩人不為所動，閉著眼靜靜接著吻。

陳路周不知道什麼時候脫了外套，將人抵在沙發邊沿，他一隻手撐在沙發的坐墊上，和她深深、一言不發地接著吻，空氣裡彷彿被人餵了一個小火球，氣氛熱得不像話，另隻手從她耳廓，慢慢、極具挑逗地一路摩挲著往下摸，下巴、脖頸、鎖骨……他手指刮過的地方，徐梔彷彿渾身過了電，頭皮發麻，後脊背一陣激靈。

到處都是一點就燃的火星子，空氣裡都是急促的呼吸聲。

荒唐又迷亂，徐梔意識已經被壓榨乾，昏沉迷濛間，腰上被人重重掐了一記，「東西呢？」

「電腦桌上。」她下意識說。

陳路周把人打橫抱去床上，低頭親了下，起身去拿東西。

然而，電腦桌上只有一個四四方方的蛋糕盒子。

哪有保險套。

他剛本來想去買的，徐梔說不用買。他以為她帶了。

「沒有。」他找了一圈。

徐梔下巴懶洋洋朝桌上的蛋糕盒子一指，「打開，在裡面。」

陳路周把蛋糕盒子掀開，徐梔直接赤著腳下床走過來說：「我特地買了個尺寸差不多的蛋糕盒子，不然這個東西放在哪裡都好顯眼。很容易被你發現。」

陳路周這時才明白過來，這個是送他的禮物，大小跟八寸蛋糕差不多大，四四方方，是一個洋房的小模型，用木頭做的，全榫卯結構，沒用上一枚釘子，因為榫卯的嵌合很重要，一根木頭鎖扣不對，是搭不成這麼大一幢房子的。陳計伸有個朋友就是木匠出身，後來開了間挺大的建築公司，他說過，這麼多房屋結構裡，榫卯結構是最繁瑣最費工時但卻也最牢固的。這個模型總共四層，旁邊帶著一個綠草坪的小花園，應該是她自己手工做的。光設計應該都得花不少心思，這麼大的工程量，一兩個月不一定能做出來。

旁邊還嵌著一張卡片。

陳路周拿起來，雋秀工整的字體。

TO 六歲的陳路周小朋友：

十九歲的陳路周有十九歲的徐梔陪，這個禮物我想送給六歲的陳路周小朋友。

外面是那年北京的初雪，從屋裡望出去，一窗子蓬蓬鬆鬆的雪白色小絨毛，紛紛揚揚地翻滾而下。

有人耳熱眼花地在看雪，有人在屋內靜靜相依。

「生日快樂，陳路周。」徐梔從背後抱著他，臉貼在他後背上輕聲說。

卡片上的手指不斷收緊，生生將卡片壓出了一道摺痕，聲音彷彿是從嗓子眼裡擠出來：

「妳做了多久？」

其實很早，暑假那個時候就開始做了，徐梔本來要賠他一個鏡頭，後來發現鏡頭實在太貴，她買不起，就想著做個東西送給他。傅叔當時給了她一個建議，他那邊裝潢完山莊倉庫裡還剩下一些材料，徐梔就拿了這些材料，打了個樣，但發現要做成一個完整的模型工程量實在太大，就被她擱置了一陣，直到開學上了課，她才開始慢慢磨這個設計圖。本來以為趕不上生日了。

徐梔沒回答，「喜歡嗎？」

陳路周轉過來，人靠著桌沿，低頭看她，卡片還拿在手上，兩手捧著她的臉，卡片貼著她的臉側，眼睛帶著一絲綿長的執著和溫柔：「多久？」

徐梔沒說。

「妳不說我去問妳室友了。」他說。

徐梔這才嘆了口氣，手抱在他腰上，臉貼著他寬闊的胸膛，聽他心跳熱烈，只好說：

「一個多月，昨晚在這熬了個通宵。」

許久都沒回應，徐梔不自覺仰頭看他，卻見他眼廓線條深深凹著，眼角是濕的，發覺場面有些不可收拾，忙說：「別哭啊。其實還挺簡單的。」

陳路周人靠著，仰頭定了下情緒，喉結按捺不住地滾了好幾下，可還是沒忍住胸腔裡那股翻騰、難以壓制的熱意，心是絞著的。

他深吸了口氣，捧著她的臉，低頭在她腦門上狠狠、極盡溫柔地親了下：「妳是傻子嗎？」

徐梔眼睛也亮，仰頭看他：「你是不是總覺得我只想跟你接吻上床？可我在很認真地跟你談戀愛啊。」

想了想，她又說：「其實我一直都想跟你說，我遇到你之後其實變了很多，你可能想像不到我以前是什麼樣子，我以前會抽菸，跟你認識之後，我一次都沒抽過，因為我覺得你可能不喜歡，所以不知不覺就戒掉了。還有一些你可能這輩子永遠都不會接觸到的朋友，其實人都不錯，只是沒那麼幸運。那次錄完節目之後，我發現你這個人雖然看起來踟踟的，但很好說話，身邊的圈子都很乾淨，除了朱仰起看起來稍微有點不太正常，朋友都是一些天之驕子？這麼形容對吧？畢竟你們一中人都這樣形容自己。我親你那次，你躲了，我本來就想跟你這樣斷了也挺好——」

「斷什麼斷，這輩子妳都別想了。」人被他揉進懷裡，聲音悶在她頭頂說。

「別裝了，你明明也這樣想過，我都知道好嗎。」

「我那是被妳釣急了，我本來都打算當妳炮友了。」

「不是說那次，我說之前，在暑假的時候，你跟朱仰起說過好幾次好嗎，『我對她也就是征服欲而已』，朱仰起都跟蔡瑩瑩說了。」徐梔從他懷裡出來，說得口乾，她轉身去倒水，一轉身，後面一堵牆形影不離地堵著她，走哪跟哪。

徐梔端著水杯，無奈地推了他胸口一下，笑了，「你幹嘛，陳路周，擋著我看雪了。」

他拿過她的水杯，放在一旁，將她抵在桌沿上，只是站著，膝蓋緊緊貼著膝蓋，兩手揣在口袋裡，眼神誠懇地說：「那時候真沒想太多，怕自己跟妳糾纏不清，讓妳傷心，妳說妳想得多，我想得也多，朱仰起還跟妳說什麼了？」

下面很熱。徐梔覺得不太對勁，口乾舌燥，看著窗外，想了想說：「沒了吧。」忍不住往旁邊撤了撤，「你別貼著我。」

「躲什麼啊。」他撈過來，故意又往她身上貼了貼，徐梔被他抵得渾身發緊，後脊背一陣陣發麻，耳熱眼花，外面的雪似乎都能直接被她瞧化了，卻聽他低聲說：「妳說我對妳冷淡，我一碰妳就有反應懂了嗎？我又不是性冷淡，我是怕，有些東西真的沒那麼保險，偶爾做一次兩次就算了，太頻繁總歸不太好，萬一有了怎麼辦？戴了套懷孕的我不是沒見過，朱仰起就是這樣生下來的。我不想妳受些不明不白的苦。」

徐梔愣了下，沒想到他真的想得很多，笑說：「那朱仰起還挺堅強的。」

「嗯，從小就堅強，我們以前都叫他朱堅強。」

徐梔噗哧笑出聲，抬眼看他，身下的熱意越來越燙，幾乎要燒到心裡，不太自在，「那你別貼我這麼近啊，不太舒服……」

「哪裡不舒服？」陳路周難得輕佻地笑了下，明知故問。

徐梔笑得意味深長地看著他：「你別鬧啊，『大姨媽』在。」

「……」

屋裡瞬間安靜下來，所以是真的來幫他過生日的，沒有別的心思。

所以他在幹什麼，兩個人的身體此刻還嚴絲合縫的貼在一起，尤其是某個地方，太明顯了。

「咳……」

「咳，咳……」

徐梔笑岔氣，把他拽回來：「陳路周，別裝了，我知道你有反應，唔……」

嘴被人吮住，毫不客氣、報復似地長驅直入，舌根被人攪得發燙，徐梔也激烈、迫切地回應著吻他，等磨夠了，陳路周低頭往下親，在她脖子上咬了一口，熱息拱著，心跳怦怦，兩人耳朵都紅得不像話，像乳白色雪地裡最孤傲的梅，是顯眼、孤注一擲的紅。

飛雪在路燈下橫衝直撞，染白了整座北京城，燈火葳蕤，少年兩顆熱烈的心坦率又真摯。

「不管妳以前什麼樣，我愛都愛了，不會再看別人了。」他突然說。兩人當時坐在沙發上，徐梔坐在他腿上，有一陣沒一陣地廝磨著親了一兩個小時，衣衫凌亂，徐梔的針織衫被人撩到一半，她還沒回過神，面熱心跳，心如擂鼓，喘著氣堅定說：「我也不看。」

「妳確定嗎？」陳路周倒是衣著完整，一隻手肘搭在沙發背上，一隻手去捏她的臉頰肉，還無法無天地甩了甩，囂張又氣，「前幾天在餐廳看美術學院帥哥的女生是誰啊？嘴裡還吃著我打的飯和飲料，是妳吧，徐梔？」

徐梔笑得不行，但臉上的力道沒鬆，她被掐著臉，只能求饒：「這你真的不能怪我，純屬自然反應。你不覺得他身上那件外套有點你的風格嗎？我對有點像你的男生都沒抵抗力。」

「沒抵抗力？」陳路周眉一擰，墊了下腳，狠狠的，不悅的，「妳對誰沒抵抗力再說一遍？」

徐梔一抖，從善如流地改口：「對你。」

「長得像我的來追妳，扛得住嗎？」

「扛得住啊。」徐梔說：「我那次主要是看衣服，碰巧那個人長得帥。」

「編，妳接著編。」

「那我改一下，我以後盡量少看。」徐梔累了。

「反了妳。」

下一秒就被人猝不及防地翻身按在沙發上，徐梔躲都來不及躲，被人直接壓在身下，男人伏在她身上，腰上被人掐著，徐梔怕癢，笑著躲，幾乎要扭成一條蛇，但根本敵不過他的力氣，雙手都被他直接用單手扣著高高地壓在頭頂，盈盈一雙眼，連連求饒，節節敗退。

窗外已經積了一層薄薄的雪，雪夜靜寂，腳踩上路面，雪籽磨擦著地面，有了輕輕的「咯吱咯吱」聲，冬天已來臨。

沒過多久，屋內氣氛火熱難當，全是她低喘連連的討饒聲和輕笑聲。

「陳路周，我愛你。」半開玩笑，半討饒似的，眼裡也有幾分認真。

「說什麼都晚了，今晚得收拾妳——」

……等他反應過來，調笑聲戛然而止，靜了好一瞬，昏暗的屋內，只有沙發上的小壁燈亮著，泛著黃，像陳舊的日記本，道不盡的情意綿綿，再也沒有多餘的聲響，直到密密的嘬吻聲又響起。

如風似雨，耳邊的呼吸越來越重，衣衫摩挲著，耳廓被人若有似無地親著，有一下沒一下的吮。

最後，兩人糾纏在沙發上。男人埋在她頸間，拿額頭抵著，沉默了好一陣子，不知道在想什麼，徐梔一度以為他是不是睡著了，才聽見他啞然笑出聲，然後嗓音低低地，悶悶地，青澀地發緊：「收不了場了，幫個忙？」

幫他弄嗎？徐梔頭皮瞬間麻了，心跳猛地又跳起來。

「怎麼……弄？」

人被帶到浴室，也沒開蓮蓬頭洗澡，單純因為這裡比較好發揮。陳路周脫了上衣，露出平直寬闊的肩背，他皮膚很白，作息規律，不抽菸不喝酒，又常年打球，身上肩背線條生機勃勃，很流暢，紋理清晰，帶著一層清薄的肌肉。腹部像鋪著一塊塊平整圓潤的鵝卵石，不是那張賁張的肌理，而是有一種乾淨勻稱。

瞧得人心口發熱。

兩人貼著浴室的牆壁接吻。陳路周一邊親她，一邊抓著她的手放在自己背後，尾骨旁邊。

「摸到了嗎？」

「抓到了！」徐梔好像從水裡撈魚一樣，猝不及防地一把抓住。

陳路周沒準備，被她抓得整個人一個激靈，「妳叉魚呢！我讓妳先摸背後！」

徐梔哪知道這麼多規矩，不滿地「啊」了聲：「要求真多。」

結果在背後摸到一圈小小的紋理，她下意識低頭一看，是一朵梔子花，「你刺青了？」

他一手撐著牆，低頭看她，「嗯，妳那天想刺我的名字吧，車厘子這個藉口太假了。我刺了，妳就別刺了，還挺疼的。」說完笑了下，捏她下巴，「抓魚吧，輕點。」

徐梔：「……」

浴室沒了聲響，除了一些忽高忽低的呼吸，迷濛間玻璃門上泛起一絲霧氣，將兩人身影不著痕跡地抹去，但依稀還能瞧見，女生的一隻手被人十指緊扣地壓在牆上，偶爾重一下、輕一下難捨難分地捏著。

心臟早已停跳，等舒緩過來，已經回到床上。

等陳路周洗完澡出來，徐梔睜著一雙眼，迷迷濛濛要睡不睡，陳路周一邊拿毛巾擦著頭髮，一邊坐在床旁邊漫不經心地捏她臉，「等我？」

「嗯，」徐梔昏昏欲睡，「你寒假什麼時候走，聽說我們系裡期末考完之後還要出去寫生兩週，大概要去外省，說是去描白族建築，應該比你們晚放兩週？你要先回慶宜嗎？」

「我寒假……」陳路周把毛巾扔一邊，低頭看她，「可能不回去，我可能要參加數模競賽，美國競賽剛好卡在過年那幾天，我們得留在學校，有網路監視。」

「那我也不回去了。」徐梔說。

陳路周知道她在開玩笑：「妳少來，妳爸不得抽妳。」

「那你過年一個人了。」

「有李科陪著，怕什麼。」

「李科是你爹吧，你們快成連體嬰了。」徐梔蓋上被子。

陳路周笑起來，忍不住逗她：「我發現妳這人挺有意思啊，正經的醋妳不吃，李科的醋妳有什麼好吃的？」

徐梔「嗯」了聲，順著他的話往下說：「我漂亮還是李科漂亮？」

「妳神經病啊，」陳路周笑得不行，兩人殺瘋了，開始胡言亂語：「那我跟妳爸掉水裡，妳救誰？」

徐梔：「……」

最後，兩人都繃不住笑出聲。

說曹操，曹操的電話就打來了，兩人一時相顧無言地對視一眼，徐梔拿著手機看了眼，對他小聲說：「我爸。」

陳路周默默站起來，去沙發上坐著，不知道為什麼，心裡多少有點不自在，畢竟剛拉著人家的女兒幹了點混帳事。

徐梔靠在床頭，看他一言不發地坐在沙發上玩手機，心不在焉地跟老徐講電話。

『妳怎麼這麼晚還不睡？』老徐問。

「嗯，在趕作業。」

聞言，沙發上那邊有人抬眼，在昏昧曖昧的屋內，眼神耐人尋味地瞥她。臉不紅心不跳，說謊不打草稿。

徐光霽「哦」了一聲，『妳最近都沒怎麼打電話給我了，北京下雪了嗎？我看天氣預報說，今天北京可能會下雪。』

徐梔心頭微微一跳，老徐可能真的想她了，從小到大他們幾乎就沒分開過這麼長時間，於是看了窗外一眼，鵝毛大雪，幾乎淹沒了屋簷，一窗子白茫茫一片，「嗯，下了，明天可以堆雪人了。」

徐光霽也沒什麼重要的事情要說，叮囑她第一次在北方過冬，多穿幾件衣服就掛了。

徐梔掛掉電話，嘆了口氣，掀開被子下床，陳路周也心照不宣地把手機一鎖丟在一旁，敞開腿，徐梔自然而然地坐進去，雙手掛在他的肩上，和他默不作聲地先接了一下吻，混沌曖昧的聲音漸漸響起。兩人舌尖難分難捨地抵著彼此，也不帶任何挑逗情緒地慢慢吮著，彷彿純靠接吻消磨時間而已，間或，徐梔睜眼看他，發現他此刻也睜著眼瞧她，乾淨含情，但也漫不經心。兩人大概都覺得好笑，便分開了。

徐梔：「你看什麼呢？」

他也笑著回：「妳看什麼呢？」

徐梔發現自己在別人的事情上，可能不太敏感，但是對陳路周的事情就很敏感，剛剛他明明也分心了，接吻還在想事情。

「你剛剛想什麼呢？是在想數模競賽的事情嗎？」徐梔問。

「沒。」

他現在哪有心思想這個，今晚都沒心思了，那點念書的覺悟已經徹底被人帶跑了。

他雙手交疊搭在腦後，敞胸姿態舒適地靠在沙發上，看著窗外靜默翩躚飛揚的雪花，半開玩笑半認真地說：「我只是在想，照妳這個說謊不眨眼的樣子，以後妳個狗東西要是找了小三，我多半得被蒙在鼓裡。」

「那怎麼可能，我要是找了小三——」徐梔笑著說：「我肯定不把你蒙在鼓裡，我直接把你埋進土裡。」

陳路周墊了下腳，直接把人頂過來，壓在懷裡，手伸進她衣服裡，狠狠、咬牙切齒地掐她的腰，「妳找死是吧，妳還想找誰啊？要不要我去幫妳打聽打聽美術學院那男的名字？一三五日我陪妳，二四六妳換換口味，讓他陪妳，怎麼樣，我好不好啊？」

徐梔簡直被他抓到死穴了，天知道她多怕癢，最後笑倒在他懷裡，樂得不行，「陳路周，你真是個醋精。」

他也笑，不鬧了，靜靜地看著她。

兩人有片刻沒說話，靜謐的屋內，窗外鵝毛大雪悄無聲息地下著，徐梔又聽他哼起歌，低低淺淺、冷淡的嗓音多少帶了點調侃的意思。

他靠在那笑著看她，轉眼又換了首歌，明明看起來挺得意忘形，嘴裡唱的卻是亂七八糟的傷心情歌。

他聲音太清澈乾淨，聽起來就是個不折不扣的情種。

徐梔剛打開手機準備錄影，他不唱了。

「別停啊，我要錄下來發動態，讓各位學姐看看，禁欲系天花板平時都是怎麼泡妞的。」

他樂了，把她手機抽掉扔一邊，莫名也爽了，「……窩裡橫[1]。」

時間近十二點，兩人都沒睡著。陳路周穿著褲子懶散地靠在床頭，上身就穿了件外套，拉著拉鍊，裡面什麼都沒穿，徐梔靠在一旁，一邊和他說話，一邊心不在焉地玩著他胸口的拉鍊，一不小心扯下來，發現裡面赤裸，漂亮乾淨的胸肌線隱沒在衣服裡，勁瘦有力，稍微小點的襯衫他應該都會崩開扣子。徐梔沒頭沒腦地想，手也沒停下來，想入非非地繼續往下拉。

陳路周沒阻止她，低頭看她，任她放流自由，只是嘴上得了便宜還賣乖，吊兒郎當地笑著：「hey，girl，幹嘛呢，對男朋友耍流氓啊？」

徐梔覺得他其實挺懂的，各個方面，剛剛在浴室裡，那動作嫻熟的，平時顯然沒少幹。

徐梔有很多話想跟他說，但前一晚沒睡，此時實在撐不住了，昏朦地閉著眼喊他：「陳嬌嬌。」

「嗯？」

「我知道就算李科不找你去參加數模競賽，你過年其實也沒打算回去，」她說：「寒假

1 窩裡橫，意思是說某個人對待自己人很凶，愛發脾氣，對外人卻很溫和，不敢發脾氣。

比完賽回來吧，如果慶宜你沒地方可去，我們就建一個自己的家。」

她沒有說你來我家。

這是讓陳路周最愣神的一點，無論誰對他說，來我家吧，他都會有一種自己被收容的感覺，這種像顆皮球被人踢來踢去的感覺確實不好受，也很糟糕。

所以她說，我們建一個自己的家。

他俯身下去，在她耳邊低聲說：「妳一個晚上想弄哭我幾次？」

徐梔笑了下，「水龍頭精。」

又懶洋洋地補充了一句：「你知道嗎？我們設計老師，說我審美有問題，說我喜歡的東西太完美，她說真正的藝術作品都是有瑕疵的，這個世界上不可能有完美的作品，完美的東西就會顯得假，很多設計師會在自己的作品裡增加一些看起來似乎不能被理解，但是能讓人記住的東西。因為她說人都喜歡有缺憾的東西，有缺憾才能被人記住。比如雪地裡的腳印，白狗身上的黑，人孔蓋裡的玫瑰，甚至是似是而非的愛意。她說我給的東西太直白，作品就是那樣的作品，但是不夠有嚼勁。你懂嗎？」

陳路周藝術天分點滿的人，當然懂。然後「嗯」了聲：「懂。」

「那睡了。」徐梔倒下去，臉貼著枕頭說。

——意思就是，那些手段我都懂，我是一個充滿靈氣的設計師，我靠這點感覺吃飯的，但儘管是這樣，她還是想給他明確的愛，愛情不需要這種嚼勁，有些東西嚼著嚼著就變味了。

說完，她又抬起頭來，不死心、覺得不可思議地又跟陳路周抱怨了一句：「不過好氣，她居然說我身上沒有設計作品的靈氣。」

徐梔還沒明白過來，她是真的不會。她也不是充滿靈氣的設計師。這大概是她身上最萌的一點，她至今都不知道自己在這方面沒有天賦，還自信滿滿地覺得我是一個充滿靈氣的設計師，我不是不會，我是不屑。

反倒是陳路周看她在這補充半天，算是徹底把人看透了。她所謂直白、明確的愛意，單純只是因為她不會釣。她從來都是個直球選手，所以給的東西包括承諾，都很直白。有什麼說什麼，包括之前跟他說，我們都不要把前途綁在對方身上，先做對我們自己最好的決定，以及現在的，我們建一個自己的家。

陳路周靠在床頭笑得不行，不敢笑出聲，只無聲地勾著嘴角，因為這樣的徐梔太可愛，低頭看看她還挺得意的模樣，肩膀都忍不住跟著顫了兩下，但又不忍心打擊她。

徐梔感覺到了，睜眼看他，這時可能也回過味來了，不太確定：「我真的不會嗎？」

「說實話嗎？」他低頭，眼神無奈又只能寵著，「我以前覺得妳挺會的，但現在想想，很多時候可能是我想多了，妳是真的不會。第一次見妳的時候，朱仰起還說妳是海后，他說，妳如果不是海后，他改名叫洋氣朱。」

徐梔眼皮都懶得掀：「……是嗎？我老師說我身上沒有這種靈氣，還說，妳男朋友看起來就很有靈氣，她是誇你會釣嗎？」

「妳老師怎麼會認識我？」

「路上撞見過幾次，問我你是哪個系的，還以為你是美術學院的。」

「我比妳會一點，妳這人還挺好猜的，就像之前在我家看電影，我知道妳會親我，我還是讓妳來了，懂了嗎，這就是釣，妳明知道對方要做什麼，給個鉤子就行。」陳路周從床頭上直起身，漫不經心地把外套脫了，隨手丟一旁，赤裸著上身直接鑽進被子裡，枕著枕頭，側身看她說：「之前就跟妳說，真要跟我玩，妳玩不過我，我是捨不得玩妳。」

徐梔：「……」

陳路周低頭沉默看她一下，最後忍不住問了句：「不過，為什麼學建築？妳以前沒說實話吧？」

「你還記得，你以前跟我說過，你很喜歡慶宜市的地標，你說總覺得很溫暖，那是我媽設計的。但我其實很不喜歡那個地標，參與那個地標專案設計，我媽有好幾年沒陪我過生日，每年寒暑假我就被送到外婆家，我外婆先天性脊椎炎，照顧自己都很吃力，更沒辦法照顧我，有一次我在外婆家吃錯藥命懸一線，醫生說晚來半小時可能命都沒了，我媽那次也沒來。我知道她忙，那時候我們老是吵架，就連我媽死之前，我們還大吵了一架，我媽說我不理解她，我說她也沒試著理解我，她說如果有一天我做她的工作就能理解她了。我想不就是個破建築師，我做還不行嗎？」她說完，睜眼，突發奇想，「要不然明天開始，你釣釣我，我找找靈感。」

陳路周本來情緒一下被她帶進去了，被她一句話逗笑，想了想，看著她說：「嗯，那我明天去找外語系那個吃早餐？」

「我是讓你釣，不是讓你劈腿。」徐梔醒了大半。

陳路周笑得不行，半張臉都埋進枕頭裡，也睏得不行，嗓子都啞：「釣其實就是這個意思，讓對方覺得妳在騎驢找馬，懂嗎？鉤子在我這，誰都以為妳會給他。就好像妳設計出來的作品，誰看了都覺得有共鳴，那就是你們老師認為的靈氣。」

一夜靜謐，再無多餘的聲響。屋內開著空調，窗戶上起了一層薄薄的水霧，月色朦朧，有些瞧不清此時的夜色。

陳路周中途醒過一次，因為睡著睡著懷裡滾進來一個人。

陳路周把她撥開，結果沒多久又滾進來，女孩子臉頰酡紅，睡得很安穩，大約察覺到被人推開，閉著眼睛，不滿地嘟囔了一句，「幹嘛不讓抱。」

明明這麼熱，還往他身上靠。牛皮糖精。

他仰面躺著，無奈地拿手肘掛在眼睛上，束手無策，無聲地在心裡叫了句，真是要瘋了，聲音悶悶：「妳這樣，我怎麼睡啊？」

「別吵，陳路周。」她渾然不覺，睏得要死。

於是他就沒再動了，後半宿幾乎睡一下，醒一下。難熬得要命。

早上一醒，徐梔精神飽滿地要跟他繼續深入昨晚的話題，陳路周整個腦袋埋在枕頭裡，一動不動，聲音發緊地從枕頭裡鑽出來，帶著一絲無可奈何的笑：「警告妳啊，現在別碰我。」說完，又聲音懶散地：「幫我抽兩張紙。」

徐梔抽完紙巾遞給他，見他半天沒動，作勢要去掀他被子，「你彆扭什麼呢，尿床了？」

人躲了下，側頭趴著，再次一本正經地告誡，「妳要是不想抓魚，就別碰我。」

徐梔終於後知後覺地明白他在彆扭什麼，「我看看，是不是升旗了？」

妳他媽懂得還真多。

話音剛落，被人滿滿一摟，壓在身下，呼吸急促也重，燙在她耳邊，直鑽進她的耳窩裡，攪得人耳熱眼花。

心跳瞬間如鼓，在胸腔裡不上不下地躥著，手驀然被人抓到身下。

「別鬧，躺著就行，我自己來。」

眼神顯然還沒睡醒，惺忪又朦朧，整個人都倦意滿滿，但偏偏手下動作嫻熟、遊刃有餘。

徐梔乖乖地躺在底下，眼神直白、輕鬆地仰面欣賞著男朋友自給自足，還好奇地問了句，「一天一次嗎？」

陳路周一手撐在她枕頭邊，低頭看著她，眼裡火星子隱忍一時難發，難得沒藏著那點燥熱，但被她沒頭沒腦的問題問得沒忍住，噗哧笑出聲，「妳別問行嗎？」

「我是好奇行嗎？」

「知道妳好奇，有些事情保持點神祕感行嗎？」

「那你快點行嗎？」

「別催行嗎。」

「行嗎。」索性學他說話。

「不行。」少年意氣風發，相當有原則。

兩人左一句行嗎，右一句行嗎，陰陽怪氣，試圖去緩解面對欲望的手足無措，彼此都不肯服軟，咬牙較著勁，反而將那股青澀勁袒露無遺。兩人耳朵都泛著紅，在雪白的床單下，映襯得格外明顯，宛如山林裡穿過樹縫間隱隱露出晨曦的光，比花豔，比樹嬌，晦澀又美好。

回到學校已經是下午，雪已經被人鏟完了，被人壓得嚴嚴實實堆成一座小雪山，鏟在路旁，旁邊堆著幾個形狀各異的小雪人。

徐梔想起以前高中的時候，有男生上課的時候把雪球塞進女生的衣服裡，那女生膽子小不敢告訴老師，活生生凍了一節課，第二天就感冒了。

兩人站在宿舍樓下，身旁陸陸續續有人出來，他聽她講高中的事情，講到一半，低頭擰眉看她說：「沒人塞妳衣服裡吧？」

「他們不敢，我是班長，塞了也會被我打，我以前很暴力的。」徐梔說。

陳路周笑了下，隨手從花壇旁邊撈起一捧雪，在掌心裡慢條斯理地捏成球狀，說：「看不出來，我就覺得妳好像不會生氣，我認識妳這麼久，還沒見妳生過氣，除了那次我不讓妳親之外，我跟妳吵架，妳也是一言不發就走了。妳好像有點習慣性把情緒藏起來，或者忽略掉。」

徐梔看他在那捏，心想，男生的手真大，「你怎麼發現的？」

「還用發現嗎？」他笑了下，又捧了一捧雪，繼續捏著，「我們認識也快半年，我多少有點了解妳，妳還記得我們第一次見面那天，當時妳跟談胥站在公寓門口，他考砸了，我能聽出來，妳當時拚命想安慰他，但妳缺乏同理心，安慰不到點上。後來我們分手……」

「就電話柱那，」他清了清嗓子，糾正了一下措辭，「妳多理智啊，就沒看出來妳有多捨不得我，那時候我以為妳是真的會釣，現在想想，妳很多時候可能習慣性把一些不太好的情緒都忽略掉了。」

宿舍樓下，人來來往往，目光自然沒少往他們身上掃。但兩人眼裡都只有彼此，目不斜視地聽著對方說話，徐梔沒想到他能發現這點，心裡有種說不出的異樣，「嗯」了聲，說：「也不是忽略掉，我媽走之後，家裡發生了很多事，雖然我跟我媽老是吵架，但她是個很優秀的人，拿了無數設計獎，在外是個風風光光的建築師，在家裡也是我們家的頂梁柱。你知道我爸是個社恐，別說跟人吵架，連跟人正常溝通都要做好久的心理建設。但我媽不是，她屬於有理走遍天下，無理就打遍天下，反正不會讓自己委屈。」

「有她在，我真的挺有安全感的，我媽常說一句話，人活著就是底氣，沒必要看別人的臉色。也因為這樣的性格得罪了不少人，後來她走了，留下一屁股爛攤子，天天有人上門騷擾我跟我爸，還有人抱著孩子過來讓我爸養，說我媽死了，工程項目都停了，她老公拿不到薪水，孩子沒奶喝了，就因為我媽活著的時候接濟過他們幾次，拿自己的錢給他們預支薪水，然後就纏上我跟我爸。就那時候，覺得人最沒用的就是情緒，你同理他們，他們不一定領情。生完氣我還得寫作業，還不如直接寫作業。」

林秋蝶女士有點個人英雄主義，路見不平拔刀相助這種事時有發生，也時常被人反插一刀，可她仍舊我行我素，該出手時依舊會出手，她是一個不太在乎回報的人，滿腔打不散的熱心腸。

陳路周突然理解，她當初為什麼那麼想接近自己，也明白，為什麼見了他媽之後，徐梔就肯定他媽不是她媽了。

林秋蝶和連惠完全是兩個人，除了聲音像之外，連惠小心謹慎，她溫柔如水，但處處利己。就算整成另外一個人，性格也不可能改變這麼大。

陳路周低著頭，面色凝重地思忖片刻，反手揉著雪球說：「這話說起來可能有點難以理解，但是我覺得妳缺少的可能就是情緒，其實設計師在作品上很大一部分是在消耗自己的情緒，多愁善感的人，在這方面上可能就更能融會貫通一點，也就是所謂的靈氣。這點，朱仰起很有發言權，他有時候看見兩棵樹，他都能替比較禿的那棵感到難過。」

徐梔瞪著一雙直白的眼睛，儼然無法理解。

他笑：「以後跟妳講講他是怎麼找靈感的，但是，情緒壓久了，就跟這個雪球一樣，會越滾越大，總有一天要出問題的，妳不能一直這樣忽略。」

陳路周默默舉起手上的雪球。

超大，徐梔震驚：「你搞了個地球儀？」

陳路周笑著問她：「打雪仗嗎？」

「你想打死我？」

「我捨得嗎？」

話是這麼說，那眼神直白看起來就是有點不懷好意，徐梔莫名想起早上兩人在床上那幕，瞬間又熱了，心突突跳著。

那感覺，挺難形容的。很漲。

然而話音剛落，陳路周感覺脖子瞬間一涼，一個不知道從哪飛來的雪球，直衝衝從他耳旁刮過去，不偏不倚地砸在徐梔的腦門上，陳路周下意識護了一下她的頭，拿手臂擋了下，球滾到徐梔的肩上，帶著樹葉的雪球在她身上宛如炸彈碎裂，撲簌簌滾落一身白色的雪籽，七零八落沾了一身。

陳路周一邊替她撣身上的雪，一邊不耐地回頭看了眼，果然看見罪魁禍首李科站在花壇旁邊，臉上帶著歉意茫然地笑，生怕陳路周找他算帳：「……偏了，徐梔沒事吧？」

陳路周「嗯」了聲，對他勾勾手：「沒事，你過來。」

李科想著走過去問問他去不去圖書館，走到半路，驀然看見陳路周手上那個地球儀一般的雪球，罵了聲「我靠」，轉頭就跑。

陳路周那狗東西還氣定神閒地站在那悠悠地指揮他的女朋友：「打他。」

李科：「你要不要臉啊，這東西在體積上就是犯規。」

陳路周還明火執仗地提了句：「你跑慢點，她追不上。」

李科邊跑邊回頭，兩條腿搗騰得很快：「我有病。」

陳路周優哉游哉地靠在一旁樹下，笑起來神清氣爽，提醒他：「科科，慢點，後面有雪堆。」

李科看徐梔追不上他，還故意倒退著走了兩步，「鬼他媽信你——」

「砰」一聲巨響，腳下一不留神，人猝不及防地摔進雪堆裡，「靠，陳路周你——」

旁邊有相熟的同學從宿舍裡出來，紛紛忍俊不禁，笑著揶揄：「李大榜首，別找虐了！路草可是兩個人！」

「路草還挺護的。」

「徐梔要是我女朋友這他媽誰不護著。」

「我也想和女朋友打雪仗。」

「別想了，你能和愛因斯坦打雪仗，都找不到女朋友打雪仗。」

「靠。」

有人起了頭，樓下打雪仗的人慢慢越來越多，茸茸雪花在空中紛紛揚揚、舞作一團，白茫茫一片，已經瞧不清人臉，誰路過都得毫不留情地抓兩把，四處充斥著追逐笑鬧推搡聲，混沌聲一片。

外面沸反盈天，宿舍裡的人也按捺不住，提上褲子就衝下樓，「幹嘛呢。」

「陳路周李科他們在外面打雪仗，走，打雪仗去。」

感染力超強。少年之所以為少年，是因為他們身上永遠有一股「坐而論道不如起而行之」的行動力和感染力，想到便去做，管什麼對錯，是理想主義的少年，也是詩酒趁年華的少年。

陳路周是這樣的少年，李科也是這樣的少年，徐梔更是，在場的所有少年都是。十八、九歲的少年都應當是。

徐梔心想，還好有他在。

陳路周嘆了口氣，走過去把人拉起來，「我提醒你了。」

李科摔了個坑，人陷在裡面，放心地把手遞給他。

陳路周：「徐梔，打他。」

「……」

李科下意識要甩，怎麼都甩不脫，狗東西力氣真大，「……靠，陳路周你是不是人？」

陳路周這人就是這樣，自己受點委屈沒事，要是身邊的人跟著吃了虧，他就必定以牙還牙，李科是見識過他以前怎麼護他弟的。

但預想中的巨無霸雪球攻擊沒有落下來。

李科茫然地看著一旁抱著大雪球的徐梔，陳路周牢牢拽著他的手，忍無可忍，正想說，靠，你們能不能給我個乾脆。

徐梔一動不動，一本正經地看著陳路周說：「你為什麼叫他科科，叫我徐梔？」

陳路周：「……」

李科：「…………」

然而自那之後，李科每次找陳路周商量數模競賽的事情，都不陰不陽地來一句：「你單獨跟我去圖書館，女朋友會不會不高興啊？」

陳路周看他表情，十分欠揍，也不陰不陽地回了句：「會啊，要不然我們各自組隊？」

那時正是數模競賽自由組隊時間，李科知道很多人找陳路周。因為數模競賽一般由三人組隊，加一位指導老師，隊員可以是不同系的學生，一般也都是找不同系的人組隊。因為分工明確，各司其職。倒也不用太專業的數學知識，因為數模競賽涉及各個領域的模型運用，計算量雖然龐大，但只要有一定的高等數學基礎就可以參加。像美國競賽，後期就得有人負責資料整合寫論文和英文翻譯。這塊工作量比較繁雜，陳路周英語好，以前高中的時候，班裡競賽聽力都是他幫老師錄的，李科自己英語也好，倒也不是想偷懶，主要是他和陳路周都是蔣常偉的得意門生，兩人的優勢在於有這麼多年競賽寫題的默契，少了磨合期。

兩人當時正在往圖書館的路上，李科抱著書，言歸正傳說：「老蔣昨天還打電話給我了。」

「說什麼？」陳路周插口袋走著。

「就隨便聊唄，大概又跟師母吵架了，找出氣筒呢。」李科嘆了口氣說：「莫名其妙訓了我一通，說山外有山，強中自有強中手，讓我們悠著點，別倒他牌子，我都不敢告訴他，你談戀愛了。」

「早晚要知道的。」陳路周笑了下，「寒假比完賽回去，大概也得知道。」

李科一愣，腳步不自覺慢下來，「你又決定回去了？不是說不回去了嗎？」

「不一樣，我現在有家室啊。」

「我沒家室？」李科白了他一眼，「我媽一天打八百通電話說我過年不回去就跟我斷絕關係。」

陳路周拿手得意忘形地勾了下李科的肩，往他耳邊一湊吊兒郎當地說：「你一個省榜首，懂不懂家室的意思？」

呸。李科不冷不淡地斜睨他，「那你知道，你那位家室期中微積分幾分？」

這還真的沒來得及問，「幾分？」

「你都沒問？」

陳路周把手拿下來，揣回口袋裡，嘆了口氣說：「我跟她最近都在聊別的，我才知道她其實根本不是因為喜歡建築才去學建築，而是因為對她媽耿耿於懷，完全就是在賭氣。」陳路周把她媽的事情言簡意賅地解釋了一下，李科聽完，神色也挺凝重，「你不勸勸她轉系？現在才大一，還來得及。」

「那不行，徐梔這人其實也挺驕傲的，誰都能勸，我不能勸，我怕她懷疑自己。」

兩人不緊不慢地走到圖書館門口，寧靜致遠的氣氛瞬間撲面而來，尤其是雪天，蔫了的草都低著頭，安安靜靜地沒在雪地裡，聲音也不自覺低下去，陳路周搖頭說：「而且，也不是這個問題，你不要小看她，她能從睿軍考出來，身上多少有點勁。她只是比較缺乏同理心。但這種性格也好，就是不會被人影響。」

李科神祕兮兮地笑了下。

「你什麼意思？」

李科拍了拍他的肩，意味深長地說：「擔心她，還是擔心擔心你自己吧，人家微積分考了滿分。建築系就她一個滿分，你說怎麼回事，是你吸引力不夠？人家談戀愛一點都沒受影響。倒是你，精力是不如從前了吧？你多少有點菜啊。」

徐梔那幾天難得夢見林秋蝶女士，從高三之後，她就再也沒夢見過林秋蝶了，夢裡似乎在下雨，可抬頭，天是亮的。

夢境是毫無邏輯的，可夢裡的林秋蝶女士說話還是很有邏輯，鏗鏘有力，彷彿字字在剖她的心，她感覺自己像一隻烤鴨，被人片肉。

林秋蝶身後白茫茫一片，宛如人間仙境，她瞧不太清楚林秋蝶的臉，但覺得，她應該在那邊挺開心的，她說，妳從來都不體諒媽媽。

那世界祥和得令人神往，徐梔覺得自己是不是打擾到她了，聲音也不自覺放小，低聲說：「我在試著體諒妳。」

林秋蝶並不領情，聲音清晰：「是嗎？小時候讓妳畫顆雞蛋，妳都哭哭啼啼地畫不完整，不要浪費時間了，徐梔，妳沒有這方面的天賦，妳也不適合做建築，我送過妳模型，妳當時把它摔得稀巴爛，妳說妳最討厭的就是房子。」

她說：「那次是妳爽約，我說氣話。」

林秋蝶：「徐梔，妳能懂事嗎？」

徐梔眼眶一熱，可眼淚怎麼也流不下來：「那妳要我怎麼樣，跟妳一樣去死是嗎？」

林秋蝶還笑她：「妳看妳連哭都哭不出來，妳想想，妳有多久沒哭了？妳小時候多愛哭啊，月亮不圓妳都能哭，花長得不好，妳也會難過。」

大約是夢境，徐梔嘴裡也沒頭沒尾地蹦出來一句：「那是朱仰起吧。」

林秋蝶：「那是誰？」

徐梔：「我男朋友的好朋友。」

林秋蝶冷臉呵斥，宛如小時候她偷吃糖果：「妳才十九歲，交什麼男朋友，趕緊給我分手！」

徐梔：「妳管我。」

林秋蝶不再說話了，身影越來越模糊，半晌，又說了一句：「往前走，徐梔。」

徐梔：「我想見妳。」

林秋蝶：「大膽往前走。」

後來的林秋蝶變成了復讀機，縈縈繞繞總躲不開這句話，在她耳邊嗡嗡作響，彷彿真的有人趴在她耳邊說話一樣，真實得令她發慌，於是徐梔驚醒了，一睜眼。

原來是許鞏祝的手機鬧鐘在地動山搖——

「妹妹妳大膽地往前走啊……大膽地往前走啊！」

徐梔：「……」

寢室其餘三個人都被吵醒了，只有許犖祝絲毫不受影響，酣然大睡。

劉意絲半夢半醒間，隨手抽了個枕頭砸過去，聲嘶力竭，「許犖祝！！妳鬧鐘又調錯了！！」

許犖祝驀然被砸醒，一臉愣，聽見聲響才反應過來，連滾帶爬下床去撈手機，「……對不起對不起，我午睡調錯了。」

鈴聲戛然而止，寢室頓時恢復寂靜，徐梔也睡不著了，摸出枕頭下的手機，發現才兩點。

陳路周那陣子跟李科在準備數模競賽，李科還拉了一個電腦系的哥們，他們雖然也會一點基礎程式設計，但李科覺得這事還是得找專業的，所以不知道用什麼方法從貴系拐騙了一個，那哥們話不多，很沉默，半天蹦不出幾個字，跟他溝通很費力。但好在人不錯，就是比較靦腆，陳路周和李科這兩個話癆在那聊半天，他就低著頭默默寫程式。但因為溝通實在費力，時常搞到半夜，團隊默契全無。

李科在學術上容易鑽牛角尖，陳路周脾氣好，通常都不會跟他吵，但這個哥們話不多，很執拗，兩人經常討論討論著，聲音就高了：「說個簡單的模型，森林救火，在限定的時間內，派出多少消防員合適，火災發生的時間設為t，救火為t1，滅火時刻為t2……火勢蔓延速度貝塔係數，是線性化……」

「滅火速度得比火勢快吧。」

「你這不是廢話。」

「那得算面積。」

「我這不是在算，你急什麼急，這不就是一個函數求極值的問題。你要這麼說的話，我們還得考慮樹木分布均不均勻，有沒有風，樹上是不是還有鳥。」

那哥們又回了句：「那你這樣，還得考慮樹林裡有沒有國家保護動物。」

陳路周靠在椅子上，無語地仰了下頭，剛洗完澡，脖子上掛著一條毛巾，閒散地嘆了口氣：「兩點了，你們能不能好好溝通？不做常量變化，就按樹木分布均勻，無風，樹上也沒有鳥，也沒有保護動物。算了，拿來，我來算，我睏了。」

李科：「我都算好了。」

正巧，那時，陳路周手機一震。

Rain cats and dogs：『……有個不情之請。』

Cr：『還沒睡？』

Cr：『想我？』

Cr：『妳做春夢了？』

Rain cats and dogs：『睡醒了……陳路周，你能弄哭我嗎？』

Rain cats and dogs：『不是，夢見我媽了，想哭，哭不出來。』

陳路周當即從椅子上站起來，「你們先算。」

李科一愣，抬頭瞧他，「幹嘛？這麼嚴肅幹嘛？你不睏了？」

旁邊的哥們也是一愣，陳路周脾氣比李科好很多，雖然看起來跩，但打球或者閒聊的時候，靠在那嘴角都翹著，不冷，也不會覺得他嚴肅。

「徐梔做惡夢了，我哄兩句，你們先算。」陳路周起身拿起手機走出去。

陳路周靠著欄杆，一隻手揣在口袋裡，脖子上還掛著一條灰色毛巾，頭髮早已被風乾，被深夜裡張牙舞爪的刺骨朔風抓亂，他身上就穿了件黑色圓領休閒衣，外套也沒穿，地白風寒，冷白皮襯得他整個人在清寒的夜風裡很沒溫度。比那茸茸白雪還白皚。

李科看了都替他覺得冷，正要說你要不要回寢室把外套穿上。

只見他跟那邊低聲溫柔地說了兩句，隨意抬頭瞥了他們一眼，然後舉著手機直起身，默不作聲地把陽臺的推拉門拉上。

三人在電腦系那邊的寢室，這哥們正好是二人寢，還好他室友也睡得晚，怕打擾別人，就借了他的寢室。

李科翻了白眼，一臉習以為常的表情，怕旁邊的哥們接受不了這樣的狗糧暴擊，勸了一句，「沒事，他除了太寵他女朋友之外，沒什麼毛病。」

哥們倒是絲毫不介意，看著陳路周靠在欄杆上的清冷身影，說：「挺好的，男人中的典範了，我得跟他多多學習，還挺有安全感的。」

李科笑了下，「學個屁，單身狗還是好好寫程式吧。」

哥們：「誰說我是單身狗？」

李科瞳孔瞬間放大，筆都掉了：「你不是單身狗？」

哥們不知道為什麼，本來覺得這麼早談戀愛好像有點不太好意思，但這時莫名覺得跟陳路周是同類感到驕傲，如實相告：「不是啊，我在老家有個女朋友，高中畢業就在一起了，她在你們那的慶大讀書。」

李科瞠目結舌地看著他。

「你又沒問。」

李科頓時罵了句，「我靠！」還把筆拿起來又狠狠摔了下。

陽臺上。陳路周聽她聲音悶悶，窩在被子裡，難得帶著一點剛睡醒的慵懶和低嗔，聽得心裡一軟，又怕她不方便說話，低聲問了句，「要不然掛了？傳訊息？我陪妳聊一下。」

徐梔捨不得掛，聲音昏朦又甕甕：『想聽你的聲音，每次電話裡聽你的聲音，感覺好像都不一樣？』

「哪裡不一樣？」

『電話裡更有感覺。』

說不出來是什麼感覺，就是很磁性，尤其是他熬夜的時候，聲音稍微沙啞，像午夜電臺裡穩重的男聲，讓人很有安全感。

他笑了下，「……要不然改網戀？」

徐梔也笑，在電話裡低低一哂，揉了揉眼睛說：『不要。我媽剛還說讓我們分手呢。』

陳路周：「真的假的？」

『嗯。』徐梔說：『我想著要不要燒一張你的照片給她，但是，翻了半天手機，我居然沒有你的照片。』

「明天讓妳拍，」他笑出聲，聲音乾脆，「要不然妳給我妳媽的照片，我爭取這幾天晚上夢夢她。」

『陳路周，你變態啊，哪有人夢別人媽媽的。』

他一愣，倚在欄杆上含冤負屈地笑，眼神往別處無奈地一瞥，簡直潑天冤枉，「哪裡變態了，妳想什麼呢，燒照片更變態好嗎。」

兩人最後都沒忍住噗哧笑出聲，彎月如鉤，少年心裡純粹的愛意比雪白，比花蜜還濃。靜了一下，兩人都沒說話，陽臺上的風越颳越大，陳路周把另隻手從口袋裡拿出來，捂了捂話筒，怕被她聽見風聲，清白分明的骨節都被凍紅了。

他仍安靜陪她耗著。

『陳路周。』那邊叫了聲。

「嗯？」

『我很想她，』徐梔說：『我們之間有很多誤會都沒有解開，其實我爸說我媽死之前留了一封信給我，可是那封信不小心被外婆混著其他我媽的髒衣服燒掉了。很多時候，我跟她其實可以好好說話的，但是我爸說我們兩個性格太像了，說不到三句話就能吵起來，吵著吵著就互相攻擊。我還記得小學時候，我們老師留了個作業給我們，讓我們回家幫媽媽洗一次腳，然後就發現我媽後腳跟上都是老繭，那時候我還不懂事地說她一點也不會保養，別人媽媽的腳趾頭上都是漂漂亮亮的美甲。然後我媽當時就說，等妳以後穿上我的鞋，走我的路，妳再跟我說這句話。』

「妳媽媽很愛妳啊，不愛妳的媽媽會說，那妳從我家滾出去。」他說。

徐梔：『你是不是被你媽這麼罵過？』

陳路周低頭無奈地笑笑，「偶爾。我已經記不太清了。不過，想哭是好事，有時候人的情緒得發洩出來，妳不能老是這麼憋著。」

徐梔：『那你幫幫我。』

陳路周低低「嗯」了聲：「好，妳先睡？我想想辦法。實在不行我只能打妳一頓。」

那邊沉默半晌。

他以為嚇到她了，「別怕，陳路周哥哥不家暴。」

本來以為會被戲謔，卻聽那邊甕聲甕氣地：『想抱抱。』

今晚的徐梔格外黏人，或許是真的嚇到了，一陣陣的撒嬌讓陳路周心裡總是忍不住發軟，心裡好像有個膨脹的氣球，軟軟漲漲的，人像踩在雲端裡。

他心裡也癢，手忍不住抓了把頭髮。熱戀期真他媽挺磨人，一下子不見就想。

陳路周又低低哄了兩句，「我等妳睡了再掛？」

徐梔遲遲不肯掛，最後也忍著心裡那點不捨，『睡了，掛吧，我剛看李科的動態，你們今晚應該還得熬。』

風雪呼呼颳著，陳路周的手指已經凍麻了，回頭看了屋內一眼，兩人還在奮筆疾書地算，嘴裡不知道說什麼，大概又吵起來了。他壓下心裡那點負罪感，想著以後大不了等李科談戀愛，他幫他寫畢業論文都行。

「再陪妳一下，難得今晚這麼黏人。」

一哄就哄了半小時，兩人又低低淺淺地聊了一下，才進了屋。

計算紙上龍飛鳳舞，數學公式寫得滿滿當當。

陳路周把剩下的步驟算完，李科已經睏得眼神直打飄，三點趴在桌上睡著了，電腦系那哥們叫王躍，顯然是個熬夜大手，眼神清明，又跟他繼續探討了幾個關於常量化的問題。兩人也沒叫醒李科，自顧自討論，王躍其實脾氣還行，話不多，就是有時候喜歡鑽牛角尖，偏巧李科也喜歡鑽牛角尖，兩人在一起就針尖對麥芒，陳路周的性格百搭，所以誰跟他都挺和諧的。

陳路周剛從外面進來，一身寒霜。嘴裡呵著白氣，兩手凍得通紅，王躍還挺細心地把手上的暖暖包遞給他。

陳路周接過，說了聲謝謝。

「你人比較好，換作李科我才不給他呢。」

陳路周笑了下，看了睡得正香的李科一眼，拿過他面前算一半的計算紙，把剩下的步驟補上，「他人也挺好的，就是有時候喜歡抬槓，你別理他就行了，以前在我們學校都是考第一，來這裡發現大家都差不多的時候，拚命想證明自己，不然也不會拉著我大一就去參加美國競賽了。」

確實，大一通常都以準備明年九月的國家競賽為主，有些學校甚至要求組隊的學生必須要參加過國家競賽才允許參加美國競賽。他們學校沒這個要求，也有不少人在準備，李科一看他們都磨刀上陣，那顆爭強好勝的心，便蠢蠢欲動了，自然也坐不住。

陳路周也都知道，他一般看破不說破。其實換作他目前的情況，他可能不會參加比賽，畢竟下學期還要申請轉系，要忙的事情太多。

王躍一開始對他有印象，也是因為他是校草，學校討論他的人很多。李科拉他進組的時候他不太願意，畢竟他覺得自己跟帥哥有壁，聊不到一塊去，後來發現，他比李科好說話多了。

王躍問：「李科不是說你才是他們學校第一嗎？你們到底誰第一？」

「你就當我們互捧吧，有時候他第一，有時候我第一。」陳路周正在計算森林損失費用，一邊說，一邊時不時抬頭掃桌上的手機一眼。

王躍覺得陳路周身上有一種讓人很難形容的自信，性格真的挺吸引人的，難怪李科一直跟他說，陳路周是一個你交了這輩子都不會後悔的朋友。

王躍看他眼神挺分心，「擔心你女朋友啊？」

陳路周頭也不抬，筆尖刷刷，「嗯」了聲：「有點，不知道睡著了沒。」

「那今天到這？其實還是要考慮一開始的火勢問題，現在我們都是在建立了相對理想化的森林環境和火勢下進行計算的。其實這種建模沒多大意義，畢竟真正發生森林救火時的情形千奇百怪的，比如之前說的那個森林保護動物也是問題之一。」

陳路周把最後兩項費用算完，放下筆，人往後仰，仰頭看著天花板，終於有些精疲力盡地滑了滑喉結，然後翹著椅腳懶散地晃了晃，把暖暖包還給他，一邊收拾東西一邊和他說：「所以得算森林損失費用和救援費用，研究主要還是給個對比資料，要不然怎麼說實踐是檢驗真理的唯一標準呢。資料給我吧，明天上午我沒課去圖書館把論文結構先弄出來。」

王躍這時才覺得自己多半來對組了，跟著陳路周真的能省不少事，「對了，有件事得跟你說一下，美國競賽得有一個指導老師，畢竟第一次參加比賽很多流程我們都不太清楚，我問了其他幾個組，大部分組都掛在那幾個教授、講師名下。」

「哪幾個？」陳路周問。

「帶比賽就那幾個有名的，熱門教授底下隊伍肯定很多，有個教授名字底下已經掛了四十幾個組了，最少也有二十幾個組了。那些組現在到處叫苦，因為教授肯定是指導不過來的，有時候一封郵件寄過去一週都沒有回覆，大多也都是掛個名字。因為學生獲獎，他們也有獎金拿，所以光撒網，我們找過去他們肯定也收的。」

其實通常都是教授挑人，有些教授看見有獲獎潛力的學生會直接提前搶人，一般也都是自己以前帶過的學生。他們大一相對來說，就有點瞎貓撞死耗子。

陳路周將椅子輕輕放平，人靠著，然後把電腦關上，沉默著沒說話。

王躍說：「我和李科商量了一下，既然打算參加比賽，我們就是衝著拿獎去的。」

聽這話，他們心裡已經有人選了，陳路周：「你們想找誰？」

「物理系一個講師，他對學生很負責，我們不知道你是不是更願意掛在教授名字底下，教授混熟了，以後保送研究所機會也大，所以還沒去找他。」

「行，你們定。」

相比數模，陳路周覺得弄哭女朋友這件事情更讓他頭疼。

為此，他還諮詢了一下戀愛經驗沒那麼豐富但是弄哭女孩子經驗豐富的朱仰起。

朱仰起當即義憤填膺地甩給他一句，「渣男！你這麼快就變心了？」

陳路周解釋半天，朱仰起油鹽不進，「渣男！」

「狗東西！」

「大豬蹄子！」

「渣男！渣男！呸！」

陳路周：「……」

陳路周最後決定帶她去看電影，訂了間私人包廂，選了一部誰看誰流淚的《忠犬小八》。

但徐梔是鐵人，看完默默地瞥他一眼，「結束了？」

兩人當時坐在電影包廂的沙發上，畫面的光線昏昧，幽幽地照在他臉上，那光彷彿在他身上勾勒出最冷硬的五官，筆挺的鼻梁，深凹的眼窩。

陳路周沒看她，眼神筆直地盯著螢幕，流暢清晰的下顎線看起來很無情冷漠，比屠宰場的屠夫還有一種手起刀落的無情勁。

他腮幫子微微動了動，可見渾身上下都在用力，腿上的運動褲被他的手漫無目的地捏著，拽了又鬆開。

眉微微擰了下，就倔強地刻著一行字——「我沒哭」、「妳別看我」、「我死都不會哭」、「我很無情」。

直到最後那幕畫面再次出現，下著鵝毛大雪，狗狗孤獨執著地等在風雪交加的車站，絲毫沒有離去的意思，一年復一年。

尤其是那句：「外公是在哪裡找到小八的？其實是小八找到你的。」

陳路周徹底沒繃住，吸了兩口氣，也沒將胸腔裡那陣酸意壓下去。只能仰起頭，喉結一陣陣壓抑又措手不及地上下滑著，脆弱感瞬間讓人心疼。

最後那眼淚便無措地順著臉頰流下來，他不自覺抹了一下瞬間又湧出來，結果越抹越多。

靠。

靠。

靠。

徐梔默默從包裡摸出最後一張紙巾遞過去，一邊替他擦，一邊心疼又小聲地哄說：「別哭了，陳嬌嬌，你哭完我一包紙巾了。」

徐梔真的不會哄人，一邊用紙巾輕輕在他臉上擦，還一邊哄小孩似的乾巴巴地說：「都是假的，別哭了，電影而已。」

陳路周仰著臉靠在沙發上，無措又尷尬地看著天花板，任由她為自己擦著眼淚，靜默半晌，破涕為笑，聲音帶著濃重的鼻音，厚重又沙啞：「妳真不會哄人，我知道是假的，但還是很難受。」

徐梔靜默一瞬。

他嘆了口氣，靠在沙發上，把人摟過來，腦袋就那麼仰著，微微側過臉，眼睛濕漉漉地看著她，又亮又委屈，想了半天，說：「電影的魅力大概就在於，誰都知道是假的，但誰都願意相信小八對主人忠誠而堅定的愛是真的。朱仰起以前跟我推過好幾次這部電影，我都不敢看，他說他和馮覲看一次哭一次，兩個人抱頭痛哭。朱仰起還為此養了一條狗，叫七公。被他爹揍了一頓，因為他外曾祖父就叫七公。」

徐梔笑了下，把紙巾往旁邊一丟，然後窩在他懷裡，舒服地靠著，兩人都穿著羽絨外套，中間蓬蓬鬆鬆鼓著，身子骨怎麼都貼不到一起，於是使勁往他身上靠了靠，試圖將中間的空氣擠出去，去貼他結實硬朗的胸膛，尋找那抹熟悉的安全感。

然後仰頭在他下巴上輕輕吮了下。陳路周不知道在想什麼，見她有了動作，也微微低頭，自然而然地湊上去，和她貼了下嘴唇。

徐梔又湊上去親了一下。

陳路周一手摟住她的肩，指尖若有似無輕輕捏著她單薄的耳垂，低頭看著她，嗓子乾澀，眼睛裡的紅潮散去，彷彿有了別的情緒，漸漸不由自主地加深，低頭回親了一下。親完，意猶未盡地看著她，眼梢微挑，往原本就暗火湧動的空氣裡又添了一把火。

情緒早已在空氣中轉變，原本毫無雜念的乾淨眼睛裡漸漸只有彼此模糊的影子，視線迷離卻一動不動地盯著彼此。

氣氛徹底靜下來，包廂內昏暗，電影畫面還在滾著尾聲的演員名單，畫面幽暗，螢幕的光落在兩人臉上，晦澀隱祕，像一對偷情的小情侶。

安靜的包廂裡，你一下我一下，跟玩似的，毫無章法地調情。

親來親去，接吻聲的頻率越來越密，也越來越重，再也分不開。

電影畫面已經自動跳轉到下一部電影，千遍一律的龍標片頭曲響起的時候，被人戛然掐斷。

包廂裡再無多餘聲響，就剩下些荒唐、令人面紅耳熱的接吻聲和羽絨外套材質輕輕摩挲著，發出窸窸窣窣的聲響。

兩人閉著眼深吻，毫無保留地吞噬著彼此的氣息，嘴唇規律地張合著，咬著彼此的舌尖。

陳路周把手上的遙控器一丟，把人抱上來，骨節分明的手從她背後摩挲著一路摸上去，徐梔跨坐在他身上，呼吸急促，頭皮發緊。

「你摸什麼呢。」

「妳說摸什麼，妳還記得暑假最後那個晚上在我床上跟我說過什麼嗎？」兩人聲音輕得幾乎只剩下氣音。

「我說什麼。」徐梔想不起來了。

「妳說，陳路周哥哥，摸摸我。」他笑得不行，自己都不好意思了，忍不住掐她臉，「這種話妳是怎麼說出口的？」

那時候是陳路周太克制了，接吻也是冷冷淡淡，徐梔不服啊，那時候也無所顧忌，什麼話都能往外蹦，因為知道這段感情不長久。就上網搜尋了各種手段辦法，說了一些讓人不著邊際的渾話。還說過更葷的，但當時的陳路周都不為所動。

真談了戀愛，她發現還是要矜持一點。

「說過的話不認？」陳路周在她腰上掐下了。

「沒不認，我忘了。」

「妳當時真的就是玩我。」

「你不是也玩我？」

「我從頭到尾就沒玩過妳好嗎，妳問問朱仰起，就暑假那陣子，我跟他出去吃飯，有人跟我要好友，我都說我不是單身。」

「漂亮嗎？」徐梔又抓住重點了。

陳路周要笑不笑地看著她，「比妳漂亮點吧。」

徐梔「哦」了聲，「那你怎麼沒給啊。」

「妳怎麼知道我沒給啊。」他笑。

「陳路周。」

「不逗妳了，」他吊兒郎當地把掛在沙發背上的手臂收回來，說：「一個健身房的大哥，問我要不要去辦卡，說單身打八折。」

等廝磨夠了。徐梔一邊整理衣服，扣上扣子。偏頭看他一眼，陳路周靠在那，有些失神，不知道在想什麼，徐梔摸了摸他的臉。發現臉頰是乾的，早就沒哭了。但親了這麼久，臉頰還是冷冰冰的，摸起來沒什麼溫度。徐梔用手幫他捂著，煎蛋似的手心手背反覆翻面地貼著，想幫他捂熱，「要不然再待一下，我怕你出去會感冒。」

陳路周抬起她的下巴，低頭去攫住她的視線，深深地牢牢盯著：「一直有件事情想跟妳說。」

「什麼事？」徐梔的手還捧著。

陳路周一手抓下捧著自己臉的手，放在胸口毫不客氣地捏著，嗓子乾澀，正經地咳了聲，說：「妳跟妳爸說了我們的事嗎？」

徐梔：「還沒。」

他「嗯」了聲，靠著，一邊玩著她的手，一邊說：「我來之前，其實見過妳爸。在你們社區樓下，陪他喝過幾次酒。他是不是也沒告訴妳？」

徐梔略微驚訝地看著他，開學那麼久，老徐從沒跟她提過這件事，「他沒說。」

「我猜他也沒說。」

徐梔一愣，「不過你怎麼會去我們社區，等我？陳路周，你大情種啊？還真是招惹不得。」

「妳招都招了，」他笑著說：「不過，別想太多，我就是在你們社區附近租了間房子，湊巧而已，真不是故意的。我倒不想跟妳住太近，畢竟老碰見妳爸也尷尬。」又不是變態狂。

「那你還租那。」

「我是被房東糊弄了，而且，那時候身上錢不夠，也只夠在你們那附近租間房子，妳又不是不知道慶宜房價多貴。」真急了，聲音都忍不住嗆了聲。

「然後呢，你跟我爸聊什麼了？」

「他挺怕我的。」陳路周一隻手放上沙發背，娓娓道來：「我說不上來那個感覺，好像擔心我搶了他的女兒，一直跟我說其實不希望妳太早談戀愛，因為他知道男人沒一個好東西，我也沒辦法把我的心掏出來跟他說我是個好東西。說實話，其實我那時候挺不理解他的，為什麼一個大男人會這麼依賴自己的女兒，後來妳跟我說妳媽的事情，我現在大致能理解他了。他的生活可能真的只有妳了。」

徐梔嘆了口氣，「所以，我一直都還沒跟他說，我本來想寒假回去再告訴他的。」

陳路周想了想，另隻手輕一下重一下地捏著她的耳垂說：「先別說，妳走了之後他情緒好像不太好，妳知道妳爸那幾天一直在吃藥嗎？」

「什麼藥？抗憂鬱的藥？他斷藥很久了。」

「我有一天在社區樓下碰見他，手裡拿著一袋藥，沒看清楚藥品名字，但是看見藥袋是第二醫院開的。我以為妳應該知道。」

第二醫院是慶宜市著名的精神病院，精神科的疾病都在那邊看。

十一點。徐梔回到寢室打了通電話給老徐。前面兩通電話老徐沒接，鍥而不捨地又撥了第三通電話過去，結果是一個女人接的，對方聲音很陌生，有片刻的遲疑和試探，問她：『是徐醫生的女兒嗎？』

這大半夜的，老徐可是個古板的老實人。徐梔心情複雜，微微一沉，禮貌地詢問了句，「您是？」

那邊沉默了片刻，說：『是這樣，我是徐醫生的看護，他最近身體不太舒服，住院了，剛剛下樓溜達了，我看妳好像有急事，幫他接一下。』

徐梔氣剛鬆一半，又吊回去了，太陽穴突突跳著：「他住院了？哪裡不舒服？怎麼都沒跟我說呢？」

『啊，妳別擔心，不是什麼大事。』對方說：『前幾天醫院來了個患者鬧事，出了點小意外，妳爸有點輕微腦震盪，沒什麼大礙，蔡院長讓他住院觀察一下。』

徐梔更急了：「他被人打了？」

『不是，妳爸是去勸架的，不過剛出科室門，阿姨剛拖完地，他太著急了，就滑倒了，妳爸有點胖，摔在地上一動不動，鬧事的人剛好在旁邊，還以為是自己情緒太激動不小心捅到人了，立刻就跑了。蔡院長還頒了個「見義勇為」獎給他，他現在下樓去領獎狀了。』

徐梔：「……」

話是這麼說。

等徐光霽領到獎狀，才看到蔡賓鴻讓人寫的幾個大字。

——「見義勇為未遂」獎。

徐光霽當即就不高興了，腦袋上還裹著紗布，手臂上還打著石膏，笨拙地把獎狀拍在桌上，「我就一個問題，獎金一樣嗎？」

蔡賓鴻樂呵呵地喝著茶，把茶葉沫吝嗇地唾回杯子裡，一臉社會真美好的春風勁，「說什麼呢，未遂有什麼獎金，給你個獎狀以資鼓勵。」

徐光霽氣得不行，把茶喝了，還是默默把獎狀收起來。這也算是他碌碌無為的人生裡，獲得的第一張獎狀，等徐梔回來給她好好看看。

「吝嗇精，」徐光霽說：「沒見過你這麼吝嗇的，我手都摔骨折了，醫藥費給我報銷。」

「報報報，」蔡賓鴻翹著二郎腿，樂不可支，突然想起來，說：「你跟徐梔說了沒啊？」

「說什麼？」

「你和韋主任啊。徐梔現在在外地上學，等寒假回來，總會知道的。你跟她透個口風，不然回來一時肯定接受不了。」

「我暫時還不考慮，韋主任也是這個意思，至少等徐梔結了婚以後，她有了自己的家庭，我再考慮這件事情，不然我怕她心裡難受。」

徐光霽主要還是覺得徐梔現在還小，對男女之間的事情可能想得比較純粹，他這時考慮韋主任的事情，徐梔肯定會覺得自己被拋棄了。

等徐光霽回到病房，才知道徐梔打電話給自己過。

韋主任坐在病床上，把電話遞給他，「她挺急的，打了兩三通，我就幫你接了，你女兒挺著急你的，所以我就沒跟她說你骨折的事情。」又補了一句，「我說我是你的看護。」

徐光霽滿懷歉意地看著她，心裡鈍鈍的，也不知道怎麼跟她解釋，只好一鞠躬說：「對不起，韋主任。我可能要辜負妳的心意了。」

韋主任被他逗笑，大大方方地笑起來，「徐醫生，我發現你這人挺有意思的，你是怕你女兒接受不了，我理解，畢竟你們家的事情我也清楚，徐梔是個聰明孩子，我挺喜歡她的，我兒子也才高中，我也沒打算這麼快就重組家庭，先這樣相處著吧，就算搭個伴，等兩個孩子工作家庭都穩定了，我們再說我們的事情也來得及。」

徐梔洗完澡，剛躺上床，打了通電話給陳路周，結果是李科接的。

臨近熄燈，女生宿舍這邊已經一片寂靜，只有疏疏散散放臉盆及牙刷的聲音。電話那邊男宿聲音依舊嘈雜喧嘩，聽筒裡充斥著嬉皮笑臉的打鬧聲，熱鬧沸騰，一點也沒女生的自覺，充滿了叛逆和野性。

徐梔：「你們今晚又熬夜？陳路周呢？」

李科不知道在笑什麼，『等等去弄建模報告，不過怕妳吃醋，我跟妳說一下，我不隨便接他電話的，是陳路周問我是誰，我說是妳打的，他讓我接的，他人在廁所。』

徐梔直白地說：「蹲馬桶嗎？」

李科：『……不是，他在洗澡，現在心態應該崩了，洗了快一小時了。』

徐梔：「你又欺負他？」

李科連連叫冤：『靠，不是我，是朱仰起。剛朱仰起打電話給他，跟他說《忠犬小八》的故事是根據真實事件改編的，原型是日本的秋田犬，他心態崩了。』

唉，陳嬌嬌。

「朱仰起有病啊，我哄了好久才哄好的。」

徐梔掛了電話，等他洗完澡。百無聊賴之際，難得去翻了翻陳路周的個人頁面，背景還是那個冷冰冰的天鵝堡。來A大之後陳路周好像就沒有發過動態了，一則都沒有，意興闌珊正準備退出的時候，結果就瞄到他的頭貼下面簡介好像變長了，她記得原本好像是——「An endless road」，一條沒有止境的路。

「Rain cats and dogs, she said she would always love me.」

手機微微一震，有訊息進來，徐梔退出去。

Cr：『打電話給妳爸了？』

徐梔：『嗯，不過是看護接的，我爸住院了。不過沒什麼事，就輕微腦震盪。』

Cr：『那妳寒假早點回去陪陪他。』

徐梔：『那至少有一個月見不到你了，怎麼辦，還沒走就開始想你了。』

Cr：『少來，想我想出個微積分滿分，妳現在嘴裡的鬼話我一句都不信。』

徐梔笑了下，把他頭貼下的簡介截圖傳給他。

徐梔：『這是什麼意思？』

片刻後。

陳路周回過來一則訊息，也是一張截圖，是他們的聊天紀錄截圖，徐梔找半天沒發現什麼，最後才瞥到最上面她的備註名。

——「Rain cats and dogs」。

Cr：『想起釣我的時候說過的鬼話了嗎？』

第十六章　我的家裡

徐梔想起自己當初留給他的那張紙條——

希望在未來沒有我的日子裡，你的世界仍然熠熠生輝，鮮花和掌聲滔滔不絕，只要慶宜的雨還在下，小狗還在搖尾巴，就永遠還有人愛你。

他翻譯成——「Rain cats and dogs, she said she would always love me.」

雨有了，狗也有了。

徐梔：『怎麼理解？』

半晌，那邊回過來一則訊息。

Cr：『我在大雨中撿到一隻淋濕的小狗，她說愛我？』

徐梔：『那不是應該是 A dog in the rain？』

Cr：『缺心眼？男朋友把妳備註成狗有意思？』

Cr：『那就是句俚語，當時看到妳那張紙條的時候覺得還挺適合。沒想太多。』

徐梔那時耳機裡正循環播放著陳路周哼過的那首「鹽」，於是就把他的備註改成了——「Salt」。

徐梔：『陳路周。』

Salt：『？』

徐梔：『旁邊有人嗎？』

Salt：『沒有，不過準備去一下李科的寢室，怎麼了？』

徐梔：『……剛洗澡的時候，發現胸口有點紅。』

Salt：『？？起皮疹了？明天帶妳去醫院看看？』

陳路周那時抱著電腦正從寢室出去，傳完這則就沒走了，人靠在走廊的窗口上，用手機定位查了下附近的醫院。

徐梔：『你抓的。』

Salt：『？？？』

Salt：『我都沒用力。』

徐梔：『……但就是紅了。』

半晌，才回。

Salt：『……要不然，我們掛個乳腺科？』

徐梔：『陳路周！！！』

他笑著走進李科的寢室，寢室有兩個兄弟這週回家了，還剩下一個準備通宵打遊戲，三人今晚轉移陣地。陳路周進去的時候，李科不在，王躍已經在了，站在李科室友的椅子後面聚精會神地看他打遊戲。

陳路周把電腦放在桌上，單手拎了張椅子坐下，嘴裡叼了根長長的手工牛奶棒餅乾，剛看電影回來的路上，徐梔看他哭得不成樣子，又去便利商店買了一堆零食給他。真的就當小孩哄。

李科洗完澡回來，寢室已經熄燈了，就幾臺電腦散著幽幽滯重的光，眼神尖銳，一眼就瞧見桌上的餅乾，不過陳路周也沒打算藏著，本來就是帶給他們充飢用的，李科抽了一根，「怎麼買這個？這不是小孩吃的嗎？」

陳路周靠在椅子上，翹著椅腳，懶散地晃著，看著電腦啟動畫面，眼神有點失神，不知道在想什麼，慢悠悠一口一口咬著心不在焉地說：「徐梔買的。」

「她對你真好欸。」李科吃人嘴軟，但也由衷地感嘆一句。

陳路周「嗯」了聲，撈起桌上的手機回了一則訊息給徐梔。

Cr：『在李科寢室，不扯了，早點睡？下次上手我輕點。』

那邊很快回過來：『嗯，晚安。』

陳路周低著頭，正在手機上輸入。

『晚安，』打字的手速漸漸慢下去，冥思苦想狀，眉擰著，但是寶貝兩個字怎麼也打不出去。好不容易苦繃著一張臉打出來，皮都繃緊了也傳不出去，又刪掉，如此反覆幾次，最後無所適從、踐裡踐氣地揉了後頸一把，仰頭長嘆了一口氣。

Cr：『晚安。』

李科沒急著去開電腦，一時興起跟他閒嗑：「你還記得張予嗎？就高一從我們班退出去那個女生。」

陳路周放下手機，看他一眼。

李科自顧自對他說：「今天約我吃飯，說想聚聚，問我你有沒有空，我說你和女朋友去看電影了。」

「嗯，她之前問過我。那陣子忙。」陳路周把手機鎖上丟一旁，輸入電腦密碼，進入開機畫面。

「你們之前關係不是還行嗎？其實那時我們私底下討論過你會喜歡什麼樣的女生，我多少能感覺出來一點，她應該是有點喜歡你的。」

陳路周輕輕地嘆了口氣。

李科：「什麼意思？遺憾？」

陳路周靠著椅背，咬著牛奶棒上下晃著，無語地看著他笑了一下，最後笑得肩膀輕輕顫著，才說：「神經病，高一那時候我坐她隔壁，接觸難免比別人多一點。我倒是沒覺得她喜歡我，你有沒有想過，她可能是喜歡你？」

「你別胡扯，那時候明明你們接觸更多。」

「我怎麼覺得有人在吃我醋啊，你不會真的以為她喜歡我吧？科科，你這腦子真的可能就只剩下競爭了，你就不用腦子想一想，為什麼期末考試那陣子你桌上總有早餐？」

「張予不是說你買的嗎？」

「我買個屁啊，我自己都來不及吃。她買的。」陳路周把椅子放下。

李科震驚了兩秒，幡然醒悟，「靠，那你不早告訴我？」

陳路周：「你那時候倔得跟頭驢似的，一門心思就知道念書，找你打球你都煩得不行，她怕告訴你跟你朋友都沒得做。後來她退班之後，你不是跟那個誰走得挺近的，我怎麼說？」

「……」

李科緘口結舌地看著他，這比他玩狼人殺拿了預言家的查殺牌還刺激，「你他媽別耍我。」

「愛信不信，再說，你一個大學霸，長得也還行，對自己這麼沒信心？喜歡你有什麼奇怪的？」陳路周懶得跟他扯了，偏頭叫人，對王躍的背影喊了句：「兄弟，開工了。爭取早點結束吧，我今天哭疲了，撐不了太久。」

王躍：「……」

李科：「……」

還有臉說？說你嬌，你他媽還喘上了。

不過話說回來，李科沒想到也正常，高中那時陳路周鋒芒太盛，這種大帥哥跟自己做兄弟，誰會想到他隔壁桌喜歡自己。

王躍剛坐下，把指導老師昨天剛寄的資料檔案傳到群組裡，「我把白老師的聯絡方式傳到群組裡了，你們有什麼問題可以直接找他。美國競賽過一陣子好像就可以報名了，報名費要境外VISA卡繳，你們有嗎，沒有的話，白老師讓我們透過數模組報。」

「我有，我來報名，校內賽是不是也要開始了？」陳路周說。

王躍說：「對，就半個月後，後面大概有得忙了，白老師手底下組不多，就三四支隊伍，照顧我們的時間相對來說比較充沛。」

聽到這，李科終於從張予的事情裡回過神，略微嚴肅地盯著王躍說：「才三四支隊伍？他能力是不是不太行？而且，白蔣五十多歲了吧，還是個講師？」

王躍眼神微微一躲，下意識看了陳路周一眼，見後者沒什麼表情，才囁嚅著小聲說：「我跟你說過的啊，他隊伍不多。你說沒關係啊。」

李科急了：「大哥，不多也不至於只有三四支隊伍吧，說明他根本沒能力指導學生啊，你在這跟我玩文字遊戲？白蔣跟你什麼關係？你非得讓我們去他組裡？」

王躍也急忙解釋：「大多都是老師挑學生，我們哪有資格挑老師啊。我們才大一，有名的教授根本不知道我們的實力，就算跟他的組，他根本不會認真對待你。而且，說白了，大多教授就是掛著名，根本沒時間指導，要麼就是讓手底下有經驗的學長學姐幫忙指導。」

這幾年大學確實存在這一個情況，學校裡重科研輕教育，教授們都忙著發論文搞專案，在課堂上都秉承著你好我好大家好的態度也不會彼此為難，開開玩笑侃侃大山一節課就這樣過去了。當然A大相對來說會好一點，但多少還是有這些毛病在，甚至還有個別明星教授的工作重心都在外面辦企業，學校裡一個PPT翻來覆去講三年。

王躍的出發點很簡單，老師再沒有能力也比幾個初出茅廬的學生強，王躍對自己有信心，對李科和陳路周也有信心，只要找一個認真負責的老師就行。

「被你騙死了。」李科憤憤不平地說。

「我當初也是被你騙進來的，你說帶我創業，結果是幫你寫程式？」王躍反唇相譏。

「我這不是還在申請創業基金嗎？我手裡沒點成績人家怎麼批給我？」

兩人你一句我一嘴，又開始唇槍舌劍，陳路周倍感頭疼地揉揉太陽穴，沉默片刻，撈起手機看了眼時間，最後只看著王躍心平氣和、直白地說了一句：「行了，別吵了，王躍，你還有別的原因嗎？一次性講出來，不要以後被我們發現，大家心裡都不舒服。」

李科一直很認可陳路周的原因就在於他從來都是有話直說，不會藏著掖著，醜話講在前頭，事後吃了虧，他也認了，不會再去責怪誰。

王躍看了李科一眼，後者像隻青蛙似的，兩眼突突地盯著他，猶疑片刻後才說：「沒什麼特別的原因，第一個就是我剛剛說的那個原因，指導我們能力肯定是夠的，還有一個原因就是——」

王躍憋了半天。

「你他媽說啊。」李科火急火燎。

「他……是我女朋友的爸爸。」

李科：「……」

陳路周：「……」

王躍神色著急地說：「他真的是個挺熱愛教書的老師，但是這兩年因為被教育體制內的問題邊緣化了，所以也挺心灰意冷的，打算明年就提早申請退休。我們系裡也有兩支隊伍找他，就是希望他能留下再教幾年，我不是說別的老師不好，就是人家兢兢業業教了三十幾年書，反而還對自己熱愛的行業有點心灰意冷，但是哪怕退休也希望他是高高興興地走，不管學校喜不喜歡他，我們是喜歡他的——」

李科和陳路周對視一眼，李科嘀咕了一句：「早說不就得了，行了知道了，開工吧開工吧。」

「不過白老師不知道我是他女兒的男朋友，你們也別告訴他，我怕他心裡有想法。」王躍面紅耳赤地補充了一句。

陳路周人靠著，一隻腳屈著膝蓋頂在桌沿，電腦放在腿上，打開群組裡的資料檔案，手指在觸控板上滑著，漫不經心、沒個正經地接了句：「懂，以後要是喝你們的喜酒，我跟李科的紅包是不是免了？」

「那應該還是你跟你女朋友快，你們看起來明天就能結婚的樣子。」王躍把最近的感受如實相告。

陳路周抱著電腦笑了下，「我們這麼膩歪？」

「你才知道？」李科翻了個白眼。

他伸手去抽牛奶棒，笑得不行，口氣敷衍又得意忘形：「熱戀期，再忍忍。」

這一忍，就忍過了大一的秋季學期，那陣子兩人都在忙著準備競賽，徐梔數學競賽初賽過了，又要緊鑼密鼓準備明年三月的複賽。陳路周忙著數模競賽的論文翻譯和修改，兩人大半時間都耗在圖書館，彼此偶爾對視一眼，笑笑，或者捏捏手，繼續埋頭看書。

臨近放寒假那幾天，學校的人陸陸續續走得差不多，校園裡空蕩蕩的，葉子都落光了，枝椏光禿禿的。徐梔看了都覺得挺淒涼，兩人那時剛從圖書館出來，凜冽的朔風從她領子裡鑽進去，徐梔忍不住打了個哆嗦，陳路周直接拉開羽絨外套拉鍊把人裹進懷裡，帶著她走，「機票訂了嗎？」

徐梔整個腦袋都被他捂著，一點風都沒進來，鼻息間都是他身上熟悉的清冽味道，忍不住蹭了蹭，「訂了，後天走。我爸一直催。本來系裡還要去寫生，說是今年有暴雪，就取消了，不然我還能再待幾天。你們過年就在學校嗎？」

「朱仰起今年也不回去，他在外面租了間房子，我跟李科過幾天搬過去。」

「他怎麼也不回去？」徐梔越聽越饞人，朱仰起多半也是因為陳路周在這，才不走的。那個跟屁蟲。

陳路周低頭看她一眼，笑著說：「我是不是沒跟妳說過他家裡是幹什麼的？他爸媽是做手工的，大半生意都在美國，過年那幾天都在美國，他以前基本上每年過年都在我家過，今年回去也就他和他家阿姨。」

徐梔嘆息了一聲，「陳路周，我不是說鬼話，是真的現在就很想你了，我不知道為什麼，心裡總有一種不好的預感，北京可能會有暴雪，你要注意安全。」

陳路周低頭，彈了一下她的腦門，「咒我？」

徐梔不太放心地說：「如果真的有暴雪，你就不要回來了，路上也危險，我等等去買幾箱泡麵給你，雪很大的話，你就別出門了。」

兩人走到宿舍樓下，陳路周仍是拿羽絨外套裹著她，幾乎看不見她的臉，腦袋埋在他胸膛裡，兩手抓著兩邊的開襟處，低頭看著懷裡的人，「真這麼擔心我？」

「你每天給我報個平安吧。」

「好，還有別的嗎？」

一旁枯樹枝乾乾淨淨的分叉著，雪還沒化乾淨，樹縫裡東一簇西一簇地卡著一抹白，像俏麗的老太太，抓著生命最後的光華。

徐梔抱著他精瘦的腰，認真地想了想，埋在他懷裡噗哧忍不住笑了下，然後就停不下來，一直笑，越笑越歡。等笑夠了，然後仰頭看著他說：「吃喝拉撒都傳吧，我怕你在上廁所的時候，突然被炸死了。我看過，國外有個人就是這樣被炸死的。」

陳路周又好氣又好笑，但是真的很愛他。他感覺到了。

隔天，送完機。徐梔一步三回頭依依不捨，陳路周又不敢說什麼，只能先把人哄上飛機，等那抹影子真的進去了，他那時也坐在安檢口的椅子上悵然若失好一陣，確實一個月不見，怎麼想都煎熬，但他怕他說得越多，徐梔一衝動就真的留下來。所以什麼也沒說。

然而，等徐梔抵達慶宜機場，裹緊大衣順著密集的人流去取行李，耳邊都是熟悉、細碎的慶宜方言，尤其在航廈之外，看見老徐那張老淚縱橫、激動得兩頰橫肉都在抖的老父親臉，用一種迎接世界冠軍的的力度在人群中搖擺著雙臂對她拚命招手的時候，徐梔突然又覺得，欸，還是回家好。

於是坐上車，傳了一則訊息給陳路周。

徐梔：『陳嬌嬌，我發現我在北京特別愛你。』

Salt：『想我了？等一下，在白老師這改個東西。』

徐梔：『還好，回到慶宜也沒那麼想你了。你在北京好好比賽，加油。哈哈哈！我去過寒假啦！！！！！』

Salt：『？』

Salt：『？』

Salt：『？？？？？徐梔？？？？』

慶宜的冬天很少下雪，但是也冷，而且沒有供暖，所以在室外都手腳冰涼，骨子裡都忍不住打顫。徐梔一下子還沒適應，她穿得少，在北京大衣一裹，裡面頂多也就一件薄毛衣，因為室內都有暖氣。

所以沒走兩步，她就打個激靈，整個人凍得哆哆嗦嗦，老徐看不過去，把自己的外套脫下來披在她身上，嘴上還不忘數落兩句：「我怎麼跟妳說的，多穿點多穿點，妳就拿我的話當耳邊風。」

徐梔怕他念叨個沒完，拉開車門上車，趕忙轉移話題：「老爸，你買車了？」

徐光霽坐上車搓了搓手，抽了張紙巾，邊擦反光鏡邊說：「二手的，妳還記得泌尿科那個老張吧？他兒子今年賺了點錢，幫他換了輛新車，就把這車便宜賣我了。」

是一輛黑色的帕薩特，空間還算寬敞，就是有些年頭了，方向盤都快磨白了，腳墊也坑坑窪窪破了幾個洞。不過對於老徐來說，這是一個大進步，肯花錢就是好事，他以前一直覺得車是消耗品，加上平時也沒什麼娛樂活動，基本都是家裡醫院兩點一線跑，小電動車足夠應付。

徐梔環顧一圈，讚揚地點點頭，「好事，早就想勸你了，錢留著給誰花啊，該花就花，冬天騎小電動車多冷啊。」

車子駛出航廈，緩緩駛上高架橋，併入如水的車流中，兩人沉默了好一陣子，徐梔看著車窗外熟悉的路景，兩旁白楊樹高大挺拔、一如既往地屹立在這座風雨城，樹木光禿，毫無生機，可她心裡卻宛如春風，綿綿的春意占滿她的心頭。

因為，今年的冬天，是第一個有陳路周的冬天。

車子駛過市中心，徐梔忍不住往窗外多看了一眼，旁邊就是慶宜市歷史最悠久的老街，夷豐巷。徐梔一眼就看見那幢屹立在眾多高樓大廈裡的高三複習公寓，那是幢斑駁破舊的公寓，周圍牆壁上爬滿碧綠的爬山虎，即使在這樣滲人的冬天，那綠植照舊生長茂盛，耐寒得很，在一眾冷冰冰的高樓裡顯得格外突兀，卻又生機勃勃。

夜裡，所有大樓關了燈。唯獨那棟公寓燈火通明，甚至三四點都還亮著燈，那種真金不怕火煉、抓著每一寸光陰去挑戰自己極限的拚勁，是陳路周，也是談胥，更是這裡的每個資優生，甚至是這座城市的希望，也是政府一直不肯放這塊地的原因。

曾經有企業家試圖將這塊地跟旁邊的商圈共同開發，被政府駁回了，儘管那位企業家做了很多商業規劃，認為拿下這塊地，帶來的經濟效益絕對是無窮盡的，最後還是被駁回了。徐梔雖然沒有親口聽見相關部門給出的答案，但是蔡院長跟官方打交道比較多，偶爾談起這件事情的內幕，從相關單位負責人私下透出的口風是——高層官員們認為我們可以推翻一座大樓，推翻所有不合理的政策，但還是希望留一塊地給學生們，那棟公寓在慶宜學生的眼中成為了信仰，也因為他們的努力，越來越多人在家裡也學到三點、四點。連我兒子經過那的時候，都知道裡面都是學霸，出了不少升學考榜首。一座城市能有這樣一座學生標竿，我們不要輕易推翻。

慶宜大概就是一個這麼充滿人情味的城市，建設者們默默建設，學生們孜孜不倦地努力，他們試圖去點亮燈，有人試圖幫他們守護這盞燈。而徐梔媽媽也是這城市建築者之一，是守燈人。這也是她最後選擇建築的原因，燈火然然不息，守護燈火的人也應當前仆後繼。

徐梔提著行李進門，伸手去按牆上的開關，「老爸，燈又壞了。」

徐光霽解開脖子上的圍巾，也去按了下，「還真是，妳去洗個澡，我等等去買顆燈泡換上，順便買點菜回來，晚上瑩瑩和老蔡過來吃飯，」

徐梔把行李拎到房間，探出半個腦袋，「瑩瑩放假了？」

「沒有，重讀班哪有這麼早，妳回來，老蔡不得放她一天假，」徐光霽一邊洗手一邊說，轉頭擦了擦毛巾，「她手機被蔡院長沒收了，妳們沒怎麼聯絡過吧？」

「是啊，我傳過幾次訊息給她，她都沒回，我猜也是被蔡院長收走了。」

蔡瑩瑩還沒進門，徐梔就聽見她的聲音，人大約還在四樓就聽見她撼天震地的聲音，山崩地裂地一遍遍叫她名字：「徐梔！！！徐梔！！！！妳奶奶來了！！妳蔡奶奶來了！！！！」

一旁還能聽見蔡院長聲音渾厚地訓她：「妳能不能有點女孩子的樣子！」

徐梔老早開了門，人抱著手臂倚在門框上等她。

腳步聲幾乎是咚咚咚，一口氣都沒停，兩三步就蹦到她面前，兩人在樓梯口一打照面，蔡瑩瑩整個人就繃不住了，尖叫著朝她撲過來，氣還沒喘勻，「啊啊啊啊啊啊，嗚嗚嗚嗚，徐梔，我好想妳，好想妳。」

徐梔都沒看清她的臉，就感覺一個黑黑的頭扎在自己懷裡，簡直不敢相信，把人從懷裡撥出來，「妳剪平頭了？！」

蔡瑩瑩有苦難言。

蔡院長從後面踱步過來，「她現在可愛念書了，嫌綁頭髮、洗頭麻煩，我就拿了個電剪幫她推平了。」

徐梔：「……」

蔡瑩瑩五官不算特別精緻，但很耐看，她是細長的鳳眼，加上跟徐梔一樣是一張小臉，這樣看起來還挺英氣。不過蔡瑩瑩一向不太寶貝她的頭髮，以前也剪過很短的，幾乎就沒有留過特別長的頭髮，通常到肩膀她就忍不住去剪了。

「我現在洗頭真的超級省力，妳洗個手的功夫，我就把頭洗了。」蔡瑩瑩說。

徐梔才笑起來：「……厲害，可以申請金氏世界紀錄了，來，抱抱，真的好久沒見了。」

蔡瑩瑩抱上去，感覺觸感好像跟從前不太一樣了，「咦」了聲，低頭看她的胸部，「徐梔，妳胸大了好多。」

徐梔：「……」

最後，蔡瑩瑩被徐梔捂著嘴拖進房間裡，兩人輕手輕腳地貓著腰從廚房路過，見老徐和老蔡正專心致志地研究著鮭魚的做法。

「鮭魚哪有人煎熟了再吃的？」

「生吃有寄生蟲！」老徐可不敢吃，但徐梔說想吃。

「深海魚的寄生蟲在人體裡很難生存——」

徐梔關上房門，才鬆了一口氣，欲言又止地看著蔡瑩瑩，才說：「我有件事告訴妳。」

蔡瑩瑩眼睛一亮，「我也有事要告訴妳！」

「那一起說。」徐梔抱著個枕頭坐在床旁邊。

蔡瑩瑩坐在一旁，鄭重其事地點點頭。

「三，二，一。」

蔡瑩瑩：「我二模數學考了一百二十分！」

徐梔：「我談戀愛了。」

房間裡靜了三秒，畫面彷彿靜止，窗外光禿禿的樹枝也有落葉飄下，順著寒風打著轉，悄無聲息地落在窗臺上。

「啊啊啊啊啊啊啊——」蔡瑩瑩發出第二次聲嘶力竭地尖叫，瞬間被徐梔捂住嘴，聲音戛然而止，「唔唔——」

「妳小聲點，」徐梔捂著她的嘴，坐立不安地看了門外一眼，「我還沒打算告訴我爸。」

蔡瑩瑩扒開她的手，眼神興奮，但也理解：「哦對，妳爸這麼依賴妳，肯定會覺得自己被拋棄了。不過那狗男人是誰啊？」

「妳是不是都沒看手機，也沒跟朱仰起聯絡嗎？」

「嗯，被我爸沒收了，」蔡瑩瑩說：「主要也不想用了，拿起手機想起翟霄那隻狗，妳問朱仰起幹嘛？我幹嘛要跟他聯絡？哎呀，別賣關子了，快說啊，妳男朋友到底是誰啊？」

徐梔想起那個人，心裡就熱熱的，低聲說：「就暑假那個，妳見過的。」

暑假？

蔡瑩瑩絞盡腦汁想了一下，她見過的？朱仰起？肯定不是——

想來想去也沒想起個能在北京跟她談戀愛的人。

蔡瑩瑩想起個名字，滿腦袋疑惑，一點都不興奮了，興致懨懨：「馮覲？不會吧，妳品味好特別哦，他是個照騙欸，本人都還沒朱仰起帥呢。」

徐梔觀察著她的表情說：「朱仰起現在是個肌肉猛男。」

「……真的嗎？」蔡瑩瑩想像了一下畫面，朱仰起那張長得稍微著急了點的熟男臉，配上一身賁張的肌肉，不忍直視，嫌棄地「咦」了聲，好油膩，「……不是朱仰起吧？」

「瑩瑩，妳忘了陳路周嗎？」

其實這個名字剛剛從她腦海裡閃過，但是很快就抹掉了，但不知道為什麼，好像是被掩蓋在歲月蒙塵的寶盒裡雕刻的一個名字，很久遠，也覺得很遙遠。

對大多數女生來說，陳路周這樣的人，但凡自己沒點底氣，是不會去招惹的，多半駕馭不住。

見證過那段曖昧關係的人，都會替他們惋惜，別說徐梔沒走出來，連蔡瑩瑩都好久沒走出來，所以再次聽到這個名字的時候，蔡瑩瑩頓時又心潮澎湃起來。你看，有人抓住光了。

蔡瑩瑩莫名替她眼熱，小心翼翼地問了句：「妳男朋友是陳路周，暑假我認識的那個陳路周，對嗎？」

徐梔笑著點頭。

蔡瑩瑩心頭大震，彷彿吞下一個悶雷，生怕自己叫出來，自覺地拿兩隻手捂著自己的嘴，眼睛盈盈發著激動的亮光，看著她，「……我的天，他不是出國了嗎？怎麼又去北京了？我還以為你們悲了。」

「說來話長，以後告訴妳。」徐梔沒多解釋。

「他在學校是不是很厲害啊？」

「還行，A大都是學霸學神混戰，差不了太多的，」徐梔仰躺在床上，晃悠著腿，嘆了口氣說：「努力已經是常態了，週末也都窩在圖書館看書，晚上也得看到兩三點，沒比我們輕鬆多少。」

「那我就平衡了。」蔡瑩瑩看著她說，突然開始色瞇瞇，「難怪我說妳胸大了不少呢，嗯？嗯？是不是幹壞事了？」

徐梔剛要說話，外面突然叫了句：「瑩瑩，徐梔，吃飯了。」

兩人從床上爬起來，蔡瑩瑩說：「我今晚不用去上晚自習，等等讓他出來請我吃飯，泡走了我的閨密，怎麼也得好好補償我一頓吧？」

徐梔去開門，手剛扶上門把：「他沒回來，在北京參加數模競賽。」

「過年都不回來？那朱仰起呢？」

「嗯，數模競賽時間剛好在過年那幾天，今年不知道回不回得來，還可能下暴雪，朱仰起留在北京陪他了。」徐梔噓了聲：「別讓我爸知道，先瞞一陣子吧，我想讓陳路周有機會先跟他多接觸接觸，等能接受了，再告訴他。」

蔡院長端著菜正打算從廚房出來，還在跟徐光霽擠眉弄眼地使眼色：「你女兒看起來又瘦了很多，不會是在北京想你想的吧？」

徐光霽還在跟那條鮭魚較勁，非得煎了，聞言瞥他一眼，可驕傲：「那可不，別提她多依賴我了，一天三通電話往家裡打，生怕我一個人在家吃不飽穿不暖。你那件是夾襖，穿起來漏風，我這件可是純羊毛，穿起來暖和。」

蔡院長「啪」放下菜盤，「我呸，瑩瑩現在別提多乖了，誰叫她出去玩都不去，就二模，數學一百二十，國文一百一十，分數蹭蹭蹭往上漲，我攔都攔不住。這麼下去，A大的電話我都按不住！欸，韋主任最近沒聯絡你？」

「瑩瑩本來就是個聰明孩子，從小就是被你耽誤了，」徐光霽一狠心朝著那條鮭魚剁下去，小聲說：「你等等別提韋主任的名字，小孩子敏感，會多想的。她現在在北京肯定是一門心思念書，別影響她的情緒。」

於是，一頓飯吃得前所未有的關懷備至、體貼入微，令人誠惶誠恐。

徐光霽揚著筷子：「囡囡，多吃點魚魚，在北京念書很辛苦吧？我怎麼瞧著又瘦了一圈。」

徐光霽到現在哄徐梔都還喜歡用疊字，跟小時候一模一樣。

徐梔禮尚往來，也盛了一碗雞湯給他，放在他面前，「老爸，喝雞湯，補補腦子。」

「來，囡囡，紅豆湯，暖暖身子。」

「爸，你怎麼不吃蔬菜啊。」

蔡賓鴻：「……」

蔡瑩瑩：「……」

蔡賓鴻：「蔡瑩瑩。」

蔡瑩瑩：「到。」

蔡賓鴻：「幫妳爹拿個湯匙。」

蔡瑩瑩吃得正歡：「你自己沒手嗎？我剝蝦一手油。」

蔡賓鴻罵罵咧咧、嘀嘀咕咕地走去廚房，漏風？哈哈，我都快被颳走了……

吃完飯，蔡瑩瑩和徐梔又回房間說悄悄話，老蔡和老徐在廚房洗碗，怎麼也想不通兩個小女生怎麼有那麼多話能說，等到九點，蔡院長把人帶走了，蔡瑩瑩一副彷彿白娘子被法海收進金缽的表情，手腳並用抓著徐梔的房門口，痛苦無邊：「我不走我不走，我今晚要跟徐梔睡，我們累積了好多話沒說呢……寶貝，答應我，下次等我放假，妳把故事全部告訴我！我超想知道男女主角是誰先開口表白的！」

等樓下車子啟動，屋內再次安靜下來。

徐梔走過去打開電視，「爸，我陪你看一下電視吧？《流星蝴蝶劍》？」

徐光霽剛看手機有通未接來電，準備進屋偷偷回電給韋主任，把電話放回褲子口袋裡，假裝若無其事地走過來，「好，看點別的吧，《流星蝴蝶劍》我看兩百遍了，看《鄉村愛情》吧。」

徐梔：「好。」

約莫兩小時後，徐梔和徐光霽都有點撐不住了，都想走，又怕對方起疑，撐著又坐了半小時。

徐梔最後故意打了個哈欠，「老爸，我睏了。」

徐光霽也跟著打了個哈欠，「我也是，睡了睡了。」

電視一關，兩人一溜煙關上房門。

徐光霽迫不及待地掏出電話，「喂，韋主任——」

徐梔悄悄鎖上房門，也迫不及待地傳了一則訊息給陳路周。

徐梔：『彙報一下今日戰況，我爸情緒很穩定。』

那邊很快回過來。

Salt：『現在是妳北京的男朋友情緒不太穩定。六小時，沒一則訊息，我以為妳上廁所被炸死了。』

徐梔：『我是怕我爸看到我回訊息太頻繁，會懷疑，等等視訊好嗎？』

Salt：『不好，想都別想。』

徐梔笑了下，回：『啊，那我睡了，晚安。』

Salt：『妳最好祈禱北京的暴雪能把妳男朋友困住，不然回慶宜掐死妳。』

徐梔：『說到做到啊，陳嬌嬌。』

Salt：『勸妳現在別挑釁妳在北京備受冷落的男朋友。』

徐梔今天奔波一天，眼皮已經開始打架，在飛機上還差點被人騷擾，要不是旁邊的大姐好心跟她換位子，隔壁那男的能煩死她。

徐梔：『我先睡了，真的睏了，今天真的累，折騰了一天。』

那邊隔了一下才回過來，顯然也是在忙，等他回過來，徐梔早已睡著了，手機丟在床頭邊，聊天畫面還開著，月光從窗外落進來，如輕紗一般柔和落在地板上，四周靜謐，格外安穩。

Salt：『先好好陪妳爸，男朋友退居二線了。』

Salt：『想我就打電話，幾點都行。』

其實寒假也沒什麼好過的，蔡瑩瑩還沒放假，徐梔那幾天跟著老徐置辦年貨，又回鄉下陪老太太待了幾天。等蔡瑩瑩放假，她的寒假已經過去了一大半。

跟老徐在家裡朝夕相處大半個月，徐梔深知距離產生美是個值得人探索的哲學問題。

放假第一天，老徐小心翼翼地敲她房門：「囡囡，起床吃早餐了，妳想吃蝦米花生粥嗎？」

放假第二天，還沒到吃飯時間，老徐依舊操著一顆老母親的心：「囡囡，中午想吃什麼，爸爸去買。」

放假第三天，老徐：「今天做法式油焗蝦，妳之前在北京不是總說想吃嗎？」

放假第四天，到了吃飯時間，徐梔一看廚房空空如也，「老爸，還不做飯嗎？」

老徐：「今天叫外送吧，爸爸下午要去看診。」

放假第五天，徐梔早上起床，準備下樓跑兩圈，老徐窩在沙發上神清氣爽地看著報紙喝著茶，「回來帶點早餐吧，爸爸想吃鳳翔小籠包。」

放假第N天，徐梔起床洗完澡，吹完頭髮，餓得前胸貼後背，隨口囫圇地問了句：「爸，今天吃什麼？」

老徐正在看《士兵突擊》，幽幽扔出來一句：「一頓不吃餓不死。」

放假第N＋1天，晚上，徐梔鍥而不捨，剛在沙發上坐下：「老爸，我——」

老徐：「妳什麼時候開學？」

徐梔：「……」

也是在這時候，徐梔開始瘋狂想念那個北京限定的男朋友，回到房間，默默關上門，傳了一則訊息給他。

徐梔：『小男，在嗎？』

Salt：『……小妳他媽男。』

徐梔：『跟小陳同個意思，就是一個愛稱。』

Salt：『又被妳爸嗆了？』

徐梔：『他居然問我什麼時候開學，我覺得他最近變得怪怪的，晚上回來得也越來越晚。』

Salt：『妳現在特別像被渣男傷害，找備胎安慰。』

徐梔沒理他，抱著手機靠在床頭上笑了一下，隨手扯了個抱枕過來，細細回憶這陣子跟老徐相處的細節，墊著下巴，回他。

徐梔：『我爸真的有問題，昨天晚上還接了個急診走了。男性專科有什麼急診。』

Salt：『也是有的，比如有些不甘寂寞、年輕氣盛的單身小夥子，好奇心重，玩得比較大，把自己弄進醫院的，我身邊就有一個。』

徐梔：『……這麼刺激？誰啊？』

Salt：『別打聽這種事，妳自己去搜尋，新聞也很多。』

徐梔立刻用手機搜尋了一下，發現還真的是，居然還是礦泉水瓶。

徐梔好奇心爆棚，於是打了通視訊電話過去，想問問礦泉水瓶為什麼能塞進去。

但陳路周第一通沒接，過了一下，才不疾不徐地傳了一則訊息過來。

Salt：『在外面吃飯。』

徐梔：『哦。』

Salt：『哦？？』

徐梔：『啊？』

Salt：『妳男朋友這個時間才吃飯，妳不問問為什麼？』

Salt：『不愛了就別勉強。』

徐梔笑得不行。本來打算去洗澡了，看見這則訊息，想著要是不哄哄，某人要憋死了。於是靠在床頭又撥了通電話過去。

這次接得很快，嘟了一聲那邊就接了。不過沒說話，也不知道是不是負氣，默不作聲地和她通著電話。徐梔也沒急著說話，安安靜靜地聽著他那邊充滿煙火氣的聲響。

那邊聲音嘈雜細碎，應該還在吃飯，旁邊人的說話聲裹挾在冷風聲裡聽得不太真切，但氣氛融洽，歡聲笑語一陣陣。

陳路周很少說話，不知道是不是鬧脾氣，別人高談闊論，講到興起處引發一陣哄然大笑，那熱鬧勁隔著聽筒幾乎撲面而來，但也只聽見他短促地跟著笑了兩下，笑聲很敷衍，低得幾乎只能聽見氣音。

徐梔還挺享受這種隔著電話聽他一舉一動的感覺，聽他平緩而穩定的呼吸聲，莫名安心。於是也沒主動開口，想看看他到底能憋到什麼時候。

直到徐梔聽見一個女孩子的聲音，聲音輕細溫軟，不知道在跟誰說話：「再加幾道菜吧，陳路周剛剛說這裡的海鮮不錯？我好久沒吃海鮮了。真懷念慶宜的大螃蟹。」

徐梔這才問了句：「同學聚會嗎？」

『就李科他們，還有以前兩個同學。』他的聲音聽不出情緒，也挺疲倦地不知道對誰說了句：「不用算我了，我等等就走，王躍還在寢室等我回去改數模的論文。」

嗓子也啞，顯然這陣子沒少熬夜。

「你這就走啊？」一個女孩子問。

他「嗯」了聲。

「大家這麼難得聚一聚，改什麼論文，明天再改。」

「讓李科陪你們吧，王躍催我好幾次了。」

「欸，張予，妳隔壁桌要走欸，攔著點唄。」有人起鬨說。

那個女生挺善解人意地接了句，「陳路周他們最近搞數模競賽挺忙的，別拖著他了。」

徐梔聽見電話裡陳路周噗哧笑出聲，直白透著一絲不太爽，丟出一句：「別說得我跟張予有什麼一樣，我女朋友電話還在這聽著，等等怎麼解釋啊。」

對面的人約莫笑了幾聲，「查崗啊？」

他笑笑，沒說話。

徐梔趁勢對著電話說了句：「陳路周，我生氣了。」

對面愣了下，『妳少來。』

徐梔：「吃醋了。」

陳路周：『妳少倒打一耙，同學聚會妳吃個屁醋。』

徐梔：「真的吃醋了。」

不等他說話，徐梔把電話掛了，想著逗逗他，等等再打回去哄他。

「砰砰砰！」房門被人敲了三下，徐梔過去開門，老徐站在門外，一邊急匆匆地穿上外套，一邊對她口氣支吾地說了一句，「那個……囡囡，爸爸有個急診……要去趟醫院。」

徐梔看他半晌，「哦」了聲，點點頭，只叮囑了一句：「那你大晚上開車小心點。」

老徐又說了句：「我幫妳煮了一碗餛飩，妳要是餓了就吃點。」

徐梔乖乖點頭，「好。」

徐梔那時還沒想太多，就是覺得，最近年輕氣盛的小夥子有點多啊。

徐光霽披上外套，步履匆匆地趕下樓，一溜煙將車子開出社區，直直奔往醫院。到急診門口，已經看見有幾輛救護車先後開進急診通道，幾個同事已經訓練有素地從救護車上有條不紊地一個個往下抬。

徐光霽和蔡賓鴻幾乎是同時到，今晚情況複雜，蔡賓鴻作為神經外科一把手，接到電話就立刻往醫院趕了，沿路打了幾通電話給徐光霽都沒接，兩人一碰頭，顧不上說其他的，蔡賓鴻迅速把情況跟他說了一遍。

「是迎枳路邊的學校宿舍發生火災，傷亡情況目前還不清楚，附近幾個醫院都開了綠色通道，但現在急診那邊床位大概都爆了，」蔡賓鴻一邊說著一邊推著他往裡走，「韋主任的兒子也在裡面，你先過去看看。」

急診走廊已經全是人，患者源源不斷送過來，家屬們哭天搶地開始胡亂扯人，扯著個穿醫師袍的人二話不說就要下跪，「求求你，救救我的孩子。」場面完全控制不住，全然亂成一鍋粥。

好在護士小姐姐們訓練有素，只能極力安撫，「不要著急好嗎，我們已經開了綠色通道，只要安排過來都會救治的，給醫生們一點時間。」

「我孩子已經在裡面躺了兩個小時了，都沒有人過來看啊！」

「九號床嗎？他只是有點骨折，急診還有幾個更嚴重的，大面積燒傷，我們主任醫生的兒子也在裡面，自己都還沒有床位，床位都讓給別人了，互相體諒一下好嗎？」

徐光霽和蔡賓鴻沿路走過去，聽見撕心裂肺的叫聲一聲比一聲慘烈，儘管見慣了這種場面，也難免為之動容。

他們在急診辦公室換上醫師袍，徐光霽問了句：「急診床位安排不過來嗎？韋主任的兒子什麼情況，還讓床位給人？」

「她兒子直接從二樓跳下來，胯骨那邊粉碎性骨折，這小子脾氣挺硬的，看家屬鬧得太厲害，她媽又穿著醫師袍，他怕被人說閒話，就讓了一個床位出來，說自己還能再忍忍。」

「我去看看。」

韋主任的兒子就躺在急診病房走道的躺椅上，穿著校服，五官周正，疼得一腦門子汗，齜牙咧嘴地咬牙忍著，身上打了一劑鎮痛針，韋主任大約是氣得話都說不出來，「你們學校是不是沒進行正規的消防演習，跳樓是怎麼想的？別人都能安安全全跑出來，要你在那逞英雄。」

轉眼，一道人影走到跟前，韋主任抬頭看了眼，「徐醫生，你也來了？」

徐光霽多少有點靦腆，老手一搓，放進醫師袍口袋裡：「老蔡打電話給我，我過來看看有什麼能幫忙的。」

徐梔走進急診大樓，剛巧蔡院長上樓去開會了，正要叫他呢，見他神色焦急，步履匆匆，跟幾個急診科醫生進了電梯，便轉頭奔向護理站，「不好意思，打擾一下，徐光霽醫生在哪？」

徐光霽和蔡賓鴻關係好，護士基本上都能認出來，匆匆四下看了眼，說：「剛剛好像去急診病房那邊了。」

她揚手一指，徐梔約莫能看見急診病房的走道裡有道熟悉的背影，她說了聲謝謝，直接走過去。

韋主任問：「你女兒呢？」

徐光霽說：「在家裡。」

「妳兒子挺勇敢的，我剛聽老蔡說了。」

「他就喜歡逞強。」

「我逞什麼強了，我室友睡在裡面，我不回去叫醒他，等他被燒死啊。」男孩半死不活地躺著，還有點不服。

「對，然後你們一起跳下來。」

那男孩突然看著老徐說了句：「徐醫生，我這麼做沒錯吧？」

徐光霽和顏悅色地笑了下，「沒錯，挺好的。」

韋主任對徐光霽說：「算了，我們出去說。」

男孩：「有什麼話就當我面說，別以為我不知道你們在談戀愛。」

徐光霽面色瞬間尷尬。

韋主任也是一愣，「……你怎麼知道的？」

「反正我就是知道，談就談唄，我又不會說什麼。」

兩人彼此對視一眼，略微尷尬的一笑，片刻後，徐光霽說：「等你出院了，我買個禮物給你。獎勵你這次救人有功。」

男孩超級大方：「謝謝徐爸爸！」

「你亂叫什麼啊。」韋主任略微一哂，漫不經心一轉頭，看見不遠處，立著一道清瘦的背影，不由得拿手肘捅了捅旁邊的徐光霽，「那是不是你女兒？」

徐光霽回頭，徹底愣住。

徐梔想起小時候，她過敏住院那次，老徐也是這樣哄她的：「等妳出院了，爸爸買個禮物給妳，獎勵我們的小徐梔這麼小就住進了這麼豪華的大房子！」

這樣的畫面其實挺溫馨的，她已經很久沒看見老徐臉上有這種靦腆的笑容，是那種信念被人擊碎，在破碎中找到了那一點聊以慰藉的溫存感。

是她努力了這麼多年，都無法讓他擺脫的。

也會覺得自己有點無能。但徐梔心裡說不出的高興，又泛著一股心酸，喉嚨裡像哽著什麼，乾澀，可是又吐不出來。

他們真的很像一家人，以後爸爸，也可能不再是她一個人的爸爸了。

徐光霽沒反應過來，「徐梔，妳怎麼跟來了？」

徐梔恍然回神，怕自己的出現給那個女醫生帶去一些不好的猜忌，老徐好不容易有了勇氣，她不想破壞這份勇氣。

她看著女醫生笑得極其自然和友好，跟陳路周在一起這麼久，她好歹學會了什麼叫自然，把口袋裡的手機拿出來遞過去：「不是，我沒有跟蹤你……我看你手機忘記帶了，蔡院長打了好幾通電話給你，怕有什麼急事，幫你送過來的。」

「囡囡，爸爸——」

徐梔嘆了口氣，稀鬆平常地笑笑：「爸，你早點告訴我就好了，其實沒關係的。」

徐光霽笑容僵在臉上，有點手足無措，「爸爸是想著過段時間再告訴妳的——」

走廊裡不斷有傷者送進來，不少醫生從四面八方趕回來支援，換上醫師袍，健步如飛地往急診室趕，場面揪心又驚心動魄。

徐梔怕耽誤別人工作，忙說：「沒事的，我先回去了，下次讓阿姨來家裡吃飯，可以正式介紹一下。」

韋主任溫柔地笑著點點頭，「好，謝謝妳，徐梔。」

徐梔回到家，看見廚房的餐桌上孤零零地放著一碗餛飩，她綿綿無盡地長嘆了口氣。靜謐空蕩的房間裡，碗跟湯匙乒乒乓乓作響，徐梔一個人坐著安靜地吃著餛飩，她沒開燈，屋內昏暗，窗外月光傾灑落地，淡淡地勾勒出她瘦小纖細的身影，像一株盛開在雪裡的寒梅，看起來挺淒涼，卻又堅韌。

一陣突兀的拍門聲，突然打破寂靜，「砰砰砰——砰砰砰！」

「徐梔！徐梔！」

徐梔嚇一跳，忙去開門，看見蔡瑩瑩跑得上氣不接下氣地站在門口，身上還穿著睡衣，火急火燎地：「妳在家啊！打妳電話幹嘛不接？」

徐梔「啊」了聲，手機在房間，剛出門太著急，她沒拿。加上這陣子跟老徐鬥智鬥勇，手機都關靜音，老徐大概也關了靜音，兩人的手機在家裡幾乎沒響過，剛剛徐梔也是準備吃餛飩的時候，看到他手機在餐桌上一直亮，才發現他手機落在家裡。

徐梔側身讓蔡瑩瑩進來，低頭看她手忙腳亂地換鞋，問了句：「怎麼了？我剛去送手機給我爸了，有個學校發生火災，妳爸也趕回去了。」

蔡瑩瑩簡直恨不得把她打一頓，聲音都快破音了，「妳知道陳路周找妳找瘋了嗎？！」

徐梔頓時反應過來，連忙衝進房間去拿手機，蔡瑩瑩一邊胡亂套著拖鞋一邊跟在後面，她本身有點感冒，說話聲音就像塞了一團棉花，使勁扯著嗓子急顫顫地說：「要不是前幾天老蔡把手機還給我了，他也聯絡不上我，朱仰起說他都在訂機票了，妳趕緊回電話給他。」

徐梔本來不慌，想著回電話給他解釋一下就行，但等拿起手機，看著通話紀錄上赫然躺著——未接來電（45）。

徐梔心裡瞬間彷彿被什麼堵住了，那乾涸已久的河槽水，又慢慢從心裡一點點湧起來，滿滿漲漲地堵著她的心門口，惶惶又不安。

手機再次亮起來，徐梔恍了一下神，立刻接起來，忙問：「你在哪？」

那邊似乎沒想到這次這麼快就接了，半晌沒說話，呼吸略微急促，聽見她的聲音，才定了定神，許久，才長長地鬆了口氣，聲音冷淡：『機場。』

徐梔想也沒想，「馬上就比賽了，你瘋了？」

『我打電話給妳為什麼不接？耍脾氣有個分寸行嗎？』他聲音顯然是壓著火，嗓音沙啞，彷彿冒著火星子。徐梔能想像到他那張跩臉此刻有多冷，比夏天的冰啤還滲人，聽得心都顫。

徐梔本來想解釋，但被他這麼一凶，喉間像是哽著什麼，怕一張口被他聽出一些不必要的情緒。

『……我真是服了。』他聲音低得不行，像是束手無策地自言自語。

徐梔喉嚨哽著，順了順氣，低聲問：「你幾點的飛機？」

『一點半。』

「別折騰了，馬上就比賽了，要是天氣不好趕不回去，你這段時間的努力都白費了。」

他沒說話。

徐梔問：「陳路周，你在緊張什麼？擔心我跟你分手嗎？」

他仍沒說話，呼吸聲一急一緩，好像一頭剛剛被安撫情緒的小獸，聽筒裡廣播正在提示乘客們登機。

半晌，他才聲音疲倦地開口：『我不知道怎麼說，可能是太久沒見妳了。這段時間，不是我在忙就是妳在忙，我們之間已經很久沒好好聊天了，我是真的怕妳有什麼事。妳剛剛不接電話，我就一直在想，是不是以前那些人又找上門了。』

「現在是法制社會。」徐梔笑了下。

『又不是沒有殺人犯。』

「我剛剛去醫院了。」

那邊一愣，『妳怎麼了？哪裡不舒服？』

徐梔說：「沒事，是我爸接了個急診，他手機忘記帶了我去送手機給他，正巧碰見，我爸的……女朋友，就耽誤了一下才回來。」

那邊忍不住罵了句『靠』：『我以為妳真的吃醋——』頓時又後知後覺地反應過來，『妳爸……女朋友？』

徐梔長長地嘆了口氣，「嗯，他找了個女朋友，所以，陳路周，我現在只有你了，只要你不提分手，我們就不會分手。」

那邊沉默良久，聲音懇切又鄭重：『妳在家等我，我比完賽就回去。』

徐梔笑著說：「我沒事，還挺好的，我替他高興。」

『我懂。』

一句他懂，就讓徐梔差點哽咽，他們有著同樣卻又不那麼一樣的缺口，但是他都懂。

臨掛電話，徐梔說了一句：「不過我現在有點生氣，你剛剛凶我。陳嬌嬌，你以後改名叫陳凶凶算了。」

『我真的急了，要不然這樣，等我回去，妳打我，怎麼樣都行，我但凡叫一聲我就不夠格做妳男朋友。行嗎？』

「叫床算叫嗎？」徐梔半開玩笑接了句。

陳路周被黃了個措手不及，咳了聲：『……別搞啊，旁邊還坐著喝奶的小孩子。』

徐梔笑得不行，「你居然看人餵奶？」

『奶瓶！』

徐梔樂了下，不逗他了，「掛了掛了，你快回去，半夜了。」

等徐梔掛完電話，手機又震了兩下，陳路周傳了一個定位給她。

Salt：『我租的房子，隔兩幢樓就是，九〇三，密碼是我和妳的生日，我東西還沒收拾，就帶了幾件衣服走，比較亂，妳要是看不慣全扔出去也行，想布置成什麼樣都隨妳。以後家裡如果多了個阿姨待不住，可以去我那邊，不過別胡思亂想，相信妳爸，他的家裡永遠會留有妳的位置。』
徐梔：『你就是想找個免費的裝潢工，說得這麼冠冕堂皇。』
Salt：『給錢，女朋友價，雙倍。』
徐梔：『那我可以在你床上撒潑打滾嗎？』
Salt：『別撒尿就行。』
徐梔：『你真當我是狗？』
Salt：『那不行，狗都不行，但癱瘓的徐梔可以。』
徐梔：『……』

陳路周回到朱仰起租的房子，幾人正在熱火朝天地吃自熱火鍋，聽見開門聲，面面相覷地看了眼，大半夜誰啊，見那道熟悉的身影進來，瞬間一愣，筷子停在半空中，「你沒趕上飛機？」

王躍和李科都在，陳路周把口罩摘掉扔進垃圾桶裡，脫掉外套，扔在沙發上，進去洗了個手，出來直接去開電腦：「開始吧，先把比賽忙完，我得早點回去陪陪她。」

王躍最後加了塊牛肉，放下筷子也過去開電腦，嘴裡意猶未盡地嚼著，含糊不清地說：「來，正好我剛把白老師提的幾個修改意見都跟你們說一下，雖然說是美國競賽，但是其實也都是國內學生參加的比較多，百分之九十五的隊伍都來自國內各大學，所以其實大家思考模式可能都差不多，相對來說，我們可能得在這些固本思緒裡做一些創新。」

陳路周靠在椅子上，想了想，「創新其實很容易出岔子，去年獲得O獎的論文其實也就是中規中矩，我記得是指紋識別那道題，選題我們到時候再想，先不說這個，把白老師之前傳過來的幾個問題先改掉。」

王躍「嗯」了聲，滑鼠點擊著電腦，問陳路周：「對了，劉教授底下的學姐放假前是不是找過你？」

他看著電腦，正在查幾個英文論文翻譯的專業詞彙，美國競賽的英文翻譯量更大，不過好在可以翻閱文獻和資料，懶洋洋地「嗯」了聲。

王躍說：「劉教授不會想挖人吧？我聽說上幾屆，校內賽結束之後，有幾個組的指導老師換了。」

校內賽本來就是選拔，有些教授看見學生成績不錯，會拋出橄欖枝，接不接是自己的選擇，沒人會說什麼，通常也都會接，畢竟教授手裡的資源多。

陳路周查完單字，把手上的資料給李科，這才雲淡風輕地瞥了王躍一眼，沒說太多：「大概是這個意思，我跟她說我都報名好了，指導老師的名字也已經報上去了。」

「你不是放假後才報名的——」王躍頓然領悟過來，也才明白意味著什麼，很多時候在學校有個相熟的大神教授在各方面確實會順利很多，只是陳路周沒有選擇走這條捷徑，心裡頓時一熱，有些不好意思地說了聲：「謝謝。」

李科瞥他一眼，笑了下：「欸，小朋友真容易感動。」

陳路周正在看二〇一三年的美國競賽考古題，是矩形鍋和圓形鍋的熱量分布問題，心裡還在想，美國競賽的題目真夠無聊的，聽見王躍在那羞羞怯怯地自我感動，不免有些好笑，無所謂地扯了下嘴角，「別矯情了，對了，到時候美國競賽題目可能要獨力翻譯。」

之前王躍就說過擔心自己的英文可能會有點拖後腿，不想參加美國競賽的，李科極力勸服，說他們有個英文很厲害的，他會負責論文翻譯，結果前幾天才了解到題目可能要獨力翻譯。

「有點擔心的程度。」

陳路周把近幾年美國競賽用到的專業詞彙做了個文件檔案傳給他，「應該夠用，問題應該也不大。」

李科突然說：「白老師讓我們多關注一下最近的生物預測問題，就是透過建議全球模型改善生態環境，近幾年，美國競賽好像比較關心全球生物、氣候這些。時間表出來了沒，到時候不管怎麼樣，我們嚴格按照時間表執行，不要在任何一個問題上鑽牛角尖。」

王躍：「你控制控制自己就行。」

陳路周笑笑不說話。

那幾天，三人夜以繼日，除了睡幾小時的覺，幾乎就沒離開過那張桌子，朱仰起有時候半夜起來，看見陳路周和王躍還在對著電腦查資料，幽幽嘆了口氣，「李科這孩子真的有點嗜睡啊，嗜睡的孩子有福氣啊，看這兩個隊友可真夠拚的。」

等李科呆呆睜眼，天已經亮了，陳路周和王躍都回房睡覺了，他繼續幹他們剩下來的活。

那年過年是二月八號，臨近過年前幾天，慶宜破天荒的在年前下了場小雪，地面都積不了雪，就屋頂覆蓋了一層白色，好像一層薄薄的小毯子。

作為從小在南方長大的蔡瑩瑩，每年過年也就趁著這點小雪跟人打個雪仗，非要拉著徐梔下樓去打雪仗。

徐梔在北京打過一場酣暢淋漓的雪仗之後，對這種小雪已經提不起興趣了，也是打完那場雪仗，才有一種踏踏實實的感覺，陳路周是真的走進她的生命裡了，那個充滿浪漫細胞、理想主義、詩酒趁年華的少年。

「他們到底什麼時候回來呀？」蔡瑩瑩打個雪仗，是屬於滿地找雪的狀態，最後從樹上扒拉下來一小捧雪。

「不知道呢，聽說還沒訂票，北京下暴雪了，不知道能不能訂到機票，最晚應該年初三回來。」

「朱仰起也回來吧？」

「跟屁蟲能不回來嗎。」徐梔靠在樹上笑著看蔡瑩瑩，「我怎麼覺得妳很關心朱仰起？」

蔡瑩瑩沒理她，看著那棵樹，雪夾著樹幹，像一顆花間白的腦袋，一抹回憶從腦海裡翻湧過來，「妳說這棵樹會不會像陳路周門口那棵樹上也有金項鍊啊，哈哈哈哈——」

說完就大力地搖晃著，雪花夾雜著殘餘的落葉撲簌簌落下來，紛紛揚揚，毫不吝嗇地灑下來。

「欸！蔡瑩瑩！」

她笑得前合後仰，不管不顧，兀自搖著，「金項鍊啊！金項鍊！」

回憶確實美好。

然後兩人頂著一腦袋鳥屎回家了。

蔡院長正在門口貼春聯，回頭瞧見兩人落了一身狼狽不堪的斑駁白點，嫌棄又忍不住靠近聞了聞，瞬間彈開，「蔡瑩瑩，徐梔！妳們又去掏鳥窩了？！都他媽幾歲了！」

蔡瑩瑩神祕兮兮地說：「你不懂，老蔡，鳥窩裡有金項鍊，我偷偷告訴你，以後經過那種梧桐樹都可以伸手掏一下，尤其是社區樓下的。」

「神經病！」蔡院長自顧自地貼春聯，罵了句：「我怎麼生了這麼個東西？」

徐光霽聽見聲也舉著鍋鏟從廚房衝出來，不可置信地看著徐梔：「妳也去掏了？」

徐梔老實說：「真的有金項鍊。」

徐光霽倒是沒當回事：「……沒事，傻了爸爸也養妳，洗個澡準備吃飯吧。」

美國競賽那幾天陳路周的手機基本沒訊息，聽說有網路監視，徐梔也不敢打擾他，通常都是傳訊息給朱仰起。

徐梔：『你們年前回，還是年後回？』

跟屁蟲：『不好說，他比賽結束大概就大年三十了，聽說比完賽還要分析什麼東西，我們機票還沒訂，等他們從學校出來再說。』

徐梔：『北京雪大嗎？』

跟屁蟲：『目前還行，就有個別地方的路可能封了，其他都還好，我們現在主要怕航班停了。年前趕不回去，年初三肯定回去了。』

徐梔：『年初三我爸要帶我要回老家拜年。』

跟屁蟲：『再不濟開學也能見到啊，總會見面的啊，這麼想他？』

徐梔：『算了，懶得跟你說。』

除夕那天，一如往年，老蔡和蔡瑩瑩在她家過年，年夜飯是老徐做的，蔡院長拿出珍藏多年的女兒紅，慷慨解囊：「這是瑩瑩出生那年釀的，本來想等著她結婚那天我再開了喝，就她這德行，我也不知道猴年馬月了，我決定還是不為難自己了，喝喝喝。」

蔡瑩瑩吃著他們的下酒菜，意味深長地說：「我明年就找個男朋友給你看看。」

老蔡不屑，沒理她，和老徐笑咪咪捧杯，抿了口，咂咂嘴說：「也不知道為什麼，今年我們人沒多也沒少，好像就是跟往年有點不太一樣。」

老徐：「瑩瑩期末進步這麼多，你心態不一樣了。」

老蔡：「也是。」他轉頭對蔡瑩瑩說：「爸爸對妳要求不高，國立大學就行，頂尖大學我都不需要，普通大學，以後我好安排妳進醫院。學歷上至少過得去。」

蔡瑩瑩：「我不想進醫院，我的夢想是——」

老蔡：「妳的夢想是改變世界，我知道了。」

蔡瑩瑩：「我現在換了，我的夢想是當一名美女老師。」

老蔡：「可以，多少也是個夢想，為國家教育事業拆屋碎瓦有妳一份。」

餐桌上熱鬧，唇槍舌劍，毫不相讓。

徐梔低頭看手機一眼，沒消息也沒訊息，不知道比賽是不是還沒結束。

吃完飯，幾人坐在沙發上，興味盎然地看著一年一度的大型節目，主持人的聲音十年如一日的高亢靚麗——

『今年春節北京下了一場暴雪，有不少工人兄弟為了建設國家，沒能回家與親人團聚，下面這個節目——』

老蔡和老徐看得津津有味，偶爾還能被戳中笑點，「真逗。」

徐梔和蔡瑩瑩面無表情地觀看全程，直到快十二點時，城市裡雖然不讓放鞭炮，但總有人會放，只不過沒前幾年那麼熱鬧，前幾年的鞭炮聲直接炸得完全聽不清電視機的聲音。

這幾年收斂很多，但依稀還是有劈里啪啦的聲響在窗外陸陸續續響起，徐梔望向窗外，五彩斑斕的火光燃燒在整座城市的上空，宛如巨石長龍在空中破開。

蔡院長也終於被春節節目催眠了，靠在沙發上呼呼大睡，鼾聲被掩蓋在充滿希望的鞭炮聲中。

老徐去醫院送點飯給人，韋主任的兒子骨折住院過年都沒年夜飯吃。

電視機裡，主持人正為迎來嶄新一年進行著激情澎湃的倒數。

蔡瑩瑩問她：「徐梔，要不然我們下去放煙火？」

徐梔：「社區不讓放。」

蔡瑩瑩說：「不是那種沖天炮，最近我們班很多同學在玩那種鋼絲球妳知道吧。」她做了個手勢，大掄臂，一囫圇，說：「就那種，一個勁甩圈就行，很漂亮的，走走走，妳幫我拍個影片，我要上傳。」

徐梔不放心地看了老蔡一眼，「他不會打呼把自己打死吧，我沒聽過這麼響的鼾聲啊。」

蔡瑩瑩：「沒事，比妳爸的電鑽聲好多了。」

徐梔笑著罵了句：「妳才電鑽聲。」

蔡瑩瑩拉上徐梔，躡手躡腳地拽著她下樓。

社區樓下有一塊空地，但有幾個人興致盎然地在玩摔炮，炮仗摔得啪啪作響，不亦樂乎。

徐梔沒細看，正要問蔡瑩瑩我們在哪玩呢。

就聽見蔡瑩瑩站在樓梯口來了一句，「來，人幫妳騙下來了，兩頓飯。」

徐梔的大腦在那一瞬間以為蔡瑩瑩把她賣了，直到耳邊響起那道懶散熟悉的聲音，正經跟人談起了人口販賣生意：「她怎麼也值十頓。」

她這才看見一樓黑漆漆的樓梯間裡倚著個人，旁邊丟著個行李箱。

這時候才覺得玩摔炮的那幾個人身形也眼熟，正看過去，就見那幾個人也回過頭朝這邊揮揮手，一邊摔著炮仗，一邊笑著跟她插科打諢地打了聲招呼。

「徐梔！想他想瘋了吧！我不是故意瞞妳的啊！」是朱仰起，臉上有種計謀得逞的笑意。

「把人還給妳了啊！這一路趕得我水都沒喝一口。」是李科，臉上也是那種舒鬆的笑意。

「陳路周說過年前不回來跟他們絕交。」說話的是姜成，沒想到他居然也在。

每個人臉上都是那種少年善意的調侃和笑意。蔡瑩瑩不知道為什麼，就覺得這種被所有人都拚命保護著的戀情，看了莫名眼熱。當然，她看著朱仰起，眼睛更熱，這哪來的大塊頭，好辣眼睛。

等蔡瑩瑩過去跟朱仰起打招呼，徐梔才忍不住走進那黑暗裡，去瞧他。

陳路周穿著一件白色的運動服，拉鍊拉到頂，外面鬆鬆垮垮地套著一件黑色長款羽絨外套，到膝蓋了，敞開著，下面是運動褲，一隻腳抵在牆上，這一個月不知道想他想了多少次，這時候真真實實的出現在她面前，要不是耳邊響著朱仰起他們劈里啪啦摔炮仗的聲音，徐梔大腦滯重的大概還得反應一下。

真奇怪，在沒看見他之前都覺得一切還好，可看見他的那瞬間，心裡那點心酸和委屈便不由自主地漫出來，下意識就忍不住伸手去抱他。

彷彿在大海上漂泊搖晃數日的小船，在她最無助的時候，有人拽住了那條靠岸的繩。

陳路周幾乎是同時自然地伸出手把她緊緊摟進懷裡，似乎也感覺到她的委屈，手在她後腦勺上輕輕地揉了揉。

「對不起，回來晚了。」

「新年快樂，徐梔。」

「其實有句話想當面跟妳說，我的家裡只有妳的位置，不會有別人。」

樓梯間裡昏暗，靜謐無聲，耳邊鞭炮聲漸漸小去，也許是兩人的心跳和情緒都太過熱烈，自動忽略了外界的雜音，只剩下彼此的呼吸聲，像瀕臨絕望的魚被人放回大海裡，極盡渴望地擁對方在懷裡，感受彼此那久違的氣息和溫度。

「新年快樂，陳路周。」徐梔忍不住抱緊他，眼眶一酸，心裡有種陌生的情緒湧上來，一時之間不知道該怎麼處理，於是在他懷裡埋得更深，那熟悉的鼠尾草氣息從她鼻尖鑽進來，心裡頓時安心又滿足。

想說的話太多，但陳路周知道今晚沒辦法待太久，只能挑重要的話說，於是極具安撫地揉了揉她的頭，低聲說：「我不太擅長說情話，因為我知道我現在什麼都沒有，說什麼好像都是在開空頭支票——」他低頭，湊近她的耳邊：「但以後我們都會有，這點妳可以相信妳男朋友。」

「懂。」徐梔學他。

他噗哧笑了下，「學人精。」

被人嘲笑了，徐梔埋在他懷裡，狠狠掐了下他的腰以示不滿。

陳路周的腰精瘦，薄肌充實，蘊藏著力道，手感很好。徐梔掐著掐著就趁著黑往他運動服下擺裡伸進去摸——

陳路周低頭看她，無奈又好笑地「欸」了聲，把她不安分的手及時拉住，笑著問：「幹嘛呢——」

某人流氓耍到底，執意要伸進去，「吃豆腐。」

「別鬧，明天讓妳吃個夠，我等等還要跟他們去吃點東西，妳早點上去睡覺？」

徐梔這才把下巴搭在他胸口上，仰頭去看他，眼睛裡的紅潮還沒褪去，好像一條擰不乾的毛巾，可也擠不出任何水，霧氣朦朧，就是紅，「想再跟你待一下。」

「哭了？眼睛怎麼紅紅的？」他手指插進她的頭髮裡，撥了撥，「嗯？」

「被你感動的。」她微微踮起腳尖，湊近了些，讓他看，「有眼淚嗎？」

陳路周捧起她的臉認真看了眼，大拇指在她下眼瞼溫柔地摩挲了一下，「沒有，不急，哭不出來別憋，對身體不好。」

徐梔任由他捧著臉，這時才細細打量著他的輪廓，下顎線又清晰很多，唇也薄得不近人情，看起來莫名有種嚴肅感，比放假那時好像又成熟了點，只不過手上動作很溫柔，鋒利的眉角帶著笑，也掩不住疲倦感。唯獨那雙眼睛，黑白分明，好像長在雨天泥潭裡卻依舊清新乾淨的草。

「你又瘦了，一點都不嬌了。」徐梔說。

北京到慶宜直飛的班機本來就不多，他轉了一趟機，在機場待了好幾個小時，一天幾乎都在路上，根本沒時間收拾自己。

「嬌個屁，我本來就不嬌——」

話音未落，兩人旁邊突然炸開一個摔炮。

兩人一愣，轉頭看過去，那邊聲音輕飄飄地傳過來：「陳路周，我他媽餓死了！」

「等等，要是餓你們自己先去點。」他低頭看著徐梔，頭沒回地喊了句。

徐梔嘆了口氣，鬆開他：「你跟他們去吧，不過大過年的還有地方吃飯？」

「嗯，一中附近還有幾家小吃店開著，隨便吃點就行。」陳路周也鬆開她，想著問了句：「妳這麼晚能出門嗎？要不要去吃點東西。」

「算了，太晚了。」

「嗯，有事打給我——」

話音未落，兩人旁邊又猝不及防地炸開一個摔炮，顯然是等急了。

陳路周不耐煩了，背對著大門，頭也不回地吼了句：「你煩不煩？」

緊跟著，二話不說又是一下，還是連環炮，兩三個摔炮在地上猶如雷點一般接二連三地炸開，差點砸到陳路周的腳。

「你餓死鬼投——」陳路周極度不耐煩地一轉頭，話到半截，整個樓梯間裡足足安靜了兩三秒，聲音陡然間變了調，徐梔從來沒聽過他那麼乖順的聲音：「……徐醫生。」

徐光霽穿著黑色的皮夾克站在大門口，手裡拿著不知道從哪劫過來的摔炮，陳路周下意識往後看了眼，發現朱仰起和蔡瑩瑩幾個拚命在後面打手勢，但已於事無補，老父親面無表情地接上他的話：「你這個死鬼在這裡幹嘛呢？」

陳路周咳了聲，老老實實把手揣進自己的褲子口袋裡，自覺往旁邊不著痕跡地撤了一步。

「那個，我送點東西給徐梔。」

徐光霽看他兩手空空，鏡片底下的眼睛微微瞇起：「送什麼？」

陳路周臉不紅心不跳，目光不避，「就一些書，之前暑假跟她借的。」

「一行李箱的書？」

陳路周「啊」了聲，不假思索地說：「對，一行李箱的書。」

徐光霽笑咪咪地說：「行，那把行李箱給我吧，我拎上去。」

陳路周：「……」

陳路周看了徐梔一眼，咳了聲，後者無動於衷，只能忍痛把行李箱推過去。

徐光霽拎著，「還挺重，好孩子，愛讀書。」

陳路周行李箱裡沒什麼書，就幾件衣服和無人機設備，還好上了鎖。

「那個，徐醫生，行李箱你得還給我……」陳路周依依不捨地補了句。

「廢話，」徐光霽心滿意足地拎著行李箱準備上樓，轉頭看了徐梔一眼，「妳還愣著幹嘛？」

徐梔憋著笑，看老徐轉過身，準備跟著上樓，用嘴型無聲地跟他說了一句——我走了啊？

陳路周束手無策地看自己的行李箱被拖走，看她見死不救，還一副看好戲的樣子，兩手忍不住在她脖子上狠狠又虛虛掐了下，徐梔笑著剛要躲，老徐又想起什麼，回過頭，陳路周趕忙把手放下，假裝若無其事地揣回口袋裡。

徐光霽回頭叫蔡瑩瑩：「蔡瑩瑩妳也上來！」

「等等！」

蔡瑩瑩跟朱仰起幾個玩摔炮摔得正盡興呢，看誰摔得遠，摔得響，平地摔還不夠，還要跳起來摔，幾個男孩子都沒她摔得野。

「你們會不會玩啊，還沒我爸的屁嘣得響。」

李科：「……」

朱仰起：「…………」

等上了樓，好在徐光霽沒要求開箱檢查，把行李箱拎到徐梔房間放著，只問了一句：「你們現在是同個學校？」

徐梔「嗯」了聲：「他沒出國，補錄志願上了我們學校。」

「哦，挺好，」徐光霽沒說什麼，脫掉外套，「早點睡吧，我們明天得回趟外婆家拜年。」

徐梔一愣，「不是年初三才回去嗎？」

徐光霽說：「年初三我值班，早點回去陪外婆待幾天。」

陳路周幾人就在一中附近的小吃店隨便吃了點，風塵僕僕趕了一路，幾個男孩子早已餓得饑腸轆轆，幾籠蒸餃下肚，等精氣神終於回來點，才開始閒聊幾句。

「徐梔以前是睿軍的吧？跟談胥是不是同學？我老覺得這名字怎麼聽起來這麼耳熟。」姜成囫圇吞著蒸餃說：「你們是不是暑假那時就挺曖昧了？」

今天要不是姜成開車來接機，他們大概一時片刻都攔不到車，姜成這人做兄弟還是可以的。他父母都在外省打工，偶爾過年回來一趟，杭穗要是不在，他就一個人過。

朱仰起說：「你那時候天天跟他情敵一起打球，我們哪敢跟你說啊。」

姜成噗哧笑了，「陳路周，你對我這點信任都沒有？我不可能不幫你幫談胥吧？神經病。」

陳路周笑笑沒說話。

朱仰起：「他主要是不想讓你夾在中間為難。」

姜成說：「談胥跟我高一是同學，他考完來找我說想轉回一中的重讀班，我那時候打算重讀，大概以後還是同個班，就約他打了幾次球。關係也就還行。後來升學考成績出來，我也沒想到分數居然還不錯，也懶得重考了。之後跟他也沒怎麼聯絡過了。」

「談胥是不是跟你說過徐梔？」陳路周問了句。

姜成想了想，「說過吧，就一兩次，所以暑假那個時候我都沒反應過來，就談胥的那個徐梔，聽起來好像很有手段，但徐梔本人看起來又純純的，完全沒辦法聯想在一起——」

「談胥的那個徐梔？」

「你的徐栀。」姜成立刻改口，半開玩笑地說：「我們草占有欲還是這麼強，欸，你現在在學校打球不會還在籃球上寫十幾個自己的名字吧？」

他笑了下，「不是，她不是籃球，不是我隨便刻上名字就是我的，她本身就是個獨立好強的人，應該也不會喜歡聽到自己像個物品一樣被人歸納了。」

誰都知道他的占有欲強到什麼東西都要刻自己的名字。

但也沒人知道，儘管這樣，他都捨不得讓徐栀在身上刺自己的名字。

更何況，他女朋友本身就很具有吸引力，根本不需要借誰的光。

陳路周那時已經累得很沒坐相，難得翹著二郎腿靠在那，踆得沒邊，一點也沒注意A大高材生的形象，總歸是很不正經，但還是強打著精神，把話撂了。

「李科和朱仰起都知道，我對她是認真的，不是單純談戀愛過過癮。」

姜成像是愣住，而後才慢慢反應過來這話是什麼意思。

男生之間多少都有些心照不宣，他自己對女朋友不認真，兄弟自然也不會上心。

姜成自然也明白過來陳路周是什麼意思，連連點頭，伏低做小地說：「懂了懂了，供著，供著，以後幫你供著。」

朱仰起看了一旁沉默不語的李科一眼，「你幹嘛呢？」

李科眼珠子轉得飛快：「我在想時間線。」

朱仰起忍不住罵了句：「靠，這哥們競爭個沒完了，比完賽讓自己好好放個假行不行？」

李科問陳路周：「我剛剛想了一下，所以，從頭到尾，我才是最後一個知道你們關係的？」

朱仰起：「……」

陳路周：「……」

等吃得差不多，姜成問：「你等等回哪？夷豐巷那邊退了吧？」

陳路周行李箱被沒收了，孑然一身，外套掛在椅背上，酒足飯飽後，人靠著，把吃剩的幾個空蒸餃籠幫忙疊一起，又抽了張紙，把自己面前吃過的位置擦了擦，說：「新租了間房子。」

朱仰起抹了抹嘴，「你媽不是在江邊買了一間公寓給你嗎？」

「總得靠自己吧。」他想了想，把紙扔進垃圾桶，自嘲地笑了下，「她要是哪天看我不爽又收回去了，我不還得捲舖蓋從裡面滾出來。這種滋味受過一次就夠了。」

幾人不用想都知道，陳路周暑假被人從別墅裡趕出來的滋味，應該挺不好受的。

等幾人吃完飯從小吃店出來，分道揚鑣。

陳路周空著手，沿路走回去，街上空蕩蕩，偶爾有零星幾輛車疾馳而過，兩旁的白玉蘭燈柱上掛滿了小燈籠，慶宜的年味還是挺重的，各家各戶張燈結綵，窗戶上掛著一盞盞印證著團圓喜慶的紅燈籠，春聯一抹抹，像盛開在黑夜裡的一串紅。

年味越重，越顯得那些無依無靠的人孤獨。

陳路周走在路上，還是打了通電話給連惠女士。

『你回來了？』連惠接到電話，聲音還是欣喜的。

陳路周一手揣在口袋裡，一手舉著電話慢悠悠地走著，正好能看見慶宜市的地標在眾多如幾何一般的高樓裡冒著一個尖尖的頭，「嗯，剛到。」

『媽！是哥的電話嗎？』電話那邊冒出一道刺耳又熟悉的聲音。

連惠忙說：『我把陳星齊接過來過年，他爸這幾天在國外，你要不要過來，我把地址傳給你。』

四周安靜，路燈把他單薄的影子拉得老長，淡得像是隨時能消失。

「不用，我剛下飛機，東西還沒收拾，」陳路周頓了一下，說：「新年快樂。」

連惠慢了一拍：『新年快樂，路周。』

自從他們離婚後，連惠就很少叫他全名，走之前還問他要不要把姓改掉，當時陳路周還諷刺了一句，改成什麼，改姓連嗎？

自那之後，連惠就沒再提了。

徐梔大年初一剛起床就被老徐毫不留情地拎回老家了，陳路周的行李箱還在她家鎖著，她昏昏沉沉地坐上副駕駛座，一邊繫安全帶，一邊傳了一則訊息給陳路周。

徐梔：『男朋友，我被老徐拖回老家了。』

那邊迅速回了一則訊息過來。

Salt：『？？？』

Salt：『那我怎麼辦？』

徐梔：『忍忍吧，我後天就回來了。』

Salt：『忍什麼，我說我的行李箱。』

徐梔：『啊，你難道不是想我？』

Salt：『也想，但是現在更想我的行李箱。』

徐梔：『有什麼東西嗎？』

那邊好久才回過來。

Salt：『內褲。』

徐梔：『你現在……不會掛空檔吧。』

Salt：『廢話，我有得穿嗎？』

徐梔：『你要不要出去買兩件？』

Salt：『我怎麼出去？嗯？？』

徐梔：『叫外送？』

Salt：『大年初一誰幫妳外送。』

徐梔：『朱仰起呢？』

Salt：『他會笑死我。』

徐梔：『面子重要還是內褲重要？』

Salt：『面子重要。』

徐梔懶得勸了，『那你掛著吧，反正你也不是第一次掛了。』

Salt：『……』

Salt：『明天能回來嗎？頂多再掛一天。』

徐梔：『看我爸，他要是不想回來，我總不能自己跑回來吧。』

Salt：『看出來了，妳爸是故意的。』

陳路周回完訊息，把手機扔在床頭，那時還是清晨，窗簾緊緊拉著，浮著一層淡淡的金光，只在牆角縫裡漏著些微光亮，整個房間昏沉黑漆漆的，他趴著睡，大半個身子都陷在被子裡，睡意朦朧地將腦袋埋回枕頭裡，沉沉地嘆了口氣。

床、沙發和茶几都是徐梔新買的，他租的時候房東就跟他說過這邊是新裝潢，還沒人租過，有些軟裝沒買，臥室裡就放了一張折疊行軍床，如果就這樣租可以便宜點，陳路周當時就想先找個落腳的地方，應該也不會長住，就先租了一年。

徐梔動作很快，他昨晚一進來，發現沙發和床都買齊了，窗邊放了幾株新鮮的綠藤，櫃子裡還放了一些小裝飾點綴著，牆上掛了幾幅畫，突然就有了家的感覺，很溫馨。

他昨晚睡得特別安穩，比以往任何一天都安穩。

這樣的溫馨持續到下午，陳路周難得睡到下午才起，起床洗完臉，實在無聊，就坐在沙發上開始敲核桃吃。

「梆——」一錘下去，木製茶几猝不及防地裂開了，然後不受控制地劈里啪啦開始散架，陳路周想扶沒扶住，都不知道從哪下手，茶几瞬間坍塌下去，好像被一隻惡魔的手劈開，直接四分五裂地躺在地上。

陳路周簡直不敢置信，整個人呆愣愣地舉著錘子停在半空中，抬頭看了看錘子，又看看地上的「屍體」，半天都沒回過神，要不是眼睛不知所措地一眨一眨散發著茫然無辜的光芒，畫面看起來好像直接靜止了——

力氣太大了？

靠？

徐梔要哭了吧。

正巧，沙發上的手機亮起來，他神不守舍地撈過來。

徐梔：『那個，陳嬌嬌，我忘了提醒你了，茶几是我自己做的，你用的時候小心點，可能還不太牢固。千萬別敲啊！』

那為什麼在桌上放一袋核桃？

陳路周：「……」

正當他愣神之際，腦袋上頓時有一陣措手不及的悶痛，掛在沙發上的畫彷彿受到了茶几坍塌的「餘震」，直接不偏不倚地砸在他的腦袋上。

陳路周直接疼彎了腰，頭低著，吃疼地連連嗷了幾聲，等緩過勁來，一手捂著腦袋，一臉茫然無措地看著一地狼藉。

怎麼也想不明白，這家怎麼就這麼容易散了？

手機又響了。

徐梔：『對了，你有時間把牆上的畫再重新釘一下，我不知道房東讓不讓釘釘子，就先隨便拿了個東西貼著。』

陳路周：「……」

第十七章　我是妳的

陳路周四仰八叉地躺在沙發上，兩條腿大剌剌地敞著，回了一則訊息給徐梔。

Salt：『…………………』

幾個點包含了千言萬語和綿延無盡的嘆息，那邊似乎嗅到了不尋常的氣息。

徐梔：『你幹什麼了？』

Salt：『砸核桃。』

徐梔：『陳嬌嬌，你是不是有病，大年初一砸什麼核桃？』

Salt：『我餓。家裡沒東西吃。』

徐梔：『冰箱裡還有兩罐貓糧，先應付兩天。乖。』

Salt：『……不愛了……就……別勉強……』

這話已經快成他的口頭禪了。

徐梔抱著手機笑，老徐正站在院子裡，拎著根水管洗車，撈起一旁的毛巾面無表情地丟給她，「幫爸爸擦車。」

徐梔悻悻地把手機揣回口袋裡，不情不願地走過去，拖拖拉拉地擦著車窗，半晌，問了句：「老爸，你是不是故意的？」

徐光霽洗車洗得一頭汗，把水一關，一邊噴清潔劑，一邊涼颼颼地說：「那小子不老實。」

徐梔擦車的手一頓，忙說：「他是怕您接受不了。」

徐光霽把車門打開，拎出腳墊抖了抖，「囡囡，爸爸不反對妳談戀愛，但不管是男朋友還是老公，你們之間一定是建立在互相吸引的基礎上，不是無條件的。妳能懂爸爸的意思嗎？」

徐梔想了想，說：「大概懂。」

「你們現在年紀還小，戀愛時間一長，一旦吸引關係發生變化，如果這個男孩子有責任感還好，就怕那種沒責任感，要麼劈腿，要麼拖著不肯結婚，耗著別人的青春——」徐光霽嘆了口氣，說：「當然我不是懷疑他的人品，陳路周那小子性格各方面都沒話說，妳去北京之後，他陪我喝過兩次酒，那小子談吐很得體，比你們這個年齡的小孩都成熟，在感情方面又很單純，作為長輩，我很喜歡他。但是作為我女兒的男朋友，我會忍不住、也必須挑他的刺。」

慶宜年前下了一場小雪，過年那幾天天氣很好，氣溫直接回升十幾度。

徐光霽說完這段話，已經氣喘吁吁，豆大的汗珠從他臉側滑落下來，他從旁邊撿了塊抹布，繼續彎腰擦著車門，夕陽落在他臉上，皺紋彷彿被光刻在臉上，線條曲折不均卻清晰，兩鬢隱隱露出一些白髮。

徐梔也是那時候猛然反應過來，小時候她騎在爸爸脖子上，爸爸可以氣都不喘帶著她玩一下午，而如今的爸爸，幫外婆提個瓦斯罐就累得直彎腰，甚至一邊幹活一邊說話，都會出汗。歲月從來不留人，留下的只有回憶。

徐光霽擰乾抹布，渾然不覺女兒盯著他，繼續說：「他的家庭背景爸爸還不太了解，只是聽說父母是做生意的，我跟妳說，生意人最精了，我們家庭背景相對來說單薄一點，爸爸要是不在他面前立立威，他以後欺負妳怎麼辦——」

「打出去！」在旁邊晒太陽的老太太，聲音高亢突然吼了句。

徐梔忍俊不禁，突然想到韋主任，「老太太知道你和韋阿姨的事情嗎？」

「知道，年前就跟她說了。」

村裡人都知道，老太太的女兒走了之後，徐光霽這個女婿對她任勞任怨，老太太嘴上雖然總是對徐光霽罵罵咧咧的，其實很多時候，都是希望徐光霽不要再管她了。徐光霽也知道老太太就是嘴硬心軟，一直都跟她說，我會替您養老的，就當是給孩子做個榜樣。

徐梔哼了句：「那你就瞞著我。」

「妳不也瞞著我嗎？」

兩人都笑了，徐光霽重新擰開水龍頭，拎著水管把車沖了一遍，說：「韋主任說年初三我們一起吃個飯，妳把陳路周叫上吧。」

徐梔「啊」了聲：「叫上陳路周？」

徐光霽說：「以後你們大二大三學業忙起來可能一年都回不了家一趟，趁這次大家都在，一起見見，順便讓韋阿姨也幫忙把把關。」

「好，我問問他。」

陳路周正在修復茶几，釘子還沒全釘進去，隨便支了個框架在那，正準備把釘子釘牢固，手機和門鈴幾乎是同時響起，他小心翼翼地扶了下茶几，讓它搖搖晃晃地在那站穩，然後拿起手機一邊回了個「好」給徐梔，一邊去開門，走得格外小心，生怕踩到地雷。

然而，門一打開，看見一張陌生又熟悉的臉，陳路周愣了好久才認出來，「傅老闆？」

傅玉青溫文爾雅地站在門口，西裝革履，套著一件同色系的羊毛大衣，腦袋上還戴著一頂紳士帽，手上還甩著一串車鑰匙，表情鄙夷中又帶著同情，遞了一袋東西給他，開口一句話直接把陳路周凍住了──「聽說你沒內褲穿？」

陳路周：「……」

靜靜緩了幾秒，陳路周盡量讓自己心平氣和，畢竟也是雪中送「褲」，但他和傅玉青的氣場其實一直都不太合，雖然後來幫他拍攝過茶莊，也介紹過車隊的拍攝工作給他。但傅玉青這個人不知道是不是天生就這樣拿鼻孔看人，說話也挺刺人，總是一副好像所有人都欠他的樣子，跟別人介紹工作也是一副我同情你、施捨你的口氣。

「徐梔讓你來的？」陳路周接過東西，也沒請他進門，問了句。

傅玉青笑著點點頭說：「正巧今天下山去他們家拜年，小梔說他們回老家拜年了，讓我辦件事，沒想到這麼久沒見，你還是這麼狼狽──」他頓了下，不知道在思索什麼，半天，「陳周？」

「我叫陳路周。」

「太久沒聯絡了，我忘了，你家裡破產了？你那個有錢難伺候的弟弟呢？」傅玉青眼神往屋裡掃了眼，嘖了聲：「不請我進去喝杯茶嗎？」

好歹也是徐梔的長輩，陳路周沒跟他計較，把門打開，身子微微一側，「家裡沒茶，冰箱裡有礦泉水。」

傅玉青大手一揮，「礦泉水就行。」

等陳路周去冰箱裡把礦泉水拿出來，傅玉青已經在沙發上坐了下，顯然是有話要跟他說，不過看見沙發上開到一半的核桃，強迫症就上來了，剛好旁邊又放著一把錘子，順手就拿起錘子幫他放在茶几上錘開。

陳路周都來不及阻止。

「梆——」一錘下去，又塌了。

傅玉青：「……」

陳路周：「…………」

我他媽剛搭好的。

傅玉青為了掩飾尷尬，拿起旁邊的靠枕往沙發後背重重一靠，正試圖說什麼緩解這窘迫的局面時，腦袋上頓時一陣悶痛，牆上僅剩的最後一幅畫，再也支撐不住砸落下來——

傅玉青帽子被砸歪，整個人幾乎是歪帽斜眼、一副放棄抵抗的樣子被砸得頭暈眼花地靠在沙發上，盛氣凌人的氣勢全被砸沒了。

傅玉青：「……」

陳路周忍不住笑了下，走過來，把他身上的畫拿開，這叫什麼，再裝遭雷劈。

「要幫你叫救護車嗎？」陳路周出於人道主義問了句。

傅玉青什麼也沒說，擺擺手，此地不宜久留。

他把帽子戴正，重拾氣魄，狐假虎威地咳了聲：「徐梔都跟我說了，你們在談戀愛。」

陳路周心裡多少抿出一點味道來，把他懷裡的抱枕奪回來，在旁邊的沙發扶手上坐下，抱枕墊在懷裡，一條腿懶洋洋地掛著，低頭瞥他一眼，冷淡道：「有什麼問題？」

傅玉青說：「大問題沒有，有幾個小問題。」

「你說。」

「你談過幾個女朋友？」

陳路周都已經做好了交代家底的準備，沒想到傅玉青問了句這個，「就徐梔一個。」

「是處男嗎？」

你有病嗎？

陳路周發現傅玉青這個人腦子可能不太好。

他無語地仰頭頂在後面的牆上，喉結冷冰冰地一滑，「我說了就徐梔一個，你不問問我家裡情況嗎？」

傅玉青笑了下，「有什麼好問的，欸，我聽說你大學學人文科學啊，應該學過哲學吧？佛洛伊德你肯定知道，阿德勒你聽過嗎？」

「聽過。」

「那你應該知道阿德勒哲學講的是目的論。佛洛伊德崇尚原因論，認為很多人的性格長成，跟原生家庭離不開關係，但我更喜歡阿德勒的目的論，原生家庭只是你過去的一部分，我更崇尚於去了解你現在是一個怎麼樣的人。你說家庭背景，這種東西無非就是了解你有沒有錢，你現在沒錢，我相信你以後肯定會有錢，畢竟你和徐梔都是A大的高材生，你們兩個以後的生活肯定不會差。但是我比較關心男人本性上的東西，比如說浪子回頭，或許浪子會回頭，但我不願意讓我從小看著長大的小女生去賭這個浪子回不回頭。懂了嗎？」

這點巧了，相比佛洛伊德，陳路周也更喜歡阿德勒哲學，看了他一眼：「我看起來像浪子？」

「有點，畢竟長成你這樣，沒點自制力的話……」傅玉青欲言又止。

陳路周忍不住笑。

傅玉青站起來：「差不多了，就這個意思。」

陳路周把水遞給他，「水不喝了？」

傅玉青頭也不回，擺擺手：「算了，我怕你下毒。」

年初三下午，徐光霽做了一桌菜，前所未有的豐盛，徐梔感覺寒假這大半個月自己真的被怠慢了。

正巧韋主任和陳路周同時進門，徐梔乖乖叫了聲「韋阿姨」，然後彎腰從鞋櫃裡翻出兩雙拖鞋放在地上。

陳路周往後撤了撤，讓韋主任先進門，韋主任笑著把手上的新年禮物遞給她，「新年快樂，徐梔。」

「謝謝，新年快樂。」

韋主任笑笑，進去廚房幫忙。

陳路周後進門，站著一邊換拖鞋，一邊低頭看著她，用手掐了掐她的臉，笑著調侃說：「怎麼不叫人呢？」

「叫什麼叫，快換鞋，新年禮物呢？」徐梔攤著一雙手。

陳路周把東西遞給她，幾瓶酒和一個小袋子，嘴上還在慢吞吞地調侃她：「妳納貢呢。」

「怎麼兩份？」

陳路周穿好拖鞋走進來，揉了揉她的頭說：「酒給妳爸，剩下那份是妳的新年禮物，等等拆。」

等徐梔放好東西出來，陳路周還站在那，顯然是看人家在廚房忙，又不好進去插手，也不敢坐在沙發上當撒手大爺，跟徐光霽打完招呼，只好不尷不尬地站在廚房門口。儘管徐光霽說了好幾句，你先找個位子坐。

徐梔拉著他在餐桌的另一邊坐下，菜已經齊了，老徐和韋主任還在裡面榨果汁，老徐胖胖的背影看起來莫名憨實又侷促。

徐梔轉頭看陳路周，不懷好意地問了句：「緊張嗎？」

陳路周正在脫外套，掛在椅子上，回頭看她，大言不慚：「緊張什麼，我什麼場面沒見過。」

說著不緊張，徐梔一往他身上靠，人就特別不自在地往旁邊躲，低聲說：「妳別鬧，妳爸看見了，說我多輕浮呢。」

陳路周全程都繃著一股清心寡欲的勁，死活不肯跟她靠近，徐梔靠近一寸，他悄悄挪一丈，最後乾脆不吃了，就夾了兩筷子，一副正襟危坐的樣子，靠在椅子上，偶爾抿兩口酒。

老徐大概也不知道怎麼招呼，全程只慷慨激昂地重複兩句話——

「陳路周，你吃。」

「欸，好。」陳路周又乖乖拿起筷子。

「陳路周，你喝。」

「欸，好。」陳路周又乖乖抿一口酒。

場面簡直尷尬又好笑，徐梔一邊埋頭吃飯，一邊觀察他們尷尬但又不得不進行的互動，笑得不行。

不知道的還以為是兩個社恐。

最後還是韋主任救場，有條不紊地打開話題，「你以前高中是哪裡的？」

陳路周自然而然地放下筷子，看過去：「我是一中的。」

韋主任訝異了一下，笑著說：「一中都是實打實的學霸，難怪能考上A大。」

徐光霽不知道是不是喝多了，開始袒露心跡，抿著老酒，插了一句：「他在一中都是第一名。」

陳路周下意識看了徐梔一眼，眼神一挑——又吹捧我？

徐梔得心應手的笑笑——沒吹沒吹，正常發揮。

等一頓飯吃完，徐光霽真的有點喝多了，兩頰顴骨紅彤彤，連眼睛都冒著紅光，話也多，說著說著就突然莫名嘿嘿一笑，表情高深莫測地好像把所有人都耍了的表情，但其實現在是大家看著他一個人在耍猴。

「我其實早就知道了。」

徐梔和陳路周互看一眼。

「妳那段時間在家裡手機就沒響過，也不敢當著我的面玩手機，有時候躲在房間裡打電話就是大半天，我還跟韋主任說妳多半就是談戀愛了。」

「其實妳真的不用擔心爸爸，我知道早晚有這麼一天，我早就做好心理準備了，本來想等著妳跟我說，我就告訴妳韋主任的事情。沒想到，還是先被妳發現了。嘿嘿！」

韋主任：「……」

陳路周：「……」

徐梔：「……」

韋主任忍不住出聲提醒，「老徐，你好像喝多了？」

徐光霽是第一次喝多，控制不了酒量，神經已經被酒精麻痺，不依不饒地繼續喝著，絮絮叨叨地說著徐梔小時候的事情，等好不容易把他勸下酒桌，幾人要把他抬進去，剛放下，老徐醉醺醺從床上迴光返照一般鯉魚打挺，死死撐住——

所有人一愣，齊齊看著他，都不敢動，都屏著呼吸等著他下一個動作。

「陳路周！」

「在。」

另外兩人看他。

徐光霽：「你會綁馬尾嗎？」

「不會。」

「那你過來，我傳授你幫徐梔綁馬尾的祕訣，來徐梔，妳過來。」

徐光霽隨手抓了一個「徐梔」。

陳路周一臉茫然地被他牢牢按在床旁邊，徐光霽伸手去摸他頭髮，「有點短，沒關係，老爸技術高超。」

徐梔和韋主任想攔著。

「爸！」

「老徐！」

陳路周也沒反抗，「算了，妳爸不折騰完是不會睡覺的。」

徐梔這才發現徐光霽的床頭有一堆髮圈，他手法嫻熟地抽了一條又一條，嘴裡還在碎碎念著：「欸，就一定是這個高度，再高她會覺得勒著疼，再低，她覺得不好看。」

說完，「梆噹」躺下睡著了。

徐梔和韋主任已經快笑岔氣了，陳路周腦袋上被徐光霽綁了十幾個小啾啾，像一顆仙人球。

陳路周生無可戀地看了徐梔一眼，「妳爸喝醉都這樣嗎？」

下一秒，人又從床上猛地彈起來。

「我又想到一種新的手法！」

陳路周：「…………」

陳路周和徐梔洗完碗，韋主任從徐光霽房間出來，看見他亂糟糟的頭髮，還忍俊不禁，「你要不要回去洗個頭，老徐剛剛做飯，一手油，我看你頭髮都發亮了。」

主要是老徐還嫌他頭髮太乾不好抓，時不時嫻熟地往掌心裡唾了兩口唾沫，「呸呸！」然後搓勻，再上手抓。

「我馬上就走了。」陳路周跟韋主任說，然後看了徐梔一眼說：「妳今天早點睡？」

徐梔打了個哈欠，「我倒頭就睡。」

然而，韋主任一走，徐梔後腳就去了對面公寓。

門都沒關，就那麼開著，徐梔從櫃子拿出自己的拖鞋換上，看見他剛剛穿的外套丟在沙發上，廁所裡傳來嘩啦啦的水聲，應該在洗頭。

茶几釘好了，徐梔晃了晃茶几，紋絲不動，好牢，牆上的畫也四平八穩地掛著。

廁所裡水聲停住，徐梔忙在沙發上坐好，等著他出來表揚幾句，結果又響起吹風機的聲音，茶几上丟著一本書——《如何打造一座牢固的堡壘》，翻一半了，徐梔順著他看的部分往下瞄了兩眼，本來以為是什麼心理學書，結果真的是講裝潢的。

『沙發對於小夫妻來說，基本上是情趣之地了，所以檢測沙發的軟硬度，最好是站上去蹦兩腳，當然大多數商家是不同意你們這麼做的——』

徐梔果斷站上去，蹦了幾下，還挺軟，主要是這沙發還不貴。心說，徐梔妳真厲害，真會買，改行吧，妳是個天才裝潢工——

「幹嘛呢，拆家啊？」

見他靠著廁所門旁的牆上，一副欣賞世界名畫的閒散表情，徐梔立刻乖乖地坐下來，「我試試沙發。」

後面沒聲音了，徐梔一轉頭，又不在了。

徐梔耐不住性子，追過去：「陳路周！你好忙啊——」

剛一走到臥室門口，猝不及防一股力，被人直接扯進去，貼到門板上。

陳路周正在換衣服，還沒穿好，裡面有件白色打底衫，他套著休閒衣，腦袋從領子裡鑽出來，腰腹以下露著，隱隱能看見漂亮的人魚線，低頭要笑不笑地看著她，「急了？剛陪妳爸喝酒，一身酒味，我換身衣服。」

他今晚也喝了不少白酒，耳朵都紅的，嗓音被酒精浸過，好像也迷人。

徐梔覺得自己醉了，這時兩人單獨這樣耗著，明明人在眼前，卻莫名很想他，心跳熱烈的鼓在胸口，情緒收不住。

「你比賽結果什麼時候出來？」

「四月中吧。」

「那我們什麼時候回去？」

「妳想幾號回去？」

「沒想好，本來擔心我爸呢，想晚點走，現在覺得早點走也沒事。」

兩人倚在門邊有一搭沒一搭地聊著，徐梔靠在門上，手搭在他手臂上，一邊玩著他的耳垂，另隻手也沒閒著，占盡便宜地在他小腹上滑刮著，她手指都微微顫著，一是沒經驗，二是太想他了，太久沒見，肢體輕輕一碰，就好像著了火，心情極為矛盾，想要滅，又忍不住想要那火燒得更旺一些，乾脆將她燒成灰，才能解這渴。

陳路周低頭看她手滑入的位置，沒說什麼，任她自顧自地摸索，另隻手還把褲子口袋裡的手機拿出來，轉頭隨手往床上一扔，給她更多的發揮空間。

「你下學期是不是要申請轉系了？我看你行李箱裡有線性代數的書。經管學線性代數嗎？」

「嗯，翻我行李箱了？」

「我是想把你的外套先掛到我的衣櫃裡，壓在裡面都壓壞了。」

「怎麼知道密碼的？」

「隨便試了下，就開了。」

「不得了啊，開鎖小能手？」

「專開陳路周的鎖。」

徐梔去扯他運動褲的抽繩，陳路周的運動褲抽繩綁的從來都不是蝴蝶結，是從兩邊打一個結從中間穿過去的活結，所以徐梔一開始怎麼扯都扯不開，扯著其中一條繩子，越扯繩子綁得越緊——

「你褲子好難解，綁那麼緊幹嘛呀——」

徐梔被這條抽繩分了心，正要低下頭去看看他到底是怎麼綁的，唇猝不及防地被人吮住。

吮了很長一陣，幾乎再沒有其他動作，沒深入，將近半分鐘，他沒再進一步，就那麼定定地吮著她。

徐梔心怦怦跳著，幾乎要失控，眼睛不自覺被吻閉上了，後脊背壓在門板上，胸前是一堵滾燙堅硬的牆，心跳前所未有的瘋狂，總覺得他這次的停頓像是某種狂風暴雨前的寧靜。

陳路周一手撐在門板上側頭親著她，下顎線緊緊繃著，像蓄勢待發的弓箭，劍拔弩張，停頓了好一陣子，而後，慢慢地微微動了動下巴，嘴唇開始張合，喉結慢條斯理地一下下滑著，閉著眼一點點吞噬著她的氣息，手才去解自己的運動褲抽繩。

徐梔心跳張狂，心裡根本顧不上想，為什麼他調情調得這麼遊刃有餘，只覺得後脊骨一陣陣麻著，腳也軟。根本站不住。

屋內再無其他聲音，只餘兩人的嘴唇廝磨聲，交換著最親密、直接的溫度和濕度，整個屋子氣溫瞬間升騰，好像平白被人添了一把柴火，原本那暗暗磷磷的火光，在一瞬間就燃到最旺。

陳路周最後把她騰空抱起來，壓在床上，密密和她接了一下吻，沙啞的聲音在她耳邊，將她的雙手扣在頭頂，眼神細細而又忍耐地將她掃了一遍，難以抑制，卻還是詢問了她的意見。

「可以嗎？」

直到獲得女孩許可之後，他才笑著坐起來，一邊脫掉上衣，一邊去床頭翻東西。

陳路周翻出東西之後順手把燈關了，只留著一盞床頭燈，黃色光在四下無人的夜裡顯得格外曖昧和引人遐想。

屋內再無其他多餘的聲響，連光都徹底暗下來，唯獨牆上偶有濃郁的光影晃動，好像成熟快脫殼的蠶蛹，都在破繭的邊緣，蛹殼勢如破竹地破開一個小洞，得以窺見這個物欲橫流的成人世界。

半夜，被窩裡濕漉漉，好像怎麼也擰不乾的毛巾，很潮濕。

徐梔渾身都被占著，熱烘烘的，臉頰已經滾燙。

「熱？」他低聲問了句，「還是難受？」

「嗯。」

他無聲地抵著她的肩膀笑了下，那股灼人的熱氣噴在她耳邊，幾乎沒說出聲，像是罵了句什麼髒話，笑得格外張揚，但是又無可奈何，好像是用嘴型在說，徐梔那時意亂情迷，頭暈目眩，看他輪廓都模糊，別說看嘴型了。

「你說什麼。」她低哼。

「我、說，」他一字一字低聲重複，連髒話都重複，帶著少年的青澀又混蛋，「靠、我、都、沒、用、力。」

徐梔被他一句話抓回意識，渙散的眼神慢慢聚攏，去看他。

男孩汗水肆意，順著他乾淨的眉眼滑下來，全是為她流的汗，毫無保留。那眉眼之間少了青澀和克制，多了幾分囂張的惡劣勁和情動，將熟未熟，比身經百戰的男人生澀一些，但比初入情場的男孩又帶勁發狠。

脊背像山峰一樣弓著，宛如泥石流坍塌，被窩裡汗下如雨。

「那你別管我。」

「那怎麼行。一次就廢了，我以後怎麼辦？」

徐梔想抬腳踹他，「你才廢了。」

「別動，適應一下。」

陳路周一邊說著，一邊將她鬢角處汗濕的碎髮輕輕撥到耳後。

「你老大爺騎車呢！」

噗哧笑出來，他笑得越發得意忘形，兩手支稜著身體撐著床頭，徹底沒轍了，「那妳要我怎麼辦？」

徐梔不知道怎麼說，耳邊越來越熱，心也越來越燥，好像被一把刀架在脖子上，細細地被人磨著，要死不死。

還不如一刀給她個痛快。

彷彿接收到信號，陳路周伸出手，把檯燈關了，屋子裡瞬間暗下去。

「別關燈——」徐梔忍不住出聲，話音未落，腦袋猝不及防要撞上床頭板。

陳路周提前伸手護住，另隻手撐在床頭，動作沒停下來，低頭看著她，昏昧的房間裡，依稀還能瞧見彼此的輪廓和難分難捨的視線，他眼神更幽暗，直勾勾地，彷彿在對她下鉤子。

時不時聽見徐梔低低叫他名字，他傲嬌又欠揍，叫陳嬌嬌，他不應，叫陳路周才「嗯」了聲，然後微微低頭，閉上眼，英俊的眉眼擰著，表情難忍，氣息夾在胸腔裡，簡直要沸騰。

誰也沒想到，去年暑假那場意外的偶遇，門縫裡那匆匆一瞥，會發展到如今這個地步。

他們曾在四下無人的夜裡接吻，木頭那吱吱呀呀的碰撞聲比慶宜任何一個夏天的蟬鳴聲還綿長。

等兩人收拾完，在床上膩了一下，說了些不著邊際的話。

「你真的很用力。」

「說實話，我真的還沒用力，真的用力，妳得哭著回家。」

「你以後別打球了。」

陳路周靠在床頭笑，手撥弄著她的頭髮，低聲說：「這跟我打不打球沒關係，妳不找找自己的原因？」

徐梔若有所思，恍然大悟地看著他。

「懂了？」他懶散靠著，撈過床頭的手機，心不在焉地看了眼時間，丟給她，「不舒服我以後少碰妳，幫我充一下電。」

「那不行。」徐梔接過他的手機，心血來潮來了句：「欸，能看你手機嗎？」

「想查男朋友手機啊？」他笑了下，「查吧。」

徐梔試著輸入他之前的密碼，四個一，轉頭看他，「會哭著出來嗎？」

「應該不會，不太敢保證。」他靠在床頭，微闔著眼，似乎有點累了，懶洋洋地說。密碼錯誤，「改密碼了？」

「嗯，妳生日。」

欸，陳路周這人還真是無懈可擊，徐梔把手機放床頭插上電，「算了，拿女朋友生日當密碼的男朋友應該沒什麼祕密。」

他闔著眼笑了下，「徐梔，真不用擔心，妳想查隨便查，我所有的密碼都是妳生日。」而後，想起來，「哦，金融卡密碼不是。」

「可我只關心金融卡密碼。」

陳路周睜開眼，輕飄飄地瞥她一眼，笑著罵了句：「小財迷。」說完，頭也沒低下去看，嘆了口氣，直接伸手拉開旁邊床頭櫃的抽屜，把錢包摸出來，丟給她。

「就兩張卡，一張是信用卡，之前我媽幫我辦的，參加美國競賽臨時用一下，還有一張就是剛去學校辦的卡，我所有錢都轉進去了。金融卡我通常都不用生日。」

「那你用什麼？」

「七三八七三三。」

徐梔打開他的錢包，果然只有兩張卡，其餘就一張身分證，還有一張A大的學生證，證件照上的人跟現在的陳路周其實不太像了，但那踿勁一眼就能認出是他，那時候眉眼更稚嫩，像一棵剛發芽的白楊樹，朝氣蓬勃的眉眼間透著一股冷淡的銳氣。

「這麼難記啊。」徐梔一心研究他的錢包。

陳路周笑笑不說話，等徐梔反應過來，「我們的升學考分？」

加上他的競賽加分，正好七百三十三。

「嗯，當時腦子裡就這兩個數字，就隨便輸入了，用生日總歸不安全——」陳路周說到這，低頭瞥了自己的錢包一眼，驀然發現不對勁，下意識要奪回來，「欸！」

徐梔已經看見了，夾在側面的一張照片，是一個女孩子，好像是在學校大禮堂拍的，她確定不是自己，因為陳路周沒在學校幫自己拍過照片。

他好像確實從沒跟她說過，他曾經是否有喜歡過別人？沒談過戀愛，不代表沒有暗戀的人啊。雖然暗戀這個詞真的很不適合他。

那顆心莫名就沉下去，心裡這股湧出來的酸勁，莫名還挺新鮮，她從沒有過這種情緒，彷彿被人打通了任督二脈，咄咄逼人地在她渾身上下遊走了一圈。

想打他一頓，又捨不得。

陳路周剛要伸手奪回來，徐梔已經把錢包甩還給他了，然後掀開被子，翻身下床，面無表情地說：「太晚了，我先回去了。」

陳路周愣了一下，如夢初醒一般，瞬間反應過來，也立刻跟著下床，「徐梔！」

從沒見她動作這麼快，徐梔連拖鞋都沒顧得上穿，光著腳就直接走出去了。

陳路周追到門口，把人拽住，手堵在門把上，不讓她碰，一手牢牢拉著門把，把人拎開，隔在她和門中間，知道她要是開了這道門出去，溜得比耗子都快，「跑什麼？生氣就跑？那以後呢，吵架妳就跑？又讓我跟上次一樣瘋了找妳？」

徐梔像個木頭一樣杵在那，心裡還在回味那股陌生新鮮的情緒，好像殘嗜的惡魔聞見新鮮的血液，殘暴地啃著她的肢體，她放棄抵抗，一點點任人蠶食，心不在焉地站在那聽他訓話。

陳路周急著追出來，自己也沒顧上穿拖鞋，好歹他腳上還有一雙襪子，徐梔直接赤腳站在冰涼的地磚上，他從鞋櫃裡抽出一雙拖鞋放在她面前。

「先把鞋穿上。」

徐梔嘆了口氣，聽他的話慢慢穿上拖鞋，坦誠說：「我不是跑，我也不想跟你吵架，也不想知道你到底喜歡過誰，要不然，你把門打開，讓我回去睡一覺，明天起來我應該就沒事了。」

她習慣性用時間消磨情緒，天大的事，只要睡一覺起來，她都能消化。

陳路周插著口袋靠著門，覺得好笑，目光從她穿拖鞋的腳上挪到她眼睛上，用一種「妳跟我玩呢」的挑釁眼神，說：「睡一覺起來，即使看到那照片也沒事了？問題就不在了？」

「反正你現在都跟我在一起了。」

「不怕我心裡想著別人？」

「你能同時喜歡兩個人？」

「不能。」

「那你現在喜歡我就行了，可以把照片扔了嗎？」還小心地徵求他的意見。

唉，她又把自己說服了。

陳路周沒接話，好像還挺捨不得，靠在門上靜靜打量她，糾結地擰著眉，略一沉思，痛定思痛一下，吊兒郎當地給了一個讓她更解恨的建議：「要不然，一了百了，乾脆燒了吧？」

徐梔非常友好且迅速地從口袋裡掏出打火機，「借你。」

陳路周一愣，「妳還抽菸？」

「No，」徐梔晃了晃食指，「真的戒了，剛不是幫韋主任開紅酒嗎，用打火機開的，開完就順手放口袋裡了。」

「行。」

陳路周轉身去房間拿錢包，又從廚房裝模作樣地拿了個碗出來，兩人坐在沙發上，碗放在茶几上。

徐梔以不變應萬變，靠著沙發，眼角冷冷地垂著。

陳路周幾乎是毫不留情地「啪」一下按亮打火機，那小火苗騰空躥起，在空氣中帶起一抹煙油味，看都沒看，就直接對著照片的一角作勢要點上去，看起來可真是個寡情的渣男。

徐梔這時眼睛微微一瞇。

發現了一點不對勁，因為照片拍得很糊，大禮堂講臺上的女孩子幾乎是看不清臉的，她剛剛隱隱瞄到照片邊角位置有個拍了半截的紅色橫幅——車中學開學典禮。

車字只拍了半個，但依稀能認出來，車？軍？

她驀然想起一些事情，「是睿軍？」

見某人不為所動，徐梔急了，去搶照片，「靠，陳路周，是暑假睿軍高三的開學典禮？」

那時候老曲讓她回去演講，最後磨了一個暑假的演講稿還是陳路周逐字逐句改的，改到最後徐梔都懶得改了，稿子都是他寫的。

「是嗎？」現在換他靠在沙發上，一隻手臂掛在她身後的沙發背上，開始拿喬了，「不記得了。」

徐梔立刻奪回照片，因為大半個身子都被演講臺遮住了，她當時上身穿了一件最普通的白襯衫，那件衣服穿過一次就壓箱底了，主要還是會崩扣子，不太舒服。所以她平時很少穿。

「所以是我？」

「不然？」他無語。

「那時你不是跟你媽在國外嗎？我記得在槍擊案之前？」

那時候槍擊案頻頻上熱門。

「回來過一趟。」

回來兩個字不輕不重，陳路周輕描淡寫地一筆帶過，但徐梔不知道的是，他那時候身上訂機票的錢都不夠，暑期又是票價最貴的時候，他找了幾個地方沒日沒夜的打工，那邊管控比較嚴，大多時候他都在中國城那邊，偶爾替人當翻譯，累得像頭耕地的牛，喘口氣都累，可坐上飛機那刻又精神抖擻，怕航班誤點，又怕天氣不好，又怕飛機上突發狀況，怕這怕那，視周圍的一切草木皆兵。

那時候他就知道自己栽了。

可這些事情他不想告訴她，覺得丟人，也覺得沒什麼好說的。所以剛剛發現徐梔看到那張照片的時候知道會把這些事情抖出來，所以才想搶回去。

沒想到，她還真的以為是別人。

「你們門衛大爺真的挺不認人的，我說我班導師是你們老曲，他也放我進去了。」

徐梔不知道其中曲折，便把照片放回茶几上，細膩的情緒早已被淹沒，胸腔裡舒暢，這時也得意忘形了，手撐著沙發，側身去看他，笑著調侃他：「陳路周，你還真是個大情種啊。」

五官都要揚到天上去了。

「爽了？」

「嗯。」

他突然就不太爽了，靠在沙發上，鄭重地若有所思一下。

下一秒，揚手去拿茶几上的照片和打火機，開始混帳地胡攪蠻纏，「不行，還是燒了吧——」

徐梔知道他也是逗她，「陳路周，小心我以後在你墳頭跳舞。」

「放心，我們以後同個墳。」他笑。

徐梔：「……」

陳路周不逗她了，放下照片和打火機，把人攬過來，按在腿上，絲毫不手軟地掐她臉：「傻不傻，我錢包裡能是誰的照片。」

徐梔一回家就直奔房間把陳路周送給她的新年禮物拆了，本來以為只是個普通的手機吊飾，後來等徐梔掛到手機上仔細一摸才知道是羊毛氈，應該是他自己做的，造型很精巧，是一隻小狗，比熊犬。羊毛氈的特點就是看起來很逼真，真的好像一隻縮小版的狗狗，看起來活靈活現。

那晚，徐梔異常興奮，深夜還纏著陳路周在手機上聊些有的沒的，直到某人被調侃得抓狂。

Salt：『睡覺？O、K？』

徐梔不理他，洗完澡一溜煙鑽進自己的小床上，還在自顧自調侃他。

徐梔：『暑假很想我嗎？』

那邊嘴很硬。

Salt：『別想太多，主要還是想聽聽自己寫的稿子。』

徐梔：『你別裝了。』

那邊實在撐不住了。

Salt：『行吧，情種真睏了。』

徐梔：『才一次，就這麼累嗎？』

Salt：『……酒，妳爸的酒後勁還挺足的。』

他今晚其實也喝了不少，徐光霽左一句你喝，又一句你喝，他真的沒少喝，但又沒醉，只是頭昏腦脹，所以這時候後勁上來難以抵擋。這種感覺其實比徹底喝醉還難受。

徐梔這才放他去睡覺，陳路周又打了通電話過來，人已經躺在床上，聽那均勻而平緩的喘息聲似乎已經神遊太虛了，但半夢半醒間還惦記著一件事，聲音悶在被子裡，昏沉：『還疼嗎？』

徐梔心裡忽然有點軟，被這個人愛著，好像時時刻刻都在心動，即使這時還有點疼，也說不疼，你快睡吧！

那邊頓了一下，氣息平穩，均勻地喘著，聽起來莫名有點性感。徐梔以為他睡著了，半晌，他突然叫她：『徐梔。』

「嗯？」

『這酒後勁真大，』他懶散地笑了下，似乎理智全無，『大到我想給我媽磕個頭，謝謝她讓妳找上我。』

「那你還得給談胥磕一個。」

要不是他，也不會遇見了。

『別給我添堵行嗎？』

「開玩笑的，」徐梔又哄了句：「陳嬌嬌，我愛你。」

『嗯，我跟一個。』他說。

徐梔笑，他真的喝多了。

徐光霽第二天醒來，心情相當不錯，在廚房哼著小曲興致勃勃地做早餐。

徐梔打著哈欠從房間出來，表情揶揄地看著她老爸憨厚敦實的背影，倚著門框笑咪咪地問了句：「老爸，你昨晚——」

徐光霽頭也不回，一邊點火一邊說：「陳路周是不是就住在附近？妳要不要叫他過來一起吃早餐。」

「他應該還沒起來。」

徐梔醒來傳訊息給他，他還沒回。應該還在睡。

「A大高材生睡這麼晚嗎？」徐光霽謔了一句：「那以後怎麼賺錢啊？」

「也不是每天都這麼晚，他在學校很努力的，爸你真的忘了，你昨天幹什麼了？」

徐光霽這才不耐煩，「韋主任都跟我說了，我幫陳路周綁小辮子了。」他揮揮手，「喝多了喝多了。」驀然回頭，「那小子沒生氣吧？」

「不會，陳路周脾氣很好的。」

徐光霽熱好牛奶，從廚房端出來，這才放心地笑笑，「確實，今天韋主任也跟我說了，說那孩子脾氣性格都不錯，也懂禮貌，韋主任跟他說話，他都會放下筷子，認真聽，韋主任還是觀察得挺仔細的。我都沒注意這些。」

徐梔從桌上拿了根油條，咬了口，笑得意味深長：「您是誇陳路周呢，還是誇韋主任呢？」

徐光霽莫名在女兒面前臊了下，「妳覺得韋主任怎麼樣？」

徐梔喝了口牛奶：「挺好的，很溫柔，感覺她很會照顧人。」

徐光霽點點頭，禮尚往來：「陳路周也不錯，感覺這小子以後挺有出息。」

兩人都笑了，父女倆交換完意見，徐光霽準備去上班了，徐梔綁著頭髮，也準備出門，兩人心照不宣，老徐也沒說什麼，只叮囑了一句：「早點回家，別玩太晚。」

陳路周還沒醒，徐梔進去的時候，屋內一片寧靜，還是昨晚她離開的樣子，廁所的垃圾桶裡還丟著個打了結的保險套。

手法嫻熟啊，陳嬌嬌。

那時已經快十點，陳路周難得睡這麼晚，徐梔走進臥室，看見床上蒙著一道身影，又把門關上了，百無聊賴地在客廳裡一邊玩手機上的羊毛氈小狗，一邊心不在焉地看了一下電視，忍不住抱怨一句，她男朋友好能睡啊。

等臥室傳來響動，徐梔早已耐不住，猛地從沙發上躥起來，衝進去，「醒了？」

陳路周剛掀開被子下床，站在床邊穿拖鞋，身上什麼都沒穿，穿了件內褲，露出一身緊繃的乾淨肌理和高聳如山的某處，嚇得讓他直接彈回床裡去，被子蓋在身上，人靠著床頭醒了一下神，極其無奈又無語地笑著仰天長嘆一聲，「我女朋友是隻猴啊！精力這麼充沛？」

徐梔笑著走到他床邊，低頭不懷好意地看著被子底下，「今天出門逛逛？」

陳路周直接抬起她的下巴，讓她正經地對著自己的眼睛：「好，我換個衣服。」

「中午我爸不回來，我們隨便吃點就出門。」

「嗯，妳先出去，我穿個褲子。」

「陳路周！看看怎麼了。」

陳路周笑了下，索性掀開被子給她看，「這他媽很尷尬好嗎？」

徐梔評價了一句：「你這魚死得透透的。」

「找打？」

「不然怎麼硬邦邦的，一動不動？」

陳路周笑著撇開頭，沒轍了：「……我服了。」

徐梔不逗他了，「你快去刷牙，我帶早餐給你了。」

吃完早餐，兩人又在沙發上磨蹭了一下，有些東西根本控制不住，又是對對方身體有了極度探索欲的熱戀期情侶，很難控制自己不把身體貼在一起。於是原本說好的下午出門逛逛，變成了手牽手出去買保險套。

兩人去便利商店，徐梔拿了一大袋零食掩人耳目，本來混進去，就不會被人注意，結果陳路周比較單刀直入，手裡就兩盒東西明目張膽地放在收銀臺上，徐梔攔都來不及攔。

徐梔：「……」

收銀員若有所思地看著這兩個登對又極其養眼的人，「一起的？」

「不不不，我不認識他。」

陳路周看她笑，心說又想幹壞事，又抹不開膽子，「……嗯，不認識，分開吧。」

兩人一前一後走出便利商店，等走到人煙稀少的巷子裡，徐梔悄無聲息地蹭到他身邊，想牽他的手，陳路周抬了下手臂，把人拎開，低頭笑著剛要調侃一句，妳誰啊——

轉頭在社區門口看見一道熟悉的人影，便愣了一下。

徐梔順勢牽住他的手，他沒掙扎，眼神直愣愣地往另一邊看，徐梔順著他的視線好奇地看過去，「咦，那不是你媽嗎？她來找你嗎，我要不要先迴避一下？」

陳路周一手牽著她，一手揣在褲子口袋裡，目不斜視地看著連惠的背影，「應該不是來找我的，她不知道我住在這裡。」

徐梔「哦」了聲。

下一秒，兩人看見一道更熟悉的身影從公寓裡急匆匆走出來。

靠——老徐！

「妳爸下班了？」陳路周低頭問了句。

徐梔：「嗯，這個時間差不多。」

說完，忙不迭地把手上的東西交給陳路周，火急火燎要過去，陳路周把她拉住，「我去。」

徐梔說：「別，你過去鐵定吵架，你媽找我爸肯定是說我們的事情。」

陳路周自然不會放她一個人過去，徐梔被他拽著手，根本動彈不得，也不負隅頑抗了，只好說：「那就一起過去，不過你別跟你媽吵架，我們有話好好說，不然嚇到我爸，他要是也不同意，我們就更慘。」

陳路周「嗯」了聲，眼神直直地看著那邊。

但等兩人快走到，依稀聽見那邊傳來的聲音，才發現事情好像並不是他們想像中的那樣。

連惠也不是來找老徐說他們的事情，反而兩人交談的口氣熟稔也陌生，甚至隱隱透著一點說不清道不明的尷尬，兩人的腳步幾乎同時停住，互相莫名其妙地對視一眼，立刻躲到旁邊那棵被蔡瑩瑩搖下一腦袋鳥屎的樹後面。

那邊交談還在繼續，兩人背靠著在聽——

「妳能聯絡我，我還真的挺意外的。」徐光霽說。

「主要是現在確實遇到一點問題，除了聯絡你，我想不到其他辦法了。」

「好像也快二十年了。」徐光霽說：「我沒想到妳今天會聯絡我，我也剛下班，妳現在在哪工作？」

連惠聲音溫和：「原先在電視臺，去年辭職了，現在自己開了間廣告公司，幫人做宣傳。」

徐光霽：「要不要上去坐坐，妳聯絡我太匆忙了，家裡也沒有準備東西，上去喝點茶水？」

連惠說：「不用，我等等還有事，我就是來跟你說下孩子的事情，他現在長大了，有些事情早晚都會知道的，明天到我公司詳細說吧，盡量把對孩子的傷害降到最低，這是我唯一的要求。」

說完，連惠就走了，高跟鞋腳步聲在空曠的社區門口踩得噔噔噔直響，走得堅定，又彷彿孤注一擲。

徐梔：「……」

陳路周：「……」

畫面彷彿靜止，樹葉打著冬風的旋，悄無聲息在他們身後飄落，畫面慘烈又直接。

陳路周靜靜看著連惠離開的背影：「妳有沒有想過，我媽可能不是妳媽，但是妳爸有可能是我爸？」

徐梔：「……」

屋內窗簾拉著，電視機響著，正在播經濟新聞，主播字正腔圓，將屋內氣氛平添了幾分正經，燈也開著，空調外機也在孜孜不倦地嗡嗡嗡作響，什麼東西都在響。

唯獨坐在沙發上的兩人一聲不響，中間彷彿隔著一條楚河漢界，各自據著自己的陣地，眼睛目不斜視、面無表情地盯著電視機，彷彿還沒從剛才的震驚中走出來，大腦已經轉不動了，簡直像兩個活化石。

等經濟新聞播完。

徐梔嘆了口氣，開玩笑說：「要不然，先分手？」

陳路周臉色尤為寡淡，從大情種變成了大渣男，老神在在地靠在那，還在玩手機，頭也不抬淡淡地回應了句：「嗯，分吧。」

徐梔大為震驚，拿腔拿調地轉頭看他一眼，「唉，情種也就這樣而已，無趣。」

陳路周還在看手機，不知道看到什麼好東西，還仰起頭來靠在沙發背上，把手機拿得極近，放大看，嘴裡風輕雲淡又刻薄自己，喉結滾著：「放心，分吧，分了我肯定不找，我昭告全世界，我是個畜牲，我愛自己的妹妹。」

徐梔噗哧笑了，嘴裡還在說：「好，那先分了，我回去了。」

剛站起來，徐梔聽見身後「啪」一聲響，手機被扔到茶几上，下一秒，被一股大力拽回去，徐梔跌進他懷裡，陳路周人靠在沙發上，兩腿大剌剌的敞著，兩手掛在她腰上，把人圈在中間，往自己懷裡按，笑得不行，發了狠地掐她腰，「我打不死妳，這有什麼好分的，我們分手的理由只有一個。」

「什麼？」徐梔在他懷裡躲，因為那手掐著掐著又摸上了，徐梔怕癢，四處躲，像條蛇似的在他懷裡亂扭，「陳路周，別摸——癢死了。」

他不摸了，骨節分明的手搭在她的腰上，冷淡地垂下去，仰在沙發上定定地看著她，「妳不愛我了，就這一個。」

徐梔也停下來，「那萬一真的這麼狗血怎麼辦？」

「就這麼熬著唄，」他把手放上沙發背，勢不可當的架勢，表情愜意地真的絲毫不受影響，「妳想結婚，我就帶妳出國，不結婚我當妳的情人？」

徐梔笑死，「不過，我覺得應該不是，」徐梔坐在他身上，捧著他的臉細細觀察著他英氣逼人的眉眼，「我覺得你跟我爸長得也不像啊？」

陳路周笑了下，「性格像？」

「性格也不像，我爸這性格，跟你完全是兩個樣子，你們哪裡都不像。」徐梔站起來，摟著他的脖子，「要不然我先回去旁敲側擊問一下我爸？」

「也行。」

等臨要走時，兩人又在門口磨蹭了一下，徐梔穿好鞋拿起手機要出去，陳路周這個大高個靠在門框上，幾乎將整個門堵住，一動不動，沒讓開。

「幹嘛呢？」

他斜斜倚著，居高臨下地看著她，一臉「妳怎麼這麼不懂事」的表情：「不親一下？就這麼走？昨天晚上走之前非要親半小時撒嬌的是誰？」

徐梔湊近了些，又停下來，為難地看著他：「陳路周——」

「嗯？」

「我現在有點下不去嘴……」說完瞬間從他手臂底下鑽出去。

陳路周：「………」

徐梔一路小跑衝回家裡，老徐正在做飯，沒聽見門響，沒回頭，兀自在廚房裡忙得轉轉悠悠。

徐梔回房間放下包，然後躡手躡腳地走到廚房門口，徐光霽正要轉身洗鍋，餘光瞥見有人影，回頭瞧她一眼，神色如常，「妳回來了？正好，馬上可以吃飯了。」

徐梔靠在門框上，手裡拿著顆橘子在剝，掩人耳目，狀似無意地問了句：「對了，老爸。」

「啊？」徐光霽開著水，洗鍋洗得砰砰作響，「等等，我在洗鍋。」

徐梔靠在那裡想了半天，還是不知道該說什麼才能打開話題，於是想起小時候常用的那個話題，她悄然地走進去，心裡一鼓作氣，在他耳邊輕聲、小小聲地一字一頓問了一句：「爸、爸，你、說，我有沒有可能是你撿來的啊？」

沒想到，徐光霽也悄悄地湊在她耳邊，跟她用同樣的口氣，回了一句，很輕聲，很直白，也一字一頓：「是、啊，妳、怎、麼、知、道、的？」

徐梔：「……」

徐梔愣了半晌，「您別開玩笑。」

徐光霽也不耐煩了，「妳到底想說什麼？」

徐梔咳了聲，隨口胡編：「我今天看到一個新聞，說有個人在外面生了個私生子，家裡人都不知道，結果那個人死的時候，私生子冒出來搶遺產欸——」

徐光霽頭也不回，把鍋重新搭上去：「妳放心——」

徐梔鬆了口氣，老頭領悟力還是高啊。

徐光霽：「爸爸沒有遺產，爸爸只有房貸。」

徐梔：「……」

半小時後，徐梔傳了一則訊息給陳路周。

徐梔：『今天才知道，我爸挺能糊弄的，根本問不出來。』

陳路周那時也冷靜了點，靠在沙發上拚命回憶連惠曾經跟他說過關於他父親的一些資訊，其實跟徐光霽根本八竿子打不著關係，連惠口中那男的，就是個渣男，怎麼可能是徐光霽這個社恐，立刻回了一則。

Cr：『不是妳爸。那個男的挺花心的，玩車玩女人，聽說出過車禍昏迷過幾年。妳爸沒昏迷過吧？』

徐栀立刻回過來。

Rain cats and dogs：『每一天都很清醒，活蹦亂跳的。』

Rain cats and dogs：『你這麼說，我倒是想起一個人，你還記得傅老闆嗎？你之前不是問我他是做什麼的嗎？他以前是賽車手，出過一次車禍，昏迷過三四年。我爸說的。那時候我還很小，不太有印象。』

夜色朦朧地籠罩著整座城市，霓虹勾勒著稜角分明的幾何樓宇，模糊了城市的輪廓。

連惠把車轉進地下車庫時，在後視鏡裡瞥見一道高挺清冷的身影靠著社區門口的白玉蘭燈柱下，冷風張牙舞爪地割在他臉上，頭髮柔軟地被風鼓動著，卻越顯他臉上本就乾淨流暢的線條俐落冰冷，一身及膝的漆黑羽絨外套幾乎隱匿在黑夜裡，唯獨脖子上拉鍊拉到頂的白色運動服露出一點白。

連惠也是趁那點白才注意到，太陽穴莫名突地一跳，立刻踩下剎車，把車停到路兩邊的停車位上。

連惠走過去，高跟鞋在空蕩無人的街道上踩得噔噔作響，腳步優雅，不急不緩，走近才問一句：「怎麼找到我這裡的？」

陳路周沒回答，低著頭，漫不經心地用腳尖似乎在磨著什麼，想了半天，只抬頭開門見山沒什麼情緒地問了句：「是傅玉青，對吧？」

連惠當時腦子裡「嗡」地震了下，怔愣愣地看著他。

而這邊，徐光霽做好飯，端著最後一盤香菇炒青菜從廚房裡出來，順手關上廚房的拉門，把菜放在徐梔面前，笑咪咪地丟出來一句：「是陳路周讓妳來問的嗎？」

徐梔筷子剛伸出去，被他一句話釘在半空中，突然發現老徐這個人有時候可能真不是笨，是大智若愚。

「你都知道？」

徐光霽笑著拉開椅子坐下，不緊不慢地從褲子口袋裡掏出眼鏡布，摘下眼鏡，一邊擦著，一邊說：「妳肚子裡吧，幾根腸子幾條蛔蟲，爸爸都知道，妳以前不喜歡穿爸爸幫妳搭配的衣服，又怕傷我的心，出了門就脫掉，換上書包裡藏的衣服，回家進門前又換上，妳真的當我都不知道？」

「這我真的沒想到，我以為我藏得挺好的。」徐梔嘆了口氣，放下筷子，「所以，陳路周的爸爸是傅叔嗎？」

徐光霽也跟著嘆了口氣，心裡惆悵，也感慨，「事情過去也有點久了，其實妳媽更清楚這事，妳媽以前跟傅叔關係特別好，我跟傅叔也是因為妳媽才認識的，最早我也不太喜歡他，他這個人吧，年輕的時候長得很帥，又喜歡玩車，喜歡他的小女生很多，女朋友也換得很快。」

「傅叔跟我媽是怎麼認識的？」

「妳傅叔家裡背景比較複雜，黑黑白白的，我也不太清楚，我跟妳媽剛談戀愛那時，認識他的時候，他家裡就做些偏門生意，妳媽那時候是個大學生，妳也知道妳外婆身體一直不太好，先天性脊椎炎，身上大小毛病很多。妳媽半工半讀，賺了錢不光繳自己的學費，偶爾還要寄回去給外婆。」

屋內很靜，只有父女倆唉聲嘆氣的談話聲。

徐光霽繼續說：「妳外婆這個人刀子嘴豆腐心，但說實話，我是打從心裡佩服這個老太太。這時候和那時候不一樣，你們這個年代遍地都是大學生，但我們那個年代，吃不飽穿不暖，就算有人考上大學，家裡也不當一回事。妳媽考上大學後，村子裡的人對妳外婆冷嘲熱諷，說些讀書無用論的風涼話。不管別人說什麼，妳外婆還是卯著一股勁讓妳媽去上大學。」

徐梔一直都知道外婆這個人就是不會說話，情緒表達很直接。

徐光霽：「妳媽上學的時候在一家音像店打工，妳傅叔是那裡的常客，他那時候就是一家電影譯製廠的導演還是什麼大老闆，不太清楚。他說妳媽聲音條件不錯，問她願不願意去配音，薪水肯定比這高。妳媽就答應了，去了之後也就在那認識了妳傅叔在傳媒大學的女朋友，也就是陳路周的媽媽。」

「她跟我的聲音很像，後來又跟著同一個配音老師，漸漸的，我們連說話方式和氣息都變得越來越像。但我們兩個性格合不來，她是學建築的，性格很直爽，有時候碰見一些不入流的大老闆，譯製廠的女孩子敢怒不敢言，但她會直接把水潑人臉上，也因此讓傅玉青得罪了不少人，我羨慕她，但是也討厭她。」

兩人像兩根木樁，一動不動地站在割裂的冷風中，路燈下頭髮迎風亂舞，表情如出一轍的麻木。

陳路周口袋裡的手機一直在震，他掏出來看了眼，是朱仰起，他直接按了旁邊的靜音鍵，揣回口袋裡。

連惠娓娓道來：「但傅玉青很欣賞她，我一度以為他們兩個私底下有些說不清道不明的關係，跟傅玉青分分合合很多次。直到秋蝶找了男朋友，就是徐醫生，那時候，我們四個關係不錯。傅玉青沒什麼朋友，身邊都是一些狐朋狗友，唯一一個好朋友就是林秋蝶。秋蝶大約是覺得我鬧了太多次，後來也不怎麼跟傅玉青聯絡了，直到我和傅玉青徹底分手。」

「理由呢？他劈腿了？」

連惠：「那時候我想結婚，他說他沒打算結婚。」

「不結婚幹嘛找女朋友啊，沒想到傅叔以前是個渣男啊！我看他這幾年清心寡欲的，我還以為他對女人不感興趣呢。」徐梔放下筷子，心裡宛如投入一顆巨石，震盪著，不假思索地脫口而出，「本來還以為傅叔在這個物欲橫流的世界裡是塊樸實無華的璞玉。」

徐光霽笑笑，說得口乾舌燥，抿了口酒潤了潤嗓子，繼續開口：「樸實無華這幾個字跟妳傅叔真的沒關係。」

「後來呢？」徐梔好奇地問。

徐光霽抓耳撓腮地說：「後來具體我也不太清楚，大學畢業我跟妳媽就分手了，再到我們結婚，中間過了一年多的時間，連惠已經消失了很久，妳傅叔沒多久就出事了。他以前在譯製廠得罪了不少人，跟人玩車的時候出了車禍，他在醫院的時候，他父親被抓，那時候妳媽因為連惠的事情，他們也沒怎麼聯絡了，我們當時也不知道連惠生了個孩子。」

徐梔聽到這，明白過來，所以陳路周是連惠親生的。其實從暑假連惠找她談話那次，她多少也有點感覺，連惠對陳路周的感情很特殊，那時候她沒有多想，哪怕是養母十幾年的感情，也正常。後來仔細回想，連惠對陳路周那種壓抑的期盼和不敢聲張的「母愛」，多少總藏著一些不為人知的祕密。

作為旁觀者，這樣的祕密聽來或許會令人覺得唏噓。

徐梔一個沒怎麼有同理心的人，在聽到這個祕密的時候都忍不住心寒，而這個祕密的主人卻是那個極有同理心、連看個電影都能哭上好幾天哄都哄不好的陳嬌嬌。

徐光霽抿了口酒壓壓驚，繼續說：「妳傅叔把孩子領回來不到一個月就出事了，他媽精神狀態不太好，就把孩子送進了育幼院，等妳傅叔在醫院醒過來再去找的時候，孩子模樣都變了，他根本認不出來，他去找連惠，連惠氣得打了他幾個巴掌，說再也不想看見他，之後的事情，我就不太清楚了，妳傅叔那時候開始性格就變了。」

徐梔仔細想了想，驀然覺得有點不太對，「爸，陳路周生日是十一月十一號啊，我是七月八號，按理說我比他早出生幾個月，如果連惠女士生下孩子消失的話，他出生不是在你們結婚之前嗎？那應該比我大啊？」

「這得問連惠阿姨，我不知道。」

「不是，那傅叔這麼多年就沒找過他兒子？弄丟了就不管了？」

「他巴不得！他知道我懷孕的時候，我永遠都記得他那副嘴臉，他連你的生日都記不清楚。」這麼多年連惠提起這個人還是無法平靜，恨得咬牙切齒，冷風呼嘯著，臉已經凍僵了，也無法讓她冷靜下來，心裡的怒火仍舊熊熊燒著，怎麼也燒不盡，「你身分證上那個日期，才是你的生日，育幼院的檔案都是院長隨便填的。他媽把你送進去的時候，連話都說不清楚，更別提你的生辰八字了。」

連惠當時騙他說是為了早上學才改成三月，那幾年政策還沒那麼合規，有很多家長為了提早入學會把身分證上的日期改在前半年。

道路兩旁靜悄悄，偶爾有車駛過，車燈從他們身上一閃而過，兩人臉上的表情晦澀不明，頭頂的路燈，似乎也走至生命盡頭，行將就木地忽閃忽閃著。

「所以呢，」陳路周靠在燈柱上，兩手環在胸前，忽然麻木不仁地笑了下，眼神如同死水一般，毫無波瀾地看著她，「他現在想把我認回去是嗎？」

「不是，是我找他的。」

連惠心裡多少有些不平衡，陳路周暑假那段日子，瞞著她到處打工賺學費、生活費。這個決定在她心裡已經猶豫了很久，直到過年那天，陳路周打電話給她，祝她新年快樂，電話裡那孤獨的靜寂，讓她這個念頭就如同毒蛇的獠牙，時不時在她鮮血淋漓的生活裡，將她刮蹭得皮開肉綻。

還能比這更差嗎？

「所以他從來沒找過我，一次都沒有。」

「別折騰了行嗎？」

一個二十出頭的年紀本該鋒芒畢露的男孩子，眉眼裡卻全是掩不住的疲憊和無奈，所有的稜角好像都被生活磨平了。連惠心裡彷彿被人捅了個大洞，她知道，同樣，她兒子心裡也有那麼一個洞，或許他心裡的那個洞，再也填不上，永遠填不滿。

也終於明白，他為什麼會那麼喜歡那個女孩子。

徐梔和林秋蝶的性格很像，有時候直白得令人招架不住，哪怕第一次見面，連惠委婉地表示你們還太小，只是衝動，她也會很直接地告訴她：「連阿姨，我和陳路周不是衝動，我是真的喜歡他。」

她當時心頭大慟，原來明目張膽的喜歡會顯得不敢聲張的愛，心虛又渺小。

「陳路周——」

徐梔推開門，找了一圈，發現屋內燈亮著，窗戶也開著，卻沒人，大概是走的時候有點急。

徐梔坐在沙發上打電話給他，也沒接，轉頭又打了通，還是沒接。

「朱仰起，你知道陳路周在哪嗎？」

『不知道，我剛也打他電話，沒接。』

「李科，陳路周在你那嗎？」

那邊聲音顯然一頓，誠惶誠恐地說：『可別，我跟陳路周又不熟，妳男朋友不見了，幹嘛老是問我啊？』

徐梔難得火急火燎：「別鬧了，我真的找他。家裡也沒人，不知道跑去哪了。」

李科這才正經起來，『啊，那真的不在我這，我在老家呢。』

徐梔又跟朱仰起要來了姜成的號碼。

「姜成，陳路周在你那嗎？」

姜成先是一愣，斬釘截鐵地說：『在，在我這。』

徐梔心頭頓時一跳，欣喜若狂，兩眼冒光：「那你讓他接電話，我有事找他。」

徐梔說完，聽見那邊拿開手機，毫無演技地隔空喊了兩句：『陳路周！陳路周！啊，他上廁所呢。』

徐梔：「……」

徐梔面無表情把手機往茶几上一丟，經過這次事件，徐梔發現最「鐵」的還是姜成，打掩護的手法簡直駕輕就熟。

徐梔先是在沙發上一邊看電影，一邊等，但心裡揣著件天大的事，這樣的等待略顯煎熬，難得連電影都沒看進去，直接按捺不住去門口等。一聽見電梯運行聲或者樓梯間裡有腳步聲，心跳就莫名加快，兩隻耳朵就瞬間豎起來，屏氣凝神地死死盯著，奈何每次都落空。

等到最後，她靠牆已經有點昏昏欲睡了，聽見電梯叮咚一響，也沒抱多大希望，下意識抬頭瞥一眼，驀然瞧見那道熟悉高大的身影，人瞬間清醒過來，不等他說話，等待的焦慮已經耗乾她的耐心，目光冒火地想說他兩句，但是看見他那麼堅定、充滿希望的人，此刻輕飄飄地站在那，好像一場盛大燦爛的煙火散盡後散落在地上無人問津的灰燼，徐梔就知道他大概是去找他媽了。

徐梔心疼地走過去，伸手抱住他，原先那句你手機呢，也被她艱澀地吞回肚子裡，綿長無盡地在他懷裡嘆了口氣。

陳路周反手將她揉進懷裡，心裡早已如潮水一般，被淹得死死的，毫無反抗的能力，如果這是另一個深淵，他可能會死在這。

屋內燈開著，窗簾也沒拉，空調扇葉在外面「嗡嗡」作響，電視機裡主播字正腔圓地正在播報著冷清的新聞——

『保障性住房將大幅度提升——深入實施新時代人才強軍戰略——』

兩人幾乎一邊暴風疾雨、急切地啃咬著對方，一邊推開臥室門，衣物毫無顧忌地扔了一路，陳路周一手扶著她的臉頰一側，乾淨修長的手指插在她烏黑的頭髮，一手摟著她的腰，一路深吻著將她推進臥室裡，唇舌在她嘴裡一通翻天覆地的攪動著。

兩人貼著門親了一下，屋內溫度騰然升高，氣息渾濁紊亂，心跳如擂鼓。最後兩人雙雙倒在床上，電視機的聲音隔著厚厚一堵牆，不再清晰，依稀還能聽見主播刻板冷靜的聲音從牆那邊傳來，嗡嗡作響，與她的心跳混為一體，如擂鼓一般在她耳邊敲打著。陳路周親她耳廓，在鎖骨處停了下來，氣息前所未有的粗重，腦袋埋在她頸項上，額頭抵著，手指已經在嫻熟地解她的牛仔褲扣子，詢問似的，似笑非笑著，低低在她耳邊哼了聲：「嗯？」

徐梔同意了。

於是，那堵牆便轟然倒塌下來，空氣裡都是渾濁塵埃，朦朧不清。

徐梔記得以前去看海時差點淹水的經歷，慶宜就在海邊，逢年過節通常都會去那邊觀海，這幾年海灘上幾乎沒什麼人玩水了，小時候每個週末海灘旁邊都是人頭攢動，在那看潮漲潮落。有人玩上癮了，激烈混帳地用手掌擊打著水面，激起一層比一層高的浪花，任憑那海浪一個個朝著她衝撞過來。但那人就是不救她，不肯放過她，那聲音直叫人發慌。

「陳路周，你生日到底是幾號？」

「她說身分證上那個，三月十七。」他專心致志。

兩人還在有一搭沒一搭地聊著。

「那你不是又要過生日了？」徐梔震驚。

他笑出聲，眉眼囂張又欠揍，抬頭仗勢欺人地看她一眼，呼吸喘著，「是啊，要不然妳再做個帶花園的別墅？這次我還想要個停車場。」

「你滾吧。」徐梔忍無可忍，踹他一腳，沒踹到，又推了他汗涔涔的腦袋一下。

中途，兩人閒聊著，徐梔還在玩他的頭髮。

「我昨天也是昏了頭了，看到你媽和我爸見面，我都沒細想。」

「當時重點在妳爸，其實跟我媽是誰沒關係。」他難得放縱一次，眼底少見的火光磷磷，眼神不安分，動作自然也沒分寸，往日的克制和青澀蕩然無存。

徐梔想想也是，在巨大的衝擊下，人很容易被模糊重點，小聲問：「你暑假就知道你媽的事情了？所以，你晚來一個月，是因為你媽的事情嗎？」

「嗯，那時候家裡挺亂的，陳計伸不肯離婚，我媽……」他頓了下，「用自殺威脅他，陳計伸嚇傻了，他這個人迷信，見不了血光，打電話給我的時候，我媽手腕上好幾道傷口，人已經倒在血泊中。我當時特別害怕，如果我媽真的死了，我這輩子可能就完了，她多少是為了我。」

徐梔原本是驚訝，「啊」了聲，而沒想到以兩人目前的狀態，聲音自然變了調。

他莫名惡劣，有恃無恐地笑著學她：「啊？」

囂張又欠揍，那股心疼勁瞬間消失，簡直想讓人踹死他。越發沒分寸。

徐梔說：「那一個月你都在醫院照顧她？」

陳路周「嗯」了聲，「住了半個多月，我那時候是不敢聯絡妳，而且，妳那時候剛去北京，也要適應新環境，我這邊一團亂麻，我當時怕妳擔心。想著等處理完了再過去找妳，其實不見妳，不聽見妳的聲音，真的還好，那天打了通電話給妳，聽見妳的聲音我反而更想妳，每天晚上都很難熬。」他兩手撐著，低頭往兩人身下看了眼，難忍自嘲地笑了下，「我那時候真以為自己快瘋了，有次晚上做夢，夢見妳在北京找了個男朋友，醒來氣得要死，又打不到妳，那次特別想打電話罵妳。」

「陳路周，你有病。」徐梔忍不住笑，「那後來怎麼不告訴我你媽的事情？」

他眼底是未盡的意氣，「剛開學那陣子，我們還沒確定關係，我如果告訴妳這些事，顯得我像在賣慘博取妳的同情，然後讓妳跟我在一起，我不想這樣，這些事都跟妳沒關係。後來在一起之後，妳又送了我那個禮物，我覺得我更不能說了，我女朋友這麼會疼人，我還說得出口？」

徐梔戳他太陽穴，一點點狠狠戳他腦袋，一字一頓，「什麼叫那個？」

他笑，腦袋被她點得一晃一晃，任由她戳著，笑得意味深長，「畢竟還是第一次有女孩子為我建房子。」

「是嗎，以前還有別的女孩子送過什麼禮物給你嗎？」

「那記不清了。」

「哦。」

陳路周捏她的臉，「開玩笑的，沒收過別人的禮物。」

徐梔不為所動，不理。

「欸——」他哭笑不得，一手撐著，一手忍不住戳她臉頰，「欸——妳醋精啊？」

徐梔仰面躺著，想了想，說：「以前有個男生追我，送了我一輛摩托車，欸，現在想想還挺可惜的。」

他笑了，不以為意，低頭看了眼，身下緩緩，散漫又不經心地說：「妳有沒有意思。」

徐梔低頭去找他的眼睛：「真的很帥。」

「挑釁是吧？」陳路周不耐煩了，直接單手扣著她的手，壓在頭頂，另隻手在她腰上沒輕沒重地掐，還俯下去咬了口。

「我說摩托車摩托車，那摩托車真的帥。」徐梔怕癢，笑著躲，手被牢牢釘在一處，像一條被人用筷子釘在砧板上的魚，滑不溜丟的，毫無反抗能力，任人魚肉。

小腹平坦，絲毫沒有多餘的贅肉，她一笑，馬甲線就出來了，拱著一道漂亮的曲線，腰兩側也深深凹著精緻的弧度。

陳路周順著往下親，抬頭瞧她的時候，正巧停下來，徐梔意識到他要幹嘛。一顆心七上八下地撲棱著，刺激得險些要停擺。

那天他很瘋，那遊刃有餘、恰到好處的放浪形骸，勾得她也快瘋了，這次沒有人玩水，沒有激情四射的拍水聲，浪花照舊把她毫不留情地打進海裡。

「陳路周，你怎麼連這個也會。」

「早就跟妳說了，陳路周什麼不會？」

兩人笑出來，夜色綿長，情意更綿長。有人高山流水覓知音，有人泥潭窪地降天意。是天意吧。

應該是。

徐光霽被撞倒的時候，心裡也是這麼想的，這就是天意啊！老娘欸！我剛買的老酒！都沒喝上一口。

徐梔接到電話的時候，正和陳路周在家裡看書，馬上開學了，兩人準備收收心。

等徐梔一掛電話，便拉著陳路周火急火燎地往醫院跑，等趕到醫院的時候，徐光霽和韋主任的兒子，一人吊著一條硬邦邦的石膏腿，韋主任正坐在中間幫他們剝橘子。

老徐轉頭瞧見徐梔和陳路周，還挺春光滿面地招呼道：「你們來了，剛好，過來吃橘子，蔡院長買的，聽說從越南買的。」悠閒自在地彷彿只是進來度假。

徐梔和陳路周面面相覷，等跟韋主任打了聲招呼，兩人才走進去，徐梔拎著老徐的手肘掀了掀，除了腳踝骨，身上沒別的傷口了，「爸，你怎麼又摔了？你要不要去檢查一下腦子，經常摔跤可能是腦子有問題。」

徐光霽塞了一瓣橘子在嘴裡，剛要說話，被韋主任打斷：「他不是腦子有問題，他是耳朵有問題。別人按喇叭，他愣是沒聽見，被電動車撞了。」

徐梔環顧了一圈，忙問：「人呢？」

韋主任下巴一揚：「讓他走了，就一個外送員，妳爸不想為難人家，讓他賠了點錢就走了。」

徐光霽寬心地表示：「反正蔡院長能報銷，我這是上下班路上，算工傷。」

下午，老蔡在樓下神經外科查房，韋主任去值班了，徐梔和陳路周在醫院陪著。

韋林捧著一本漫畫書看了一上午才看二十頁，看了上頁忘了下頁，來來回回翻，嘴裡還時常百思不得其解地嘀咕著：「咦，這人是誰，前面出現過嗎？」

陳路周和徐梔就坐在兩張病床的中間走道上，徐梔坐在老徐的床上，跟老徐聊天。陳路周高高大大的身子散漫又自在地靠在椅子上，有時候見韋林看書看得入迷，杯子裡的水喝完了，就順手幫他倒上。

韋林當時還沒回過味來，等漫畫書不知不覺翻過四五十頁，才後知後覺地反應過來，自己杯子裡的水怎麼一直都喝不完，狐疑困惑地抬起杯子看了底下一眼，想說這是裝了自來水管？下一秒，餘光瞥見陳路周靠在椅子上和徐光霽他們聊天的背影，瞬間明白過來，咳了聲，不鹹不淡地說了聲謝謝。

陳路周回頭，瞥了他一眼，笑了下，口氣也不鹹不淡，只是比韋林的聲音更成熟、磁性：「客氣。」

青春期的小孩就是愛跟比自己大兩三歲的哥哥比較，尤其對方還是個帥哥的情況下。

韋林一開始覺得這男的有點太帥，看起來就很渣，沒想到人還挺好，而且這樣看，胸肌不薄不厚，脫了衣服應該有點料，畢竟肩寬背直，長得這麼帥，身材還這麼好，重點還高，就很有安全感。果然大高個就是能吸引漂亮女人！他下意識看了自己的胸膛一眼，用力挺了挺，也還行，但還是得健身，還得長高，至少得長到一百八十二吧。

「哥哥，你多高？」韋林忍不住問了句。

「脫了鞋一百八十五，」陳路周也是韋林這個階段過來的，心裡多少有點數，「你不是挺高的嗎？」

「我勉強一百八十一，一百八十五是我理想身高。哥，你有什麼建議嗎？」韋林已經親暱地叫單個字「哥」了，比陳星齊還自來熟。

陳路周想了想，靠在椅子上，兩腿敞著，認真地給出建議說：「多打球吧。我高一高二天天打，高三複習比較忙，一週大概三次。我高一的時候，也才一百八十二，高三畢業一百八十五。」

韋林立刻掏出手機，「來，加個好友，以後你和徐梔姐姐寒暑假回來，找我打球啊。」

陳路周看了徐梔一眼，笑著去褲子口袋裡摸手機，「好。」

正好老蔡在樓下查完房，風風火火地從門口進來，把工傷鑑定表拍在老徐的床頭櫃上，平地一聲雷：「報不了。」

徐光霽一愣：「欸，你早上不是說能報嗎？」

老蔡扶額，無奈說：「我哪知道你今天繞松柏路啊，松柏路又不是你上下班的必經路段啊我的老哥，你繞一圈去那邊幹嘛？工傷鑑定得是上下班必經路段。」

韋林有點無辜地晃了晃手裡的漫畫書說：「徐叔叔好像是去幫我買漫畫書了。」

徐梔下意識看了陳路周一眼，其實這樣的事以後還是會發生，但是在重組家庭初期階段，都需要一個適應期，她的爸爸也會為了幫另一個孩子買書，上下班寧可繞一大圈。不單單只為了她。

這樣的情緒說不上複雜，徐梔覺得自己只是需要一段時間適應這種認知。

徐光霽：「松柏路怎麼就不是必經路段了？」

老蔡：「繞去天河區了，我的老兄弟。」

兩人還在據理力爭，下一秒，驀然聽見有人四平八穩地敲了敲病房門，慢悠悠晃進來。

「這麼熱鬧啊，吵什麼呢？」

蔡院長聽見聲音回頭，面露喜色，老男人之間互相道貌岸然地握了握手，一陣有的沒的寒暄之後，才問：「老傅，你怎麼也來了？」

老徐意外沒搭腔，看了一旁的陳路周一眼。

後者冷淡刻薄，向來帶著一絲弧度的嘴角，此刻也緊繃著，只不過沒什麼表情。

傅玉青把一袋水果和營養品放在門口的茶几上，說：「正準備下來辦點事，老徐說他摔倒了，我過來看看。」

傅玉青個高，溫文爾雅地站在一眾大腹便便、兒女成群的中年老男人之間，他確實還是鶴立雞群、很顯眼，連蔡院長都不如他容光煥發。

徐梔牽著陳路周的手，輕輕捏了捏，小聲說，沒事，我們以後不理他。

然而，這裡除了毫不知情的蔡院長和韋林之外，其他幾人的神色都異常嚴肅和尷尬，氣氛莫名怪異，連徐光霽的臉色都有些不自然。

傅玉青看了看那兩個，又看看老徐，有所察覺：「這是怎麼了？徐梔，妳看見傅叔怎麼都不打招呼呢？新年好都不說了？還想不想拿紅包？」

你倒是在這新年好了，我們這群人被你搞得這個新年就沒好過。

徐光霽知道他這個女兒護短得很，她從來都是幫親不幫理的，更何況連理都在陳路周那邊，徐梔顯然是想替陳路周出口氣，可傅玉青從小就對她疼愛有加，心裡應該也矛盾，夾在中間左右為難。但顯然，這時是男朋友更勝一籌，嘴巴嚴絲合縫地緊緊閉著，一句話都不肯跟傅玉青說。

徐光霽嘆了口氣，剛想說點什麼，試圖緩解尷尬，轉頭看見陳路周表情無所謂地靠在椅子上笑著逗她，一副掉臂不顧的樣子，付之一笑：「幹嘛呢？紅包不要了？」

傅玉青多少察覺出一點古怪，還未覺得自己此刻的處境是四面楚歌，從西裝內袋裡掏出紅包，雙手抱臂揣在懷裡，但臉上始終帶著笑意：「什麼意思？徐梔現在男朋友管這麼嚴？叫個人都還得男朋友同意？來，說說，是對我有意見，還是怎麼？」

傅玉青一直以來都不太喜歡陳路周這個小子，自從在山莊上第一次見面，他就覺得，他比他那個難伺候的弟弟還難伺候，他那個弟弟是蠢，陳路周則完完全全是假正經，真渾球。

陳路周沒理他，直接收起剛才那鬆散隨性的坐姿，從椅子上冷淡地站起來，對徐光霽說了句：「徐叔，我先回去了。」

徐光霽點點頭，心情複雜地看了他一眼，只說了一句：「好，徐梔，妳跟他一起走吧。」

等人出去。

傅玉青看著陳路周的背影莫名來氣，「這小子家教是不是不行？懂不懂禮貌啊？」

徐光霽吊著一條腿，一言難盡地看著他，猶豫半晌，才緩緩開口說：「老傅，他叫陳路周。」

傅玉青嘴角勾著僅存的一絲笑意，轉回頭：「然後呢？」

徐光霽嘆了一口前所未有的綿長、糾結、無奈的氣，從昨天連惠聯絡自己的口氣裡，就知道這事遲早瞞不住了，只不過從誰的嘴裡說而已。如果真讓連惠帶著陳路周去找他，然後從她的嘴裡告訴他，以他們的性格，或許還會當著陳路周的面，不顧一切、惡狠狠地大吵一架，那對陳路周真是鮮血淋漓、扼腕剖肉的傷害，還不如自己告訴他，老傅或許好接受一點。

徐光霽看著窗外，設身處地的想，如果當初自己和秋蝶知道這件事，或許會把孩子帶過來養，一切可能就會不一樣了。

徐光霽摘掉眼鏡，無比疲憊地搓了搓眼角說：「老傅，他是連惠的親生兒子。」

傅玉青嘴角僅存的笑意也徹底消失，眼神像是被冰水過了一下，倏忽間凍住了，原本一張溫文爾雅、始終掛著笑意的臉，頃刻間，好像一張曝屍野外好幾天的死人臉，慘白灰敗，面目又猙獰，整個人幾乎一動不動。

兩人走出醫院，徐梔去拉他，「陳路周，你不要想太多，等他以後知道，腸子肯定都悔青了。」

陳路周所有情緒都在那天晚上被徐梔安撫好了，現在心裡只有平靜，再怎麼樣，那對他來說只不過是一個陌生人，以後也不可能有交集，更不想在他身上浪費情緒，這點他在徐梔身上學到了一點，淡淡扯了下嘴角說：「妳才不要想多，我真的沒事，我一直都當他死了，只不過最近詐屍了，有點不習慣。」

徐梔鬆了口氣，伸手去牽他，「那就好，我還怕你不知道怎麼面對他呢。」

「一個陌生人而已。」

兩人沿路牽著手走回去，那幾天已經臨近開學，上學打工的陸陸續續走了不少。沿路店鋪基本上都已經開張，還有老手藝人擺了個攤子在路旁做糖畫，徐梔很多年都沒見了，二話不說拽著陳路周過去，要了兩支糖畫。

徐梔看著那位年過古稀的老手藝人提著個小圓勺，從銅桶裡舀起一湯匙香香濃濃、稠度適中的糖稀，手法嫻熟地在石板上勾勾畫畫，每一下停頓都頗具藝術氣息，讓徐梔看得如痴如醉，忍不住嚥了嚥口水。

徐梔小時候特別愛吃糖畫，老徐知道她愛吃，有時候下班會特地繞過好幾條街去幫她買各種圖樣的糖畫，然後神祕兮兮地從家門口蹦進來——

「囡囡！今天是龍鳳呈祥！」

為了不讓林秋蝶發現她又吃糖，徐光霽會提早十分鐘下班回來，讓她趕緊吃完去刷牙。

「囡囡！今天是小孔雀！」徐光霽會湊到她耳邊低聲炫耀說：「特地讓老師傅幫妳做了隻開屏的！別人的都沒開！」

「囡囡！今天小孔雀沒有了！今天是大鵬展翅的雄鷹！」他有時候還會做一個滑稽的展翅高飛的動作。

「囡囡！今天那個老師傅沒出攤！爸爸去松柏路幫妳買的！」

「爸爸，松柏路的好吃，我以後要吃松柏路的！」

「好！」

「爸爸，松柏路的酥餅也好好吃啊！」

那是慶宜一種當地特色的酥餅，肉乾夾餡，酥酥脆脆，可以當零食吃，算是當地特產，松柏路那家酥餅味道最獨特和正宗，徐梔小時候除了糖畫，最喜歡吃的就是酥餅，所以，松柏路是她小時候記憶裡最美味的一條路。

但那個時候，徐梔不知道松柏路距離徐光霽上班的醫院，大約要繞半個慶宜市。

拿到糖畫，徐梔舔了口，發現好膩，隨手遞給陳路周了，悃悵地說：「欸，原來小時候喜歡吃的東西，長大就不喜歡了。」

陳路周一手牽著她，一手拿著她的糖畫，也沒吃，穩穩拿在手裡，低頭看她一眼，知道她想說什麼，笑笑，嘴角始終揚著一抹弧度，只要看她一眼，那弧度就沒下去過，有一搭沒一搭地陪她聊著，「不舒服了？」

徐梔搖搖頭，和他慢悠悠地走著，路燈在頭頂，昏一盞，亮一盞。

徐梔邊走邊晃他的手，大力晃著，苦笑了一下，仰頭自我疏解地嘆了口氣，說：「也不是，就是還需要一段時間適應吧，家裡一下子來兩個陌生人，生活習慣和方式都改變了。我爸以前去松柏路只是為了買酥餅和糖畫給我，現在他去松柏路，是為了買漫畫書給韋林。但是後來想想，我爸一個人在這邊，發燒可能都沒人倒水給他，住個院還要請看護，我這點情緒真的太自私了。」

整條街道繁華如故，車輛見縫插針地橫停，巷子裡的風依舊帶著潮腥味。沿路行人匆匆，有人遛狗，有人推著嬰兒車，還有幾個大爺熱火朝天地在公園口下著象棋，草木崢嶸，萬象更新，新人勝雪，舊人如夢，年復一年。

臥室裡沒開燈，兩人還在聊。

「回去就不能這麼……」

「嗯？」他眼神混亂又迷離。

徐梔隨手撈起床邊的枕頭氣息破碎地砸在他腦袋上，「我說，回北京，我們要好好念書！」

他伸手去床頭櫃裡摸東西，兩腿跪伏在她身旁，一邊笑著低頭拆，一邊還挺正經，那東風吹馬耳、無動於衷的神情，跟此刻做的事情完全判若兩人。完全就一副金玉其外、敗絮其中的混帳樣。

「別回北京了，就明天開始，妳也別天天來找我了，我們稍微冷靜冷靜。」

「陳路周！」

「我剛剛進門前怎麼說的，說了今晚好好看一下書，不親的。」

「親一下怎麼了？」

陳路周笑得不行，兩手撐在她頭兩旁，眼睛深處藏著一抹從未有過、別有深意地調侃，明知故問地在她耳邊低聲使壞：「妳說怎麼了？嗯？今天要不要換個？」

換個什麼換個，徐梔白他一眼。

下一秒，徐梔驚呼一聲，被人騰空抱起，她伏在他身上，陳路周靠著，兩手扶在她的腰上，浪花淺淺打過來。

屋內瞬間安靜下來，那浪花時急時緩地拍打在海面上，烈日灼灼的霧氣似乎要把人體內的水分蒸乾，她像條渴水的魚，仰著頭，小口小口地呼吸著。

兩人沒再說話，眼神目不轉睛、沒完沒了地碾磨盯著彼此。

她發現陳路周一旦浪過一次之後，就開始徹底不正經了。

徐梔險些哭出來，「陳路周！」

他抬頭，神色頓時一慌，立刻停下來，抱她進懷裡，哄著摸她的頭，「對不起，對不起，疼了？」

徐梔實在不知道怎麼形容這種感受，欲哭無淚：「也不是，就說不出來。」

「到了？」

少年吊兒郎當地靠在床頭笑，眼神直白又混帳。

徐梔莫名耳熱，心跳慌張，忍不住掐他：「你呢？」

「沒，」陳路周抬手去按了下床頭的手機，側過頭看了眼時間，拿起給她看，神情倨傲又覺得她好笑，「才幾點啊？」

徐梔嘆了口氣，去摸他的頭髮，極盡溫柔地順了順毛，手法跟摸小狗如出一轍。

某人不滿地嘖了聲，靠在床頭，笑著躲了下，「妳摸狗呢。」

「陳路周，你怎麼這麼好看。」徐梔捏他下巴頦，乾淨，線條流暢。

「沒妳好看，」他下巴往下意氣風發地一點，沒個正經地說：「妳要不要往下看看？」

「你渾球啊！」

「我讓妳看腿。」

「看腿幹嘛？」

他靠著，重新把她抱起來，伏著她的腰，緩緩而又溫柔，「妳男朋友有一雙看起來還算健全的腿，不出意外，應該還能用六十年。」

「然後呢？」

徐梔低頭看著他，前幾天剛剪的頭髮，更襯眉眼英俊俐落，浪從四面八方打過來，她驚了聲，在那激奮的海浪聲裡，夾雜著男人朦朧難忍的喘息，「以後不管是松柏路，柏松路，他去就行了。」

「徐梔，我是妳的。」

那幾天，徐梔和陳路周白天去醫院，晚上從醫院附近散步回來，慢悠悠地走回家，兩人在門口拖拖拉拉猶豫好久，面面相覷，眼觀鼻鼻觀心，然後彼此深深地嘆一口氣。

再三聲明，嚴厲警告，痛定思痛。

「說好了啊，今天真的只看書。」

「誰不看誰是小狗！」

「誰先動嘴誰是小狗！」

「好！一言為定！」

但死不悔改。

徐梔：「啊！」

陳路周：「輕點叫！」

「……」

第十八章　我們的熱戀

陳路周那時候終於明白，有些事情真的不能隨便開頭。更荒唐的一次，兩人當時在沙發上看電影，那時已經開春，氣溫回升，大地復甦，樹枝上冒出嫩芽。徐梔身上就一件白色麻花毛衣和一件針織半身裙，一雙勻稱筆直的長腿裸著，陳路周就慣常一身寬鬆的灰色薄套頭休閒衣和運動褲，棒球外套凌亂地丟在一旁。

兩人衣服都沒脫，徐梔跨在他身上，裙子被撩上去，兩人單刀直入就把事辦了。雖然是白天，但窗簾嚴絲合縫地拉著，一點光都透不進來，也看不見窗外綻放著俏麗火紅的迎春花。屋內電視機和空調聲嗡嗡作響，夾雜著兩人或輕或重、放縱又壓抑的低喘聲。

當時兩人看的還是恐怖片。陳路周看電影不挑，枯燥無味的紀錄片也能看三個小時，唯獨不看恐怖片，他不是膽小，他主要是驚不住嚇。恐怖片裡太多故弄玄虛的鏡頭，也很無厘頭，毫無預兆地就冒出一個鮮血淋漓、橫眉歪眼的人頭，弄得人一驚一乍。徐梔還得拿手幫他遮著眼睛，「你真的怕啊？」

陳路周仰在沙發上，身下動作不停，哭笑不得，「妳能把電視關了嗎？妳不怕把我嚇廢了？」

徐梔知道他那幾天很不舒服，嘴上雲淡風輕地說著「不過一個陌生人而已」，有時候兩人看書看一半，他會突然頭也不抬、自嘲地問一句，「徐梔，我是不是真的挺菜的？」

這話要換作任何一個人聽見，大概都會說他虛偽又做作。畢竟高中數學物理競賽就拿過一等獎，在市一中赫赫有名，被省榜首視為神一樣的對手，連對手都能混成朋友，喜歡他的女孩無數，如果是以前，徐梔想像不出來，到底是什麼樣的處境能讓他問出這種話。可那時候，她滿心滿眼只有心疼。

「陳路周，雖然我說這話聽起來好像不是那麼有說服力，老徐很愛我，但不是世界上所有的爸爸都是老徐，對於那些沒有責任心的父母，你就把他們當作是一扇門，一扇送你來這個世界的門，當你穿過那道門的時候，身後的世界就跟你無關了，你要做的，只是往前走。」

陳路周當時愣了一下，而後啞然失笑，甘拜下風的笑意，一下一下欣慰又滿意地點著頭：「不得了，我的女朋友現在都會安慰人了。」

徐梔也笑笑，「只會安慰你，換作別人，那就是真菜。我男朋友怎麼可能菜，花樣多得很。」

陳路周不動聲色地把書挪開一個位置，感今懷昔地悠悠嘆了口氣：「我突然挺懷念，剛認識妳的時候，我們現在正經不過三句。」

「那明天開始重新認識一下好了。」

最後，兩人收拾乾淨，坐在沙發上，陳路周一邊嫻熟地打結，一邊正經、鄭重其事地問她：「妳沒覺得我最近瘦了嗎？」

徐梔笑得不行，趴在他懷裡，在他下巴上親了下，「陳路周，你怎麼這麼可愛啊？」

陳路周最後一次痛定思痛，打完結，隨手扔進一旁的垃圾桶，把人抱過來，兩手鬆鬆地搭在她的腰上，低頭在她腦門上蹭了下，意味深長地嘆了口氣，表情看起來一副愧天怍地、負罪感爆棚，得了便宜還賣乖的樣子，裝模作樣地深刻反省了一下，低頭看她認真說：「真的不行，這樣下去妳男朋友真得廢了。」

徐梔窩在他懷裡，下巴搭在他胸口，手指戳著他胸口的衣服標籤，不自覺喃喃地說：「廢了也是你，不會有別人了。」

陳路周一愣，心裡低頭看她玩自己胸口的標籤：「這麼愛我？那好像不結婚，收不了場了。」

「嗯。收不了場了。」她表情懶洋洋地肯定了一句。

少年笑得越發囂張，眉眼好像染了一把春光，青澀又張揚，把得了便宜還賣乖的臭德性行發揮得淋漓盡致，低聲在她耳邊得寸進尺地說：「那妳跟我求個婚，說不定我現在一衝動就答應了。」

屋內恐怖片還在一幀幀放著，兩人窩在沙發上說著悄悄話調情，驚悚的畫面配上此刻屋內濃情蜜意的氣氛，顯得那七竅流血的慘白鬼面毫無威懾力，高潮迭起的劇情也無人在意。

徐梔趴在他胸口笑出聲，手指在胸口一下下卯著勁地戳著他，「陳路周，你要臉嗎？」

他笑得肩都在抖，而後看著她，沉默片刻，答非所問：「我給妳那個羊毛氈，別弄丟了。」

「掛在手機上呢。」

然後，默契地安靜一下，兩人幾乎是同時極盡舒坦地嘆了口氣，同時一愣，抬頭一對視，又不由自主地笑出聲，笑得不行，默契似乎已經刻進他們的呼吸裡。

下一秒，陳路周束手無策地仰頭靠在沙發上，喉結像冰刀上的尖，利利地一下下滾著，生無可戀地看著天花板，「我完了。」

「什麼？」

他眼神別有深意地往下一指。

徐梔立刻從他身上彈起來，手腳俐落地整理裙擺，一邊穿拖鞋，一邊把垃圾桶上的袋子拎起來，「我回去了，你看書吧。」收拾完東西，把手一伸，遞給他，「走吧，送我下樓。」

陳路周笑了下，深吸一口氣，牽著她的手站起來，一邊牽著她往外走，一邊拿過她旁邊的垃圾袋，嘴上還在吊兒郎當地說：「欸，女朋友，明天穿件褲子吧。」

徐梔白他一眼，掙脫他的手：「……怪我？陳路周，你這思想不行啊，難道大街上的女孩子就不能穿裙子了？」

「不是，」他笑了下，把人又牽回來，「妳想什麼呢，沒別的意思，就是擔心妳冷，這才幾月，妳好歹穿件褲襪吧，我怕妳八十歲真的要坐輪椅，妳膝蓋不是一直都不好嗎？」

「立春都過了。」

「那也還是冷，妳看屋子裡有蚊子嗎？都還在冬眠呢。」陳路周把門打開。

話音剛落，眼前突然掠過一道小黑影，一隻餓得乾癟癟的小蚊子從屋外嗡嗡嗡飛進來，好像對他剛才的話十分不滿，耀武揚威地在陳路周太陽穴周邊縈繞作亂。

陳路周：「……」

徐梔發現陳路周這個人運氣可能真的不太好，反正說什麼都不靈。

她笑得不行，一巴掌拍飛，笑咪咪地哄他說：「是蜜蜂，是蜜蜂。」

「蜜蜂妳用手拍？」

「……什麼不能拍，我還徒手拍過蟑螂呢。」

「什麼時候？」

「昨天啊，在家裡的時候，老徐買了幾個蟑螂捕抓器都沒用。」

「消毒了嗎？」

「洗手了。」

陳路周想暴打女朋友。

「我們能講點衛生嗎，妳昨天還摸我了！靠，發炎了怎麼辦。」

徐梔無所謂地笑了下，「不會吧，洗手了啊，實在不行，再讓我爸幫你看看。」

陳路周笑不出來：「尷尬嗎，我問妳。」

徐梔笑岔氣，不逗他了，「騙你的，那是小時候的事情了，後來我爸看見了跟我解釋蟑螂身上有一百多種病毒之後我就再也不用手去拍了。」

陳路周這時已經被逼出來的潔癖收不回去了，「……妳以後進門前先消毒吧。」

「那我還是換個不用消毒的男朋友吧。」徐梔說完要走。

「……」

陳路周靠在門框上，把垃圾袋遞給她，理直氣壯地欠揍：「行，那就先幫妳這個男朋友把垃圾帶下去。」

徐梔：「……」

狗東西。

傅玉青和連惠見面那天，慶宜下了入春以來第一場暴雨，幾乎是毫無預兆，打得行人腳步匆匆，四散流落。

連惠正巧從公司出來，看見外面如同鐵網一般的雨幕，準備折回去拿傘的時候，聽見旁邊的打火機聲，她下意識轉頭看了眼，才看見傅玉青站在她公司門口抽菸，一身黑色西裝，手上拿著一把黑傘。

年輕時候的傅玉青是個紳士，除了性子有點花，對女人確實沒話講，很周到，無論什麼時候出門，車上都會放一把傘備用。他們第一次見面，也是一場從天而降的暴雨，連惠當時要去圖書館還書，瞬間被淋成了一隻落湯雞。傅玉青的車剛巧就停在路邊，似乎和幾個朋友約了去吃飯，順手從車上拿了一把傘遞給她。

那時候沒留下聯絡方式，連惠以為自己再也見不到他了，後來老師介紹她去電影譯製廠配音的時候，又遇見傅玉青，傅玉青是那家譯製廠的掛名導演，自然而然，傅玉青就開始約她吃飯，其實那時候隱隱約約也聽譯製廠的幾個女孩說過，傅玉青性子很花，譯製廠好幾個女孩子他都追過。連惠當時明知道他不是個好人，但還是淪陷了。

後來在一起沒多久，譯製廠來了個女孩，聲音跟她很像，加上之前那些傳聞，連惠一度以為傅玉青和林秋蝶之間的關係曖昧，直到她發現林秋蝶一門心思就只想賺錢，對傅玉青別說青眼，給的都是白眼，後來她找了個男朋友，跟傅玉青完全是相反的性子，一個老實的醫學生。連惠才確定他們沒私情，可儘管這樣，對傅玉青青眼相加的女孩並不少，直到有一次，那個女孩找上門來。連惠才知道他死性難改。

傅玉青解釋說只是喝多了，多聊了兩句，什麼都沒幹，那時候事業如日中天，又是如此年輕氣盛，連惠甚至覺得他當時那個口氣就是，我能跟妳解釋這兩句，耐心就已經夠足了，妳還想怎麼樣？

雖然傅玉青沒這麼說，可她心裡覺得他當時就是這麼想的。

如此鬧了幾次之後，傅玉青也徹底不耐煩了，冷著臉對她說了句，行，妳要分手就分吧，分了就不要回來找我。

因為之前也鬧過幾次分手，最後都被傅玉青三言兩語哄回去了，後來甚至還被傅玉青嘲諷過幾次，每次都拿分手威脅我有意思嗎？想證明什麼？證明妳跟別人不一樣是嗎？所以那次分手，連惠下了一個大決心，死都不會回去找他。

結果沒幾天，連惠發現自己懷孕了，拿到孕檢報告的時候，她想過把孩子打掉，直到去醫院之前那晚，夜裡做夢，夢裡的孩子就是陳路周小時候的樣子，對著她叫媽媽，連惠心裡不捨，摒棄了之前所有的事情，心裡抱著一絲希冀去找傅玉青。

傅玉青知道她懷孕的時候，在電話裡沉默了很久，問她是什麼意思。

那時候，連惠的心瞬間就涼了半截，連惠還是厚著臉皮把心裡最真實的想法說出來，我要跟你結婚，無論他怎麼樣，但這個孩子她想生下來。

傅玉青沉默更久，最後才說，連惠，我從沒打算結婚。

也是在那刻，連惠終於知道自己到底在傅玉青那裡扮演著什麼角色，也終於明白，浪子就是浪子，浪子永遠不可能回頭。

如今二十年過去，徐光霽說傅玉青一直沒結婚，連惠並不關心，聽了也只想笑。並無其他，她現在只想讓陳路周過得更好一點，她也懶得跟他寒暄，開門見山地說：「我知道你現在肚子裡有一大串話要問我，但我覺得沒必要告訴你，我只想知道，你打算怎麼對待陳路周。」

傅玉青抽著菸，眼睛微微瞇著，看著外面重重的雨幕，好像在欣賞一幅跟自己無關的壁畫，「他是我兒子，我能怎麼對待？」

連惠點點頭，有這句話就夠了，補了一句：「你要是不放心，去做個親子鑑定。當然他認不認你是他的事情，你想認他，你就得拿出誠意來。」

傅玉青沒接話，面色凝重地沉默了一下，不知道在想什麼。

過了一下，他說：「所以，當年妳去育幼院找他的時候，他還在是嗎？」

「誰讓你連自己的兒子都認不出來呢？」

「我那時候在ＩＣＵ躺了三四年，我連我媽都快認不出來了，我怎麼認一個半歲的小孩？」

連惠笑了：「你但凡稍微上點心，你怎麼會認不出來，陳路周比同齡的小孩長得好看多少你不知道？你從我這抱回去之後你根本就沒仔細看過他。」

確實，傅玉青那時年輕氣盛，憑空多出一個兒子，那陣子又到處比賽，公司裡的事情都給別人管了，等他比完賽回來，譯製廠都快倒閉了，忙得焦頭爛額，孩子都是丟給他媽和保姆帶。

連惠冷笑說：「如果你真的上心，你後來為什麼不找他？你們家人脈關係網這麼強大，你真的一點消息都查不到？你不可能不知道我後來在育幼院領養了一個小孩，你用腳趾頭想想，那個小孩是誰？我甚至懷疑你當時跟我說你媽把小孩送進去，根本就是你自己送進去的，你巴不得他不見了，沒了孩子，又是黃金單身漢。傅玉青，別說你做不出來，你這種人，什麼事情做不出來。」

傅玉青慢條斯理地彈了彈菸灰，表情嘲諷，「那妳真的是太看得起我了，連惠，我這個人再沒底線，也做不出扔小孩的事情。妳當初跟那個男的說要結婚的時候，我有沒有跟妳說過，讓妳等我一陣子，等我處理完事情再跟妳說。妳當時怎麼跟我說的，妳說妳已經愛上他了。算了，現在跟妳扯這些也沒意義，只是有一點，妳可能真的想岔了。」

他吐了口煙霧，淡聲說：「我出事之後，那幾年掃黑、打擊犯罪活動，我爸風頭勁，首當其衝，有些事情說出來妳可能不信，老梁妳還記得嗎？」

「我和林秋蝶的配音老師？」

傅玉青說：「嗯，家裡被人查出幾盒黃色錄影帶，直接槍斃了。」

連惠一愣，那幾年情勢確實震盪，各種批鬥、檢舉，混黑混白的，人人自危，做特種行業生意的也都一個個望風而逃，老梁以前也是跟他爸混的，總歸有些黑背景，都是重點調查對象。

傅玉青把菸頭碾滅在垃圾桶上，「我們家的檢舉信堆起來比我人還高，連我媽都被拉進去盤問，我當時在醫院，躲過一劫。當天晚上，我們家所有人都逃到國外去了。我醒來的時候，譯製廠已經倒閉了，所有能賺錢的生意都被封了，那時候掃黑還沒停，我身邊不少人都進去了。我媽勸我去國外避避風頭，那時候我連我自己能不能活下去我都不知道，妳告訴我他被人領養走了，我那時候心裡鬆了一口氣，能收養的家庭，家庭條件肯定不會差，至少比跟著我好。」

連惠：「所以你現在沒錢是嗎？」

傅玉青：「……」

雨漸漸小了些，砸在水坑上，泛起一圈圈漣漪，傅玉青嘆了口氣，「沒太多，總有點，等情勢好了點，跟人賽車賺了點，我把之前的一個賭場讓林秋蝶幫我改成了度假山莊，炒炒茶什麼的，總歸還算有點積蓄。等緩過來，時間已經過去好幾年了，我讓人幫我打聽過幾次，但是基本都是石沉大海。時間一長，我已經不敢找了。」

連惠：「說這些也沒意義了，你多賺點錢吧，別等老徐要聘禮，你一分錢都拿不出來。」

距離開學還有一週的時候，陳路周和徐梔在病房訂準備回北京的機票，老徐靠著床頭，悠閒地磕著瓜子說：「你們幾號走？」

「等你出院吧。」徐梔低著頭在手機上查票。

陳路周幫老徐倒了杯水，放在床頭，老徐說了聲謝謝，放到一邊，「我明天就出院了，你們走之前做頓飯給你們吃吧，再回來應該就是暑假了，我聽說你們A大有什麼小學期，暑假還有一個月的課？」

「也就三週吧，」徐梔看了陳路周一眼說：「不過爸，我們暑假不一定回來。」

老徐掃了他們一眼，「幹嘛，私奔啊？」

陳路周暑假接了個航拍活，昨晚兩人在商量這事還拌了幾句嘴。

「沒，我暑假可能要去幫人拍點東西，大概回不來，徐梔應該能回來。」陳路周插著口袋說。

徐梔不情不願地看了陳路周一眼，兩人眼神眉來眼去。

——昨晚不是說好了嗎！我暑假留下來陪你。

——我又沒答應。

——你是不是在外面養狗了？

——我養得起兩隻嗎！

老徐算是看明白了，有人不想回來，嘆了口氣，把瓜子殼拍開，隨口叮囑了兩句：「行，爸爸知道了，你們兩個在北京注意安全，沒錢就打電話給爸爸，在學校還是好好讀書。」說完，老徐從抽屜裡拿出三個紅包，遞給陳路周，「今年是徐梔第一年帶男朋友回來，這是我和老蔡的見面禮，你先收著。」

陳路周一愣，手還在口袋裡插著，「……不用。」

徐光霽往前一送，「拿著吧，徐梔以後見家長，不也得拿嗎？你要是不拿，徐梔就沒得拿了。」

「拿著吧，拿著吧。」徐梔可憐兮兮地蹭著他。

陳路周從口袋裡抽出手，揉揉她的腦袋，嘆了口氣：「那還有一個是？」

老徐眉飛色舞地說：「就那個那個那個……」

幾人心照不宣。

陳路周低頭看著，眼皮弧度冷淡地垂著，眼神像是被繡在幾個紅包上，嘴角彷彿也被針繡住了，緊緊繃著一條掰都掰不彎的直線。

光這麼瞧著，徐光霽就知道這孩子骨頭有多硬，也有多傲氣。

半晌，陳路周才開口：「您和蔡叔的我拿著，您把他的還回去吧。」

老徐咳了聲：「他那個不是錢。」

「那是什麼？」

「你自己看不就知道了。」

屋內，電視機開著，正在播著綜藝節目。

兩人坐在沙發上，一前一後，陳路周敞著腿，將她圈在自己懷裡，下巴放在她肩上，看她在那有條不紊、興致勃勃地拆紅包。

屋內開著空調，兩人都脫了外套，只穿著同色系的薄針織衫，一個穿黑色緊身牛仔褲，一個穿寬鬆的運動褲，像個俄羅斯娃娃一樣規規矩矩地坐在那。

徐梔從紅包裡抽出一疊紅彤彤的鈔票，手法嫻熟地點鈔，點完一臉拈酸吃醋地側頭看著搭在自己肩上的陳路周，「這麼多啊，我爸和蔡叔以前都沒給我這麼多欸，陳路周，爽了吧？」

陳路周下巴頦放在她肩上，懶洋洋地扯了下嘴角，懂事表示：「我有什麼爽的，這錢妳打算過我手了？」

徐梔心滿意足地把錢塞回紅包裡，「上道，你這個男朋友我交定了。」

「好說。」他心不在焉地笑了下。

徐梔回頭看他一眼，見他眼神冷淡地盯著茶几上最後一個紅包。

這個徐梔沒打算拆，畢竟是他爹給他的，準備站起來去喝口水，陳路周動也沒動，沒讓她走，兩腿敞著，手肘放在大腿上，兩手虛虛環在她腰間，修長乾淨的手指鬆鬆搭在一起，兩根食指微微點了下，下巴頦一揚：「拆吧，知道妳想看。」

徐梔拿過桌上的紅包，雖然好奇，但還是又跟陳路周確認了一遍：「可以嗎？」

陳路周笑了下，「有什麼不可以的，我們之間還有祕密？」

徐梔笑起來，人往後靠，腦袋抵在他的脖頸間，轉頭在他臉上親了下，然後仰頭把那層薄薄的紅包舉高，用手指撣了下，「那我拆了啊，我男朋友讓我拆的。」

陳路周也低頭在她耳邊親了口，笑著說：「拆吧，男朋友都被妳拆得差不多了，男朋友的紅包有什麼不能拆的。」

徐梔把紅包封蓋打開，莫名有些心驚肉跳，實在有些好奇傅叔會給什麼，等她把那兩張東西抽出來，一臉莫名其妙地看著陳路周：「這什麼？為什麼送你這個？」

兩張拳擊館的票卡？

「不然妳以為是什麼？」陳路周倒是波瀾不驚，眼神從票卡上挪到她臉上，看她拆紅包那小心翼翼的架勢就知道她腦子裡想什麼，生怕撕碎了，貼著她耳側，明知故問地揶揄她：「支票啊？小財迷。」

徐梔嘆了口氣，把紅包放回去，側身捧著他的臉捏了捏，「那不得拿出點誠意，冷落你這麼多年，給點錢都便宜他了。」

「他對妳好嗎？」

「挺好的，傅叔對我還不錯，我小時候很喜歡跟他玩，因為他說話很風趣。所以我爸跟我說的時候，我根本不敢相信傅叔以前那麼渣。」

「浪子回頭？反正我不信。」陳路周冷笑了下，把紅包收起來扔進旁邊的抽屜櫃裡。

「你是不是早就拆了？」

陳路周「嗯」了聲，人往後靠，後背壓上沙發背，把人往自己懷裡帶，一隻手摟著她的腰，順手在她後背上輕輕撫著，「在醫院就拆了他的。」

徐梔順勢坐在他腿上，兩隻手勾著他的脖頸，後脊背被他摸得一陣酥麻，忍不住發笑，低頭埋在他肩上，癢得哼了聲，「陳路周，你現在耍流氓耍得越來越得心應手了。」

他不說話，若無其事。手更沒分寸，索性就伸進她背後的衣衫裡，貼著她光滑的後背，漫不經心地來回輕輕摩挲著，甚至還有樣學樣，兩根手指順著她脊椎線一點點、若有似無輕輕地交叉著往上走，動作挑逗又荒唐，可嘴裡還一本正經的，跟手上的動作判若兩人，彷彿不是同個身體系統在操控，聲音清晰而又冷靜地和她分析傅玉青的動機：「妳說他為什麼送兩張呢？」

徐梔被他撩得心猿意馬，可始作俑者宛如老僧入定，除了那手指不安分之外，眼皮和嘴角都掛著一絲清心寡欲的弧度，徐梔覺得陳路周這個狗東西，也就剩下一副像模像樣的人皮了。

徐梔心癢難耐地低頭咬住他，吮他的唇，從下唇含到上唇，舌尖滑進去，去找他的，聲音含糊：「不知道。」

陳路周靠在沙發任由她親著，一隻手摟在她腰上，摩挲著。偶爾舌尖滑回去，大多時候都讓她自己毫無章法地發揮，腦子裡還在想事情。

完了，一心二用的本事被他學到了。

徐梔在心裡默默嘆口氣。

「陳路周，你能不能專心點。」徐梔說。

他笑出聲，手在她腰上報復性地掐了下，「妳還急了？忘了妳第一次親我的時候，妳在幹嘛？在一心二用這個項目上，妳能申請金氏世界紀錄了。不扯了，早點回去？明天還得接妳爸出院，把車鑰匙給我。」

徐梔像一灘爛泥一樣黏在他身上撕都撕不下來，一隻手勾著他的脖子，一隻手慢吞吞地從口袋裡摸出車鑰匙，甩在他手上，「我說剛才走的時候，我爸怎麼把車鑰匙給我了，他讓你去接嗎？」

「嗯，我七點去幫他辦手續，韋主任今天大概得值夜班，韋林也馬上要開學了，妳爸不想麻煩她。」

「我爸怎麼沒跟我說呢？我還以為他下午出院。」

徐光霽住院這段時間，一日三餐都是他們送，早餐基本上是陳路周送，送了幾次，老徐也明白了，問他徐梔是不是還在睡，陳路周說嗯，在學校挺辛苦的，好不容易把生理時鐘調整過來，就沒叫她。老徐也就隨口問了幾句徐梔在學校裡的事情，陳路周也都如實相告，老徐聽了也直嘆氣，說這孩子隨她媽，性格要強。但又很欣慰，至少有個這麼疼她的男朋友。一想這個優秀孩子又是老傅生的，喜上加喜。他饞老傅那個山莊很久了。完全拿他當準女婿使喚，兩人之間對徐梔那點寵也都心照不宣，所以老徐通常早上有什麼事，也會直接打給陳路周。基本上也很少，老徐也捨不得一直使喚人家。

這些事情，兩個男人都不會告訴她。

「應該是忘了，」陳路周說：「他東西不多，我過去接就行。」

徐梔心裡多少也能察覺一點，她爸和陳路周似乎在某方面已經達成統一戰線，勾緊他的脖子，得了便宜還賣乖：「我男朋友真是，被我迷得神魂顛倒啊。」

陳路周想了想，笑著戳她腦門，「妳有沒有想過一種可能，我是被妳爸迷得神魂顛倒？」

徐梔噗哧笑出聲，「陳路周，你別變態。」

「說認真的，我真的挺喜歡老徐的，」他把手放上沙發背，笑得彷彿真是一身桃花，莫名有股風流勁，小人君子全是他一個人做了，「要不然這樣，我攤牌了，以後妳愛我，我愛老徐，老徐愛妳。我們保持能量守恆。」

徐梔捶他，「……你是不是傻子。」

「沒妳傻。」

「你傻。」

「妳最傻。」

徐梔嘖了聲，「沒完了是不是？」

陳路周笑著站起來，「不鬧了，送妳回家。妳這幾天在我這，妳爸都知道。」

徐梔瞬間彈起來，震驚了下，忙整理衣服：「他怎麼會知道？」

陳路周彎腰拿起茶几上的遙控器，關掉電視，往沙發上一丟，勾著她的脖子往自己懷裡帶，往外走，「說妳傻妳還不承認，妳爸每天晚上都往妳家裡的座機打電話，看妳有沒有回家，幾點回家。妳是不是從來沒接到過？」

徐梔：「……」

完了！怎麼忘了這個！

等徐梔惴惴不安地回到家，心裡彷彿揣著一個地雷，也不知道那個地雷什麼時候會炸，想著要不然主動打通電話給老徐，報備一下自己已經到家，絕對絕對沒有留在陳路周家裡過夜。

心裡正糾結呢。

座機電話鈴聲大作，簡直跟警報器一樣，響得她太陽穴突突的，徐梔忙跑過去坐在沙發上，一副「生死有命富貴在天」的樣子仰頭禱告了一聲，然後清了清嗓子，端端正正地——

「爸爸！我剛剛在寫作業。」

那邊沉默好久，好半晌，才聽見一聲熟悉的低笑聲。

徐梔瞬間明白過來，「陳路周，你大爺！！」

那邊笑意壓不住，人大概還站在樓下，徐梔都能想像到他此刻笑得抖肩的樣子，顯然連身上僅剩的一副人皮都不要了，『我還是喜歡妳叫我哥哥，爸爸受不起。還有，妳是真傻。掛了。』

徐梔：「……」

我什麼時候叫過哥哥。

哦，想起來了，在床上。

與此同時，在醫院。

「你給他拳擊票幹嘛啊？」老徐剝了顆橘子說，不解地掰了一瓣塞進嘴裡。

傅玉青坐在病床前，難得露出一副抓耳撓腮的樣子，想從他手裡掰一瓣橘子，被老徐一掌打開，傅玉青悻悻地收回手，「沒別的意思，我覺得他應該也沒什麼要對我說的，讓他打兩拳，說不定能消氣。」

徐光霽哼了一聲說：「那你可不要小瞧那小子了，力氣大得很，徐梔說他天天打球，身體真的不錯。」

傅玉青嘆了口氣：「所以我給了兩張嘛，徐梔陪著一起來，多少會收斂點。我現在年紀大了，經不起幾下的。」

徐光霽又塞了一瓣進嘴裡，悠悠地說：「我賭他懶得理你。」

傅玉青篤定地說：「不，他一定會帶著徐梔一起來。」

但兩人都沒猜到，陳路周是一個人來的。

傅玉青當時抽菸的手都忍不住一抖，不敢置信地往他身後看了一眼，別說徐梔，連個鬼影都沒看見，半口煙嗆在喉嚨裡，劇烈地咳嗽了兩聲，「徐梔呢？」

陳路周當時看也沒看他，徑直去更衣室換衣服了，脫掉外套，直接撩起衣服下擺往上一提，露出精瘦漂亮的肌肉線條，這小子居然還有腹肌，一塊塊飽滿堅硬得彷彿鋪著一層淺淺的鵝卵石腹肌。雖然他姓傅，但他年輕的時候真的沒有腹肌。

這一身看起來有力又俐落的清薄肌看得傅玉青目不轉睛，不由自主地往下瞄了自己一身略顯鬆弛的肉一眼。

傅玉青：「……」

「徐梔跟蔡瑩瑩去逛街了。」陳路周一邊脫衣服一邊頭也不轉地冷聲說。

傅玉青又咳了一聲，他彷彿已經聽見自己骨頭碎裂的聲音。

陳路周換完鞋，上身已經裸著，寬肩闊背，一身白皮，肩背線條乾淨流暢，腰腹人魚線完整清晰，甚至隱隱還有幾根青筋像大樹盤根一樣性感地凸在皮膚上，沒入他的褲邊。他比傅玉青高，也比傅玉青更精寬一點，傅玉青現在屬於橫肉滋生的年紀，皮膚鬆弛，面對這個比自己當年相貌身材都更卓越的少年，卻還能沉下心來認真跟一個女孩子談戀愛，沒把自己混成一個浪子，自己站他面前怎麼樣都矮一截，哪怕他是他爹。

傅玉青想起老徐跟他說過一段話，評價陳路周的。他說陳路周這個男孩子吧，說孩子氣也孩子氣，人也活潑開朗。他就比同齡的小孩多了一樣東西——「度」。他嬉笑有度，頑劣也有度，不賣弄。他和徐梔在一起，我特別放心，徐梔做事太沒分寸，陳路周就拿捏得剛剛好，「度」這個東西很難的，包括連我們這個年紀，人情世故有時候都不一定能做到那麼剛好。

但傅玉青從小就覺得，度這個東西，在別人手裡，就很難拿捏，兔子急了還有咬人的時候，他不信這個小兔崽子，還沒有想撒野的時候。

傅玉青：「……要不然，我們還是換個地方聊？」

陳路周肩側頂在更衣室的衣櫃上，冷笑了下：「膽小了？我以為你給票的時候，已經做好進醫院的準備了呢？要不然我現在先叫輛救護車備著？」

傅玉青乾笑兩聲。

陳路周沒理他，已經換好衣服，走出去了。

拳擊館，沙包晃晃蕩蕩，慢悠悠得像個晃蕩的鐘擺，顯見擊打的人沒怎麼用力，還在找感覺。

這裡是慶宜市最大的拳擊館，算是正規的營業場所，以健身娛樂為主，但要是有人願意切磋，老闆也是非常歡迎的。地下三樓還有個擂臺，場面比這上面還殘暴血腥很多。尤其最早那幾年，規矩沒那麼多，生死不忌，打手都是用命在換錢。

傅玉青那幾年就是這個地下拳場的老闆，風聲最緊的那幾年，這裡幾乎就是整個慶宜市最大的銷金窟，有些有錢人吃飽了撐著就愛高高在上地看別人在社會底層掙扎，賺點鮮血淋漓的皮肉錢。

此時此刻，拳擊館的四方擂臺上正有人在切磋，底下圍著一圈人，喝彩聲，尖叫聲，起鬨聲，聲聲不絕，久久迴盪在拳擊館上空，潑天的熱鬧連屋頂都蓋不住。

臺上兩人表情嚴肅，看起來不像朋友，擊向對方的拳風狠戾，毫不猶豫，猛一個過肩摔，對手被狠狠砸在地面上，只聽一聲沉悶的鈍響，彷彿在乾裂的冬天裡，聽見一根樹枝被人折斷的脆響。

那人不服輸，咬著牙俐落滾起身，人已經撞上旁邊的軟繩，迅速調整呼吸，額上汗珠密如雨水，一層層滾下來。

臺下人還在起鬨，熱浪滾滾。

「幹他！起來幹他！」

「小么！是男人就起來幹他！」

擂臺上的人再次出擊，躲避，過肩摔。兩人瞬間在地上扭作一團，互相鎖著對方的手腳，像兩條毒蛇，眼神裡噴著凶暴的火，調動全身的力氣試圖將對方鎖在地上，汗水混作一團，這種男人間宣洩荷爾蒙最純粹的方式，確實讓看的人眼皮直跳，直呼刺激，打的人酣暢淋漓也過癮。

一開始或許抱著切磋點到為止的心思，打到後面，圍觀的人越來越多，兩人的好勝心似乎都被徹底激發出來，完全變成了一場拳腳相向、肉搏的真架，連基本的拳擊準則都不遵守了，檔下一陣亂掏。教練猛一看不對勁，趕緊衝上來攔，把兩個手腳不分、一團混戰的人趕緊分開，行了行了，別等等把警察招來了，你們這兩個小孩也太沒分寸了。散了散了，你們也別看了。

圍觀人群意興闌珊，悻悻作鳥獸散狀。還沒分出勝負呢。

然而傅玉青旁邊的沙包，卻隨著拳擊館旁邊逐漸消散的喧囂聲，震盪的幅度越來越大，拳風越來越熟練，引上擊下地擊打著，躲避都很有技巧，顯然不是第一次來拳擊館。

剛剛打架的那兩個小孩跟陳路周差不多大，傅玉青回憶他在他們這個年紀，就像剛才那兩個小孩一樣，又何嘗不是熱血、衝動。赤手空拳的年紀，身上也就二兩肉，腦袋空空，兩眼一睜，才窺見萬千世界裡的一角，就狂妄自大，以為自己是這個世界的征服者，試圖想要去改變這個糟糕的世界，最後他們往往都變成了自己曾經最看不上的人，成了滄海裡最不起眼的一粟。

但他沒有在陳路周身上看見自己過去那些愚蠢無知的想法，更沒有二十出頭年紀的男孩子對什麼都躍躍欲試的衝動，所以他能沉下心來跟徐梔戀愛，甚至打算結婚。

傅玉青沒想到，自己五十歲了，還要被兒子教做人。

沙包被人扶住，陳路周裸著上身，那一身清薄肌難得一見的緊繃，線條更清晰明朗，肩背削瘦卻精悍，一身乾淨的冷白皮，汗水在他身上似乎都掛不住，一下就瀝乾了，他調整呼吸，氣息低沉地喘著，低著頭冷眼調整拳擊手套，也沒看傅玉青，說不上冷漠，聲音多半是不帶任何感情的，硬邦邦的：「沒話說我就走了，我要去接徐梔了。」

聞聲，傅玉青終於回過神，從擂臺上那兩個小孩思緒發散到自己，他發現人老了，真的容易感懷從前。

傅玉青那張死人臉，終於有了點動靜，臉頰微微抽搐，彷彿神經剛被人裝回去，混沌間有了意識，他有很多話想說，但一時之間不知道該從哪開口，那種無可奈何的情緒就好像過去五十幾年的生活都空白了，腦袋裡絲毫沒有可用的情緒和對話，能讓他打開這種局面的開場白。

他年輕時脾氣也不太好，到了中年，脾氣開始分門別類，想對人好，就對人好，對人刻薄就刻薄。他一開始對陳路周是尖酸刻薄的，後來發現這小子有點才華，從尖酸刻薄變成了有點欣賞，到後來，逐漸發現陳路周其實並不喜歡他，他又不是那種熱臉去貼別人冷屁股的人，又把他歸為刻薄對待那類。

現在，他根本不知道該把他往哪拎？兒子？兒子該怎麼對待？該怎麼對待才能彌補過去那二十年對他的虧欠？

焦慮情緒幾乎要將他淹沒，在心裡罵了無數句髒話問候過去那個傅玉青。

最後，他深吸兩口氣，從旁邊的教練椅子上站起來，無所適從地踱了兩步，最後一隻手掐著腰，推開他的沙包，對上那雙無動於衷、冷淡疏離的雙眼，兩頰繃緊，抽搐著，退無可退，咬緊牙關狠狠地將臉頰一側湊過去，「來，你往這打！」

「有意思嗎？」陳路周冷眼旁觀，彷彿在看一個情緒失控的中年人，「有些東西，不是給你幾拳，就過去了。我們之間最好的相處方式，就是你不要出現在我面前，我也盡量不出現在你面前。」

傅玉青眼球充血，他壓低聲音，卻還是聲嘶力竭：「我找過你！」

「那又怎麼樣！」陳路周突然爆吼了一句，他試圖將火壓回去，但壓不住，一股腦燒光了他所有的理智，呼吸重重地喘著，目光冷得嚇人，額間的青筋凸著，「我要感謝你嗎？啊？」

拳擊館隱隱有人將目光投射過來。

傅玉青愣住，手腳完全僵住，慌張之間一時接不上話，「不是……」

「傅玉青，因為你，我媽對我充滿了偏見，我但凡跟女孩說一句話，她就覺得我滿肚子花花腸子。」

「傅玉青，也因為你，我在育幼院被人挑三揀四。你一定沒聽過，別人在背後是怎麼說我的。」

有些不太會教育的家長，從小就喜歡恐嚇孩子，跟「你要是不聽話就讓警察叔叔把你抓走」同個道理。

——寶貝，你要是不聽話，爸爸媽媽就把你送進育幼院，跟那個哥哥一樣。

——那個哥哥為什麼在育幼院啊，長得那麼好看，爸爸媽媽為什麼不要他啊。

——傻孩子，在育幼院的小孩，要麼都是手腳不健全，要麼就是一身病，那個哥哥肯定也有不好的毛病。

諸如此類的偏見，深深刻在他骨子裡，無論走到那，都會聽見這樣的話語，對他的挑剔和偏見，那幾年，只多不少。

陳路周閉了閉眼，睫毛輕輕顫著，眼角似乎有瑩光，很快便散去，那低垂的薄眼皮裡，剩下一抹僅剩的柔和，他低頭摘掉拳擊手套，丟在一旁的教練座椅上，側頭看著別處，喉結乾澀地滾了滾，沉默片刻。

他說：「但是，我原諒你了。」

傅玉青後背一震，動彈不得，腳彷彿被釘在地上，木愣愣地戳著，嘴張了張，說不出話來，像被一捧沙子堵住了，那沙子還不住地往他喉嚨裡灌。

陳路周低頭看他，眼神再無多餘的情緒，「在醫院的時候，徐叔跟我說，你對徐梔不錯，她被人欺負，你永遠衝在第一個，他們家最困難那幾年，也是你替他們收拾那些上門要債的人。」他別開眼，「徐梔很喜歡你，我不想她夾在我們之間左右為難。因為她，我可以原諒你，但你不用想著去修補我們之間的關係，我跟你之間的關係，也就是徐梔而已，你只是徐梔的叔叔，跟我沒關係。」

徐光霽這邊氣氛一派火熱，比過年還熱鬧，燒了一桌子菜，人還坐不下，老徐和韋林一個人就占了兩張凳子，一張坐著，另一張讓他們擱著腿。一夥人說說笑笑，時間很快就過去了。

「陳路周哥哥怎麼沒來？」韋林一邊剝蝦一邊問徐梔。

徐梔跟老徐酒癮都上來了，笑咪咪地碰杯，酌了一口，不滿地側頭瞥了韋林一眼，「你老是關心我男朋友幹嘛？」

「妳男朋友魅力比妳大唄。」韋林笑嘻嘻地說。

韋主任從廚房端出幾道菜，也斜了韋林一眼，對徐梔說：「妳別理他。」

一旁蔡瑩瑩也好奇地問了句：「對了，陳路周怎麼沒來啊？」

徐梔嘆了口氣說：「他去見傅叔了。」

「真想不到啊。」蔡瑩瑩也跟著悠悠地嘆了口氣，這時眉毛都還詫異地挑著，根本沒從這事的震驚中緩過勁。

「我也想不到，不然我們跟陳路周說不定就能青梅竹馬了。」

「得了吧，你們青梅竹了，我給你們當馬啊。」蔡瑩瑩反應很快，反正沒她什麼事。

桌上一陣哄笑。

緊跟著，蔡瑩瑩補了句：「不過，我沒想到傅叔年輕時候這麼渣。」蔡瑩瑩咬下一口螃蟹腿，八卦地問老蔡和老徐：「欸，爸爸們，傅叔後來還交過女朋友嗎？」

徐光霽和蔡賓鴻正在碰杯，被她這麼一問，對視一眼。

「小孩子管什麼大人的事情。」蔡賓鴻把她堵回去。

蔡瑩瑩不服：「我都快二十了。」

蔡賓鴻不鹹不淡地瞥她一眼：「對，妳都快二十了，妳還在上高中。」

蔡瑩瑩：「……」

韋林：「瑩瑩姐姐二十了啊？」

蔡瑩瑩瞪他：「你能別叫誰都叫姐姐哥哥嗎？我就比你大一歲。」

韋林無辜地看著她：「大一歲不叫姐姐叫什麼，小姐姐？多難聽啊。不知道的還以為我對妳有什麼想法呢。」

韋主任變魔術一樣，又端了一道菜出來，神出鬼沒地出現在韋林背後，在他腦門重重拍了一下，「吃你的飯吧，哪那麼多話，說兩句話，把兩個姐姐都得罪光了。」

徐光霽和蔡院長跟著笑笑，「沒事，小孩子嘛，鬥鬥嘴容易增進感情。」

小孩們根本沒停下來。

「欸，蔡瑩瑩！螃蟹別吃完，留點給陳路周。」徐梔突然說。

「靠，徐梔妳現在有了男朋友就不要我了？」

徐梔拔了一隻蟹腿給她，「那再給妳一隻。」

「就一隻腿？」

韋林：「滿足吧瑩瑩姐，她剛剛給了我一個螃蟹殼。」

「……」

老徐催了一句：「韋主任，妳也出來先吃飯吧，別弄了。」

韋主任轉身進廚房，跟著「欸」了聲：「馬上馬上，還剩一道菜。陳路周什麼時候回來，徐梔說他喜歡吃蟹黃豆腐，我要不要先幫他放鍋裡熱著。」

徐光霽看了徐梔一眼，「得了吧，哪是陳路周喜歡吃，是徐梔自己想吃。」

韋主任「啊」了聲，好奇地探出身子，「那陳路周喜歡吃什麼？明天買點他喜歡吃的吧，他們馬上要回去了，在學校應該也吃不到什麼好菜。」

老徐：「對，妳說說陳路周喜歡吃什麼，別老是說妳自己想吃的，陳路周這孩子自己肯定不會說。」

徐梔想了半天，「還真的不知道，他吃東西真的不挑，用的東西比較挑。」衣服褲子都只穿那個牌子，很少見他衣服上的logo是別的牌子的。內褲，也只穿那個貴得要死的牌子。

還有保險套，都只買那一種牌子。

陳路周那時候正巧站在門外。

大門沒關，幫他留了一條縫，漏出一道微弱的光，在一叢白色慘澹的月光裡，那光很溫馨，好像可以抵禦一切黑夜裡的荊棘。

他把手伸出去，在光影裡，輕輕抓了下。

是光吧。

徐梔是光，老徐是光，韋主任是光，蔡瑩瑩是光，蔡院長是光，韋林也是光。

這樣的一家子多吸引人，溫暖又可愛。

陳路周剛打算推門進去，推開那扇春光燦爛的大門，只聽見裡面的交談聲還在繼續。

韋林：「徐叔，不是都說老丈人看女婿都特別挑剔嗎？我看你對路周哥都快比對徐梔姐好了。」

徐光霽有點喝多了，話顯然比平時多，笑咪咪地知無不言言無不盡，「也沒，第一次見他的時候，我特別不喜歡他，覺得這孩子裝腔作勢的，掛我門診，話還多，後來——」

咦？

徐梔在桌子底下踹了他一腳。

話音戛然而止——

韋主任還沒反應過來：「嗯，來我門診看病的小孩都這樣……」一頓，「掛……掛……掛你門診？」

蔡瑩瑩人都傻了：「……掛、掛、掛你門診？陳路周，掛你門診？」

只有韋林若有所思的表情。

原來一百八十五的大帥哥也有這種困擾啊？他早就想去看看了。

陳路周：「……………………」

他半隻腳都踏進去了，踩在門縫裡，嘗試著一點點，不引人注意地、慢慢地，挪出來。

救命。

靠，要命啊。

某人一回家就趴在床上，整張臉都生無可戀地埋進枕頭裡，疲塌又絕望的樣子，無論徐梔怎麼哄都不肯把腦袋伸出來。

徐梔坐在床邊憋著笑，又不敢笑，只能拿手去摸他枕頭底下的臉，一下一下捏著，好聲好氣地低聲哄他說：「爸爸都跟他們解釋了，說你是打球受的傷，身體很健康呢。」

「是嗎？」他聲音悶在枕頭裡，「那為什麼韋林還來問我？」

徐梔「啊」了聲，明知故問逗他：「韋林問你什麼啊？」

剛剛吃完飯，趁人都走了，韋林悄悄湊過去問了陳路周一句：「哥，你是不是快男？」

陳路周當時還在吃飯，其他人都吃得差不多了，他在掃尾，一下子沒反應過來，「什麼快男？沒參加過。」

韋林就直白地給了一句：「就是射得比較快。」

陳路周當時飯差點噴出來。

他側過頭，在枕頭裡露出半張臉，線條流利乾淨，眼皮懶懶地垂著，無精打采地瞥了徐梔一眼問：「我快嗎？」

誇誇我，快誇誇我。

徐梔愣了一下，立刻反應過來說：「不快，你一點都不快。」

某人很難哄，眼神放刁撒潑地對她挑了一眼：「認真想想，妳男朋友有沒有掉過一次鏈子？」

徐梔還真故作深沉地想了想，而後想起來，試探著：「除了第一次？」

他自然死不認帳，又把腦袋鴕鳥似的埋回枕頭裡，悶悶不樂地說：「那不算，那是炮友，不是男朋友。」

徐梔笑得不行，掀開被子鑽進去，手從他腰腹間伸出去，男人一動不動，像一條死魚直板板地貼著床，死都不肯看她，整張臉牢牢地埋在枕頭裡，正經地警告她：「別鬧，窩著火呢。」

徐梔親他耳垂，順著他肩頸一路親下去，「馬上開學了，陳路周。嗯？」

陳路周生生把那半截火壓回去，無奈地翻身，把人摟過來，低頭埋進她肩頸，精疲力盡地深吸了一口氣，是真的沒心情，聲音都昏朦，沙啞著說：「睏，想睡一下。」

看來今天在拳館確實挺難受的。

徐梔也捨不得再逗他，手指穿進他的髮間，輕輕摸著，低低哄了句：「好吧，那你睡一下，我回去了，老徐等等大概要上廁所，今晚喝了不少酒。」

「憋著。」某人開始狹私報復了。

徐梔拿手指戳他腦門，「陳路周，說好的，你愛老徐呢？」

「愛不起了。」他聲音悶悶的，徹底哄不好了，想想還是很無語，「……服了。」

徐梔發現陳路周這勁一時片刻大概是過不去了。

「要不然，我們開學也分開回北京吧，不然看到我你也煩，影響我們的感情。」徐梔說。

「妳敢，」他頭埋著，抬起困乏的眼皮如同槁木死灰地撩了她一眼，說：「我們這個家，妳自己看看，最堅固的也就剩下我們的感情了。」

徐梔「啊」了聲，用手拍了一下床板：「是嗎？這床不是還挺堅固的嗎？」

他儼然沒脾氣了，「妳耳朵是不是不太好，嗯？」眼睛都沒睜，隨便抬腳生無可戀地踹了一下，「聽見了嗎，嘎吱嘎吱還不夠響？」

「做的時候我怎麼沒聽見。」

「因為那時候妳叫得比它響。」

「放屁！陳路周！」

他笑出聲，涎皮賴臉地，「說認真的，這床真的經不住我們幾下折騰。」

「……反正馬上回去了。」

「嗯。」

徐梔瞥他一眼，「那你別氣了。」

「沒氣，就無語。無語。無語。」

徐梔忍俊不禁，也沒再拱火，好一陣子兩人都沒說話，屋內安靜，直到耳邊傳來平穩的呼吸聲。

欸，可算哄睡著了。

徐梔剛準備下床回家，旁邊又傳來動靜。

半晌，某人又萬念俱灰地把頭埋進枕頭裡，銳挫望絕地恨不得找個地洞鑽進去——

「……睡不著，無語，靠靠靠。」

徐梔笑瘋。

那幾天不光陳路周不敢見徐光霽，連老徐看見陳路周都覺得尷尬，想熱情又怕自己格外熱情讓人覺得心虛，好在，馬上要開學了。徐光霽已經迫不及待想把他們打包扔回北京了。

徐梔收拾行李還依依不捨，「爸，你沒有一點捨不得我嗎？我暑假不回來哦。」

徐光霽腳崴了之後還在恢復期，這陣子還沒去上班，父女倆朝夕相對，多少也有點膩了，靠在沙發上看電視，拐杖丟在一旁，一邊剝著橘子一邊匪夷所思地說：「我也挺佩服陳路周的，你們這個寒假天天待在一起，回北京還要天天待在一起，他就一點都沒跟妳待膩？我都膩了。」

徐梔把一年的衣服都塞進行李箱裡，行李箱鼓鼓得有點闔不上，她索性坐在行李箱上，一邊拉拉鍊，一邊頭也不抬地說：「怎麼可能。」

只能說陳路周太會談戀愛了，反正她是怎麼樣都跟他待不膩的，哪怕什麼也不做，陪他安安靜靜看一下書，都覺得特別有趣，兩人現在也就剩下看書那幾個小時還算正經，其他時間都在說騷話。

徐光霽突然想起來，杵著拐杖進去臥室，拿了兩包東西出來扔到她的行李箱上，「給妳帶回北京吃。」

徐梔看著那兩包熟悉的酥餅包裝，心裡頓時才反應過來，頭皮一跳，嗓子眼發澀，彷彿被堵住了，老半晌，才哽著喉嚨問了句：「爸，你別告訴我，那天去松柏路是為了買酥餅給我？」

徐光霽自然不知道女兒這些小心思，有些不明所以，不知道徐梔在那扭扭捏捏什麼，很莫名地說：「對啊，妳之前不是打電話說想吃家裡的酥餅嗎？老爸那天想到妳馬上要回去了，就下班過去幫妳買了。」

晚上兩人和朱仰起李科吃完飯回來，沿路往家走，徐梔忍不住把這事告訴陳路周。

陳路周捏捏她的臉：「高興了？」

徐梔笑了下，「也不是，就是覺得有些東西可能需要時間慢慢去接受吧，知道我爸沒那麼快就投入另一個家庭，心裡當然舒服很多。」

其實陳路周也一樣，有些東西，需要時間去慢慢接受。時間是最好的劊子手，也是最好的良藥。

徐梔想起來說：「我爸今天還問我們是不是膩了？」

兩人當時走在照舊的老路上，陳路周牽著她的手揣在自己的口袋裡，低頭看她一眼，「膩了？」

「沒有，我爸覺得我們應該膩了。」

「看來老徐對我還是有意見啊。」他笑了下。

徐梔也跟著笑笑，在口袋裡把手插進他的指縫間，十指緊扣著說：「老徐對你真的沒意見，不過我媽好像對你有意見。」

「又夢見妳媽了？」陳路周停下來看她說。

徐梔嘆了口氣，低頭看著自己的腳尖，甕聲說：「嗯，在夢裡罵我呢。」

「罵妳什麼了？」

「罵我不好好念書唄，天天跟你廝混在一起，說我不適合學建築，讓我別浪費時間，反反覆覆都是那幾句話。」

不知道是不是最近家裡太熱鬧，驚動了林秋蝶女士，那幾天徐梔幾乎每天晚上都能夢見她，夢裡兩人永遠在挑唇料嘴，徐梔夜裡總是被驚醒，然後再也睡不著了，偶爾會傳訊息給陳路周，他永遠都秒回。

這點讓徐梔很震驚，哪怕是半夜三四點，他都會回，有時候直接打電話過來哄。那時候徐梔還不知道，後來才知道。有過之前北京那一次前車之鑒後，他晚上手機除了她的訊息都關掉了，只有她的訊息有提示音，就放在枕頭下面。

那陣子桃花都快開了，零星有幾朵花苞迎風捎在枝頭，路邊縈繞著陣陣清香，偶有車輛轆轆滾過，兩人慢悠悠地走著。路燈昏一盞，亮一盞，昏暗不明。

徐梔緊了緊他的手，「我外婆說是家裡變化太大，得告知媽媽一聲，我過兩天去給她上個香，你要不要跟我一起去？」

這事徐梔前幾天就已經跟他提過了，陳路周點點頭說好。正要安慰兩句，徐梔笑著把腦袋靠在他的肩上，仰頭指著頭頂幾盞或明或暗的路燈，說：「沒事，我想通了，人生嘛，你看總有亮的時候，也總有暗的時候，亮的時候我們就大膽往前走，暗的時候呢，我們就抓緊對方的手。」

兩人難得沒鬥嘴，陳路周也忍不住笑了下。

徐梔還在鍥而不捨地抒發感情：「我以前沒覺得啊，說這話覺得矯情，但是跟你談戀愛之後，我就希望世界和平。然後特別希望這世上的愛恨都圓滿——」

他慢悠悠地停下來。

「徐梔，妳知道人生最幸福的是什麼嗎？」

「什麼？」

「就是滿大街都是單身狗，只有我們在談戀愛。爽不爽？」

陳路周指了下沿路形單影隻、零零散散的路人，不說徐梔都沒注意，這條街上居然只有他們這一對情侶。

徐梔笑了下，「陳路周，你做個人吧，怕被人打你就少說兩句。」

他又表情懶散地補了一句：「那妳知道人生最慘的是什麼嗎？」

「什麼？」

「就是他們都有傘，就我們沒有。」說著，陳路周兩手揣在口袋裡，還倒著走了兩步，一邊走一邊謔她，笑得不行，「下雨了，還在那世界和平呢，傻不傻。」

徐梔收住笑，一抬頭，額頭瞬間沾上幾滴濕意。

下一秒，一聲悶聲炸開天地，春雷轟隆隆震在天邊，慶宜的春天來得好像特別早，徐梔甚至隱隱聽見去年夏天的蟬鳴聲，在她耳邊響起。

臨回北京前一天，他們一夥人去慶宜沿海的一個小島上玩。

陳路周帶著徐梔，李科帶著張予，姜成帶著杭穗，剩下朱仰起和蔡瑩瑩大眼瞪小眼。

慶宜那幾天春回大地，氣溫和天氣都不錯，但海風依舊很冷也颳人，下海是萬萬不行的，頂多在海邊踩幾腳水。

幾個女生脫了鞋，跑去淺灘興致勃勃地踩水了。

張予是第一次見徐梔，確實沒想到徐梔這麼漂亮，雖然知道陳路周的眼光不會太差，但是乍一眼瞧見，覺得這女生真是美得讓人欲罷不能，明明巴掌大的小臉，圓潤又緊緻，看起來還有點嬰兒肥，但是卻恰到好處，很純。五官很精緻，皮膚也白，在陽光下連毛孔都看不見，細嫩得好像剛剝殼的荔枝，蘋果肌飽滿，化著淡妝，眉眼又很清冷，看起來特別乾淨漂亮的女孩，然而，身材又很辣。

杭穗和張予都是一中的，自然有話題聊，提著鞋子劃開水走到她身邊說：「聽說陳路周追她追了很久，是不是看不出來，高中那時候多跩的人，以為他只對念書打球有興趣。我還跟姜成說，陳路周多半是沒開竅。姜成斬釘截鐵跟我說，他老早就開竅了，就是沒遇上喜歡的。」

張予笑了下，「我那時候坐他隔壁的時候就知道他早就開竅，懂得很，多半是沒看上我們學校的女生。」

杭穗：「妳怎麼看出來的？」

張予說：「那時候我喜歡李科，全班都不知道，就他看出來了。」

杭穗也笑了下，「難怪。」

蔡瑩瑩喊了聲：「妳們幹嘛呢，這邊有海螺，要不要聽聽大海的故事啊？」

杭穗劃開水過去，「來了來了！張予，快點。」

張予：「欸，來了。」

幾個女生滿岸找海螺，每個都敲敲打打，放在耳邊聽，也不知道在聽什麼，玩得不亦樂乎。

杭穗：「這個好聽，這個聲音大。」

徐梔也撿了一個，放在耳邊：「這不就是玻璃杯放在耳邊的聲音嗎？」

張予：「確切來說，就是這個原理。海螺聽聲就是個騙局。」

蔡瑩瑩畫風很不一樣，一個人狐疑地對著海螺敲敲打打，自言自語喃喃說：「怎麼聽起來像我爸的腸鳴聲呢？」

徐梔：「……」

張予：「……」

杭穗：「……」

陳路周和姜成幾個坐在旁邊的沙灘椅上點了幾杯飲料，打牌加閒聊，眼睛時不時往那邊瞧一眼，確定人還在自己的視線，眼看徐梔把褲管越撩越高，越玩越來勁，海水已經沒過她的膝蓋。

他弓著背，兩手肘撐在膝蓋上，手上還在漫不經心地插撲克牌，蹙著眉，揚聲叫了句：「徐梔，走那麼遠幹嘛？」

徐梔沒回應，不過也沒往前走了。

朱仰起嘖了聲，扔出兩張牌，「把你們捆在一起得了，這麼一下子功夫也不讓走開？」

陳路周喝了口椰子汁，他們打的是紅五，還是慶宜本地的紅五，玩法比較精巧，也費腦子，他低頭看著自己手裡的牌，慢悠悠地把牌算了一圈，扔出兩張牌說：「打你的牌吧，現在就你一隻單身狗。」

李科咳了聲，難得露出一絲不好意思的表情，「嚴格來說，哥現在也還沒脫單，還處於互相了解的階段。」

朱仰起痛心疾首地說：「你們回去就馬上從我的房子裡搬出去。」

陳路周：「稀罕。」

李科：「就是，誰稀罕。」話音剛落，一搜羅桌面上的牌型，瞬間破口大罵：「靠，朱仰起你能不能看著點打？我這邊被你堵死了大哥。」

朱仰起：「你那一手爛牌，堵死算了。」

李科迷惑地看著他：「我們是一家，朱哥？」

朱仰起：「下把換家，我要跟陳路周一邊，他打牌沒那麼多廢話。」

李科看了陳路周一眼，「他腦子裡這時全在算計，你還跟他一邊，要論紅五，我跟他水準不相上下，你跟姜成水準有點差距，我們這個組合有點吃虧。」說完，扔出一串梅花牌型。

陳路周笑了下，李科頓覺不對勁，見他不緊不慢地抽出牌，扔在桌上，剛好順上，李科咋舌：「你梅花斷張了？吊主了？」

「我早就吊了好嗎。」

「靠，你算我，剛朱仰起扔梅花，你那副狗表情，我還以為你手裡還有。」

「打牌靠表情嗎？」陳路周笑得不行，輕鬆又散漫，一邊和他說著，習慣性地往徐梔那邊看了眼，「你不算牌啊？我以為你算到了。」

李科：「剛被朱仰起分心了。」

朱仰起立刻幫他澄清：「別，你自己技不如人，陳路周打紅五的水準我爸那個老牌鬼都敵不過，每年過年都得給他兩份壓歲錢。」

李科數了數他們撿的分，面無人色：「死了，這把直接下臺了。」

一連幾把，李科和朱仰起就沒再上過臺，陳路周和姜成直接農奴翻身做地主，直接從小二打到老K，把牌做清了。

徐梔她們回來的時候，他們正好一局結束，朱仰起嚷嚷著再來一局。

「你們在玩什麼？」徐梔問。

「紅五，來嗎？」陳路周回了句，把人拉過來。

「算了，不太會。」

徐梔說完，自然坐進他懷裡，陳路周兩腿敞著，人往後坐，中間騰了個位置給她，下巴抵著她的肩，把桌上的飲料擰開遞給她。

「嗯？」

徐梔接過，喝了口，把飲料遞回去，一副被人伺候慣了的樣子，舒服地往後一靠，整個人愜意地靠在陳路周懷裡，腦袋頂著他的肩，仰頭有一搭沒一搭地和他說話，內容沒什麼營養，諸如——

「踩水好好玩，而且一點都不冷。」

「我剛剛在沙灘上寫你和老徐的名字，你猜誰先被沖走了。」

陳路周低頭認真聽著，時不時笑笑，撥她頭髮，偶爾應兩句：「妳無不無聊。」

朱仰起：「服了服了，這兩個熱戀期比我青春期都長。欸，李科李科——」

沒回應，朱仰起茫然一回頭，看見李科紋絲不動，對他視若無睹，手裡舉著一瓶旺仔小牛奶殷勤地問一旁剛踩水回來的張予：「要不要喝點飲料？」

朱仰起：「……」

傍晚，幾個人靠在沙灘椅上看日落，欣賞著緋紅色的霞光落在海面上，將整個慶宜市照的溫馨又熱烈，好像打翻了五顏六色的調色盤，混雜出一種奇異的光芒和色彩，將海天混然一色，那奇景著實瞧得人心潮澎湃。

一群風檣陣馬的少年在金淘萬浪的海邊肆意說笑，聲音穿在無拘無束的風裡，被四周群山阻擋，笑聲在一次次潮漲潮落中褪去，直至沙灘上留下一排排深淺不一、踏足過的腳印，也漸漸淹沒在奔騰不息的翻滾潮汐裡。

「下雨啦！」

「快跑。」

旁邊人群四散逃離，往飯店跑的，往馬路上跑的，提著鞋子往車裡跑的，還有幾個傻文青往海裡跑。

陳路周下巴還搭在她的肩上，看著海面上漸漸泛起了一圈圈漣漪，水花激蕩著，低聲在她耳側詢問了句：「跑嗎？」

兩人坐在海灘椅上，頭頂是遮陽篷，徐梔往後仰，後腦勺跟他交錯著蹭在他的肩上，「不跑，反正你在，愛下不下，不是有遮陽篷嗎，又淋不到。」

頃刻間，暴雨如注，霹靂啪啦地打在遮陽篷上。

遮陽篷下，再無其他聲音，沒再說話，兩人在忘情的接吻。

淋了一身雨，徐梔洗完澡，百無聊賴地躺在床上玩了一下手機，陳路周還在洗，浴室裡水聲嘩嘩地砸在地上，徐梔從床上爬起來，在他房間裡轉了一下，地上攤了個收拾一半的行李箱，就幾件衣服和幾個相機鏡頭，他剛穿過黑色的棒球外套扔在上面，似乎要帶回北京。

底下還壓著一本書，徐梔好奇地抽出來看了眼。

——市一中優秀作文集錦。

這種東西還留著啊，不愧是陳大詩人。

徐梔笑了下，漫不經心地往下翻了一頁。

第一句話就猝不及防地躍入她的眼簾，徐梔嘴角的笑意微微一收，心頭恍然一撞，那句話太眼熟了，那字眼好像跳動的火苗映在她眼底，徐梔一直覺得這句話曾在某種程度上對她有很大的開解，也曾因為這句話，一度對談胥產生好感，覺得他太成熟了，不同於一般十八、九歲的男孩。

然而，她沒想到這句話出現在這——

河流和山川都困不住我們，只要我們不做思想的囚徒。

眼睛再往下一瞥。

——宗山一班，陳路周。

然而，還沒等徐梔反應過來，書頁裡緩緩掉下一張紙，她以為是書籤之類的，也沒在意，就打算幫他塞回去，等撿起來，才發現是一張薄薄的信紙，字跡熟悉，但比他平時寫題時的字體更端正，一筆一畫都蒼勁有力，力透紙背，筆墨也新，彷彿剛寫不久。

以為是他剛寫的讀書筆記還是什麼，徐梔匆匆瞄了一眼，就打算幫他塞回去。

然而，起頭三個字，就把她釘住了，眼睛彷彿上了鏽的鐵，一動不動牢牢地盯著那張紙，忍不住一字一句地往下看去。

只看了第一行，徐梔鼻尖就開始泛酸，心像是被人揪著，狠狠抓了一把，那乾涸已久的眼淚便瞬間從眼眶裡湧出來，她起初自己都沒察覺，直到那薄薄的紙張被滲透，徐梔不由攥緊手指，嘴唇緊緊抿著，想把眼淚憋回去，可越憋越忍不住，視線裡的字跡已經全部模糊，可每個字都誠懇得讓人心裡發酸。

林女士，您好，我叫陳路周，是徐梔的男朋友。

徐梔曾說您在夢裡讓她跟我分手，嗯，我有點擔心，就擅自做主寫了這封信，希望不會打擾到您。

跟她在一起的這段時間，她曾多次跟我提及您的事，我能從隻言片語中感覺到，徐梔從小對您很欽佩，您走後，對她打擊很大。首先，我很感謝，您能培養出這麼優秀的女兒，也很遺憾，您沒能陪她走到人生的最後。

其次，徐叔說您和徐梔經常拌嘴，但您其實很愛她，只是習慣性對她嚴厲。她也一直很想得到您的認可。她以前成績或許不太好，但您可能不知道，她升學考考了七百三十八分，以全校第一的成績考上了A大，現在是A大建築系的學生，成績非常優異。

寫這封信的目的是想告訴您，其實徐梔很優秀，也非常愛您。她說自己很少能夢見您，可每次夢見您，您總說一些不好的話，我想您可能是對我不滿意，或許因為我沒有正式跟您打過招呼。

最後，我很愛她，不想她夜裡總是夢見您驚醒。

她也很想您，如果下次再夢見您，您可以說一句愛她嗎？

——陳路周。

看到最後一行字，徐梔胸腔裡難忍的酸意幾乎從她胸口破腔而出，她直接失聲痛哭，眼角的淚水瞬間決堤。

林秋蝶和老徐表達愛意的方式不太一樣，人家都說父愛如山，他們家相反，林秋蝶女士的母愛更沉重一點。老徐雖然也經常嗆她，可該誇她表揚她的時候毫不吝嗇，永遠都是高舉著父愛的大山，為她吶喊助威。

批評。

「囡囡！妳是最棒的！」

「囡囡！爸爸愛妳！」

「我們家囡囡簡直是仙女下凡！爸爸怎麼這麼幸福啊！生了這個寶貝！」

林秋蝶那座山從來都是嵬然不動的，表揚她的話很少，徐梔記憶裡永遠都是她的不滿和批評。

「徐梔，妳到底懂不懂事？」

「徐梔，考這點分數誰去幫妳開家長會。」

「徐梔，妳能不能讓媽媽省省心？」

諷刺的是，林秋蝶女士還在的時候，徐梔一次次想證明自己都讓她失望至極，偏偏就在她死後不久，她以黑馬成績考上了國內最高學府。

然而，林女士永遠都不會知道，林女士到死的記憶裡女兒都是不成器的。

這種遺憾是永遠無法彌補的，徐梔曾無數次後悔為什麼不能早一點努力。耿耿於懷，又不能釋懷，她只能假裝什麼都不在乎，以致後來對情緒反應都不敏感。但她從來不曾想過，有一天，會有人敏銳察覺到她的遺憾，甚至還幼稚認真地寫了這樣的信去驅散她心裡的不甘心。

陳路周進去的時候，徐梔坐在地上，腿心裡正攤著他的信，已經哭得不成樣子了，鼻涕眼淚直流，他嘆了口氣，過去把人抱起來，放到床上，脖子上還掛著毛巾，人站在床邊，轉手去抽床頭的紙巾，一邊彎腰幫她擦鼻涕，一邊對著她的眼睛輕聲笑著，「哭成這樣，我有點高興是怎麼回事？」

徐梔也莫名笑出來，擦完臉，把臉埋在他的腰腹上，陳路周上身裸著，腹肌硬挺而分布均勻，人魚線附近的青筋性感的凸在皮膚上，她額頭抵著，臉朝下，看著腳尖，深吸了一口氣說：「陳路周，我其實就是不甘心。」

「我知道，」他低頭看她，用手摸著她的髮頂，「哭出來就好了。」

「升學考成績出來那天，我其實挺難受的，全世界我就想讓她知道，偏偏只有她不知道。」

「徐梔，有時候命運就是這樣，妳越想做什麼，它偏不讓妳如意，妳四兩撥千斤，偏就讓妳撥成功了。」

徐梔若有所思，眼角還掛著淚痕，想想挺有道理。

陳路周：「妳想什麼呢？」

徐梔恍然大悟地點著頭：「很有道理，我泡你好像就是這樣泡的。」

陳路周一口氣直接上不來，手還在摸她的頭髮，垂著眼皮，低頭睨她：「……妳信不信，我現在把妳扔出去。」

徐梔眨巴眼睛：「我還在哭呢。」

跩王的譜又擺起來了，「哭完了再扔。」

扔了一晚上也沒扔出去，徐梔看他在那收拾行李，他的行李比自己的少多了，明明這傢伙在學校衣服也是一套套換的，怎麼行李箱裡好像也沒裝幾件衣服，最後陳路周把行李箱封上，立起來推到牆旁邊，人坐在行李箱上，大概是無聊，默不作聲地看了彼此好一陣子，一個坐在行李箱上，脖子上還掛著黑色毛巾，一個盤腿坐在床上，眼神就跟糍粑似的黏在對方身上撕都撕不下來。

看一下，笑一下，又看一下，又笑一下。

根本不知道在笑什麼，可就是那麼津津有味地研究著對方的眉眼，怎麼也看不厭，好像無人問津的角落裡，他們建造了屬於他們自己的城堡和玫瑰園，已經不需要多餘的風景，光這樣瞧著也樂此不疲。

陳路周懶洋洋地靠在牆上，腳下的行李箱還在悠悠地滾動著，腳尖抵著地板，抬起手，食指和拇指比成槍狀，玩性大發的隔空對她隨意打了一槍。

「磅！」還配音，完全少年樣。

徐梔笑岔氣，「幼稚。」

「妳愛上陳路周了。」

「磅！」又開了一槍，還瞇起一隻眼睛，「妳好愛他，愛了又愛。磅磅磅，妳愛死了。」

徐梔簡直笑瘋，「神經病，陳路周，你幼不幼稚。」

「沒妳幼稚，小狗搖尾巴。」

徐梔二話不說掏出手機：「欸，陳嬌嬌，我下載了一部電影，《七號房的禮物》，誰看誰流淚。」

他坐在行李箱上，後背抵在牆上，嘖了聲：「欸，那妳這就沒意思了。」

然而那刻，徐栀是真的希望，這個世界上愛都圓滿，恨都消散，無論是萬里波濤還是霧靄流嵐都不要靠近他，群山萬峰都不要阻攔他。

那日，春回大地，草長鶯飛，花謝花開，又一年。

慶宜夏天的蟬鳴一如既往的聒噪，夷豐巷那個少年，永遠占上風。

——《陷入我們的熱戀》正文完——

番外一

01、谷妍視角

谷妍高中畢業之後還是選擇出國，去了利物浦。通訊軟體ＩＤ和手機號碼都換了，社群帳號也註銷。個人頁面都沒加高中同學，只留幾個高中好友的通訊軟體好友，那段時間基本上都滑不到那個人的消息，也不會刻意去打聽。

直到，新春過後，她收到一則訊息。

那時她剛從舞蹈室出來，利物浦剛下了一場小雪，古樸典雅的英式建築外是紛紛揚揚的雪渣子，透過窗子還能看見建築對面年深日久的時鐘，好像已經停擺，一如她的心跳也停在那刻。

她尤記得，那刻的鐘擺針腳是一個冷冰冰的直角。

晚上九點。

說不上有多意外，經過畢業那晚之後，他看徐梔那種不捨又隱忍的眼神，谷妍就知道，他們是早晚的事情。只是她沒想到，會這麼快，她以為，他不會那麼急。也知道，男孩子的占有欲都很強，一旦出現新環境，或者有危機感的時候，就立刻想把這段關係確定下來，她以前好幾個追求者平時也都挺高冷的，但是一旦遇上有危機感的情敵，才會迫不及待把關係定下來。

可谷妍不覺得陳路周會對誰產生危機感這種東西，她高中就清楚陳路周這個人有多跩，他的跩並不是對誰都愛理不理的，他和其他女孩子之間拿捏的分寸感，偏偏就讓人覺得，他會談戀愛，甚至什麼都懂，他只是不喜歡妳，所以不會釋放這種曖昧的信號給任何人。

可越這樣，越叫人心癢，想跟他談戀愛，想看他低聲下氣哄自己的樣子，想聽他在床上情動難抑的喘息聲。

她記憶裡那個少年，好像從來不會這樣，他永遠清冷乾淨，不好糊弄；永遠陽光開朗，揣著明白也從來不裝糊塗。

所以他得多喜歡一個人，才會在這個躁動的年紀，跟一個人談戀愛，發了那樣一則動態。

Cr：『flipped，嗯，服了。』

flipped，是一部電影，以前陳路周在動態分享過，中文名字叫《怦然心動》。

那張截圖是高中好友傳給她的，陳路周的個人頁面背景仍舊是熟悉的天鵝堡，頭貼也沒換，名字也還是那兩個字母，谷妍甚至都不敢想，這樣的人，如果成為她的男朋友，她應該會在個人頁面炫耀瘋。

可後來她無意間在別人的手機上，看見徐梔的個人頁面，一點炫耀男友的痕跡都找不到，分享最多的內容就是她的設計稿以及一些建築學的文章。

谷妍記得有一則，徐梔發在個人頁面。

『終於被老師誇了一句有靈氣，哈哈，我覺得我還能再為國家工作五百年！』

底下，幾個他們以前的朋友都留言了。

朱仰起：『別五百年了，我哥們都愁死了，他說妳再這樣熬夜下去吧，他可能得守活寡五十年。』

李科：『保重身體啊，徐梔啊，我們有個溫馨提示，妳有沒有感覺自己最近頭髮有點少？』

陳路周沒回，只按了個讚。

徐梔倒是回了李科一則：『真的假的，陳路周說的？』

之後就沒回覆了，不知道是不是私下解決去了。

谷妍能想像到，他們的生活有多熱鬧和肆意。

也是在那刻，谷妍突然覺得，或許也就徐梔這樣的女孩，才會讓陳路周覺得自己沒虧，他需要的不是一個崇拜者女朋友，而是一個能跟他並肩而立、永遠對他有吸引力的女朋友。

或許這樣的比喻不太恰當，在那個尚未成熟的年紀裡，谷妍能想到的兩性關係裡，也只能用虧和不虧來衡量。

陳路周不能虧，不然和誰在一起她都會覺得不甘心，或許還會忍不住傳訊息給他。

偏偏是徐梔，她只會把自己這些卑微而心酸的情緒忍回去，因為她永遠都忘不了，畢業那個晚上，徐梔在燒烤店對她說的那句話——

「那就希望我們女孩子，心氣更高一點，畢竟腳下還有遼闊堅實的土地，還有那麼多地方沒去過。」

還有那麼多人沒見過。

她知道徐梔下半句話就是這個意思，她甚至能想到，就算沒有陳路周，徐梔的男朋友也會非常優秀，甚至可能不遜於陳路周，只是這個男孩在她生命裡有濾鏡，所以那時候，她對徐梔充滿了敵意，可徐梔對她沒有。

徐梔甚至明知道自己喜歡陳路周，也知道，那時候她在陳路周那裡占上風，而自己喜歡那麼久的男孩對她有好感。谷妍曾經設身處地的想過，如果她和徐梔角色對換，那個晚上，她一定會讓徐梔難堪。

但徐梔都沒有，她明知道自己在通訊軟體上寫了一篇可以說是很丟臉的小作文給陳路周之後，也沒有故意宣誓主權讓她難堪。

聽徐梔說完那句話之後，谷妍不知道為什麼，腦海裡瞬間又想起陳路周曾經拒絕自己說過的一段話——

「谷妍，妳每天早上五點起來練功多辛苦啊，全身上下都沒一處關節是好的，沒名沒分地跟著我多吃虧啊，妳好好拍戲吧，能為國家爭光拿個獎，我會更欣賞妳，而不是在我這釋放這種沒用的信號，就很無趣。真的。」

是真的覺得她無趣，她要是再寫那篇小作文，更無趣。

於是當即心裡莫名又湧起一股不服輸的傲氣，對啊，世界那麼大，難道我就遇不上更好的，當下立刻就把小論文刪了，覺得自己太衝動，那時候她還覺得徐梔有點清高，說那句話也很裝，直至後來，她無數次回想那天晚上的場景，她開始無比感謝徐梔。

至少，在他們這個風聲鶴唳又衝動的年紀裡，徐梔沒有讓自己難堪，或許她沒有能力讓陳路周喜歡上她，但也許在未來某一年，她真的獲獎了，站在那個燈光絢麗的舞臺時，那個男孩可能也會覺得驕傲。

雖然她知道陳路周大概不會，但至少，在最後的最後，在結束這場青春和明戀的時候，她是體面的。

後來，第二年寒假的時候，谷妍回慶宜過年，在學校附近的小吃街碰見過他們一次，她起初是先注意到朱仰起，因為他身上總是掛著一串雞零狗碎，叮鈴啷噹地響，陳路周以前來他們班找朱仰起都不用眼睛看，聽聲音就知道朱仰起在不在教室。當時朱仰起旁邊跟著一個短髮女孩，樣子長得很俐落，個子高挑，不是她們學校的，後來谷妍知道那女孩子是徐梔的朋友，叫蔡瑩瑩。

他們當時正站在如潮的人流裡買車輪餅，關係說不上多融洽，嘴裡還你一嘴我一嘴地互相損著。

「朱仰起你是不是有病，誰吃車輪餅加香菜？」

「妳連香菜蛋糕都吃，還有什麼不能吃的，」朱仰起站在隔壁的臭豆腐攤位跟老闆要了兩碗香菜，怨氣深重，「我真是信了妳的邪，我過生日妳送什麼東西，那蛋糕是人吃的嗎？」

「你不是吃了嗎？」

「豬吃的。」

「你本來就是豬。」

「那挺好，妳姓蔡，我姓朱，我們要不然湊合湊合得了。」朱仰起咬著車輪餅，趁熱打鐵。

「不是跟你說了嗎，不好，別人會說一顆好白菜被豬拱了。多難聽。」

「這事我跟我爸嚴肅探討過，我也可以改個姓，我可以跟我媽姓。」

「你爸能同意？」

「同意啊。」

「你怎麼說的啊？」女孩拿過老闆的車輪餅，不太相信地問了句。

「我就說爸我喜歡的女孩子說我這個姓不好，我想改個姓，我爸說，改你媽啊。」朱仰起說：「我一想，對啊，改我媽唄，妳看，我爸反應多快。」

女孩：「……」

谷妍都忍不住撇了下嘴角，下一秒，便看見一道熟悉的身影從旁邊的小吃店裡走出來，那優越的身形在擁擠的人流裡格外惹眼，好像又高了點，依舊是那一身熟悉簡單的牌子衣服，他身上永遠只有那幾種顏色，黑藍灰白各種自由組合，寬鬆自在，很長一段時間，谷妍在街上看到穿類似風格的男生，都會忍不住抬頭多看一眼，但總歸是沒碰見過跟他差不多的，不說長相，單就那性子，谷妍知道自己很難遇到了。

「好了沒？」他問。

「快了快了，還有兩個，」朱仰起回頭說：「你怎麼出來了？徐梔呢？」

「還在吃，買兩個紅豆的給她吧。」

朱仰起：「剛不是說還想吃香芋的嗎？怎麼口味這麼多變啊，別是那什麼了吧。」

陳路周直接踹了他一腳，「你有病？」說完也懶得理朱仰起，低頭對旁邊那女孩說：「蔡瑩瑩，你們先進去，我幫她拿兩個紅豆的。」

那女孩拿了手上的車輪餅，轉頭也跟著踹了朱仰起的屁股一腳，拔腿就跑：「學學陳路周吧！大傻子。」

朱仰起緊跟著就追了上去，追著揪那女孩的頭髮，「靠，蔡瑩瑩我對妳還不好啊，陳路周那狗東西有什麼好學的，他坑徐梔的時候妳是沒見過，別被他那點長得還行的外表騙了，我跟妳說，這狗東西私底下騷得很。」

「陳路周如果只是長得還行，朱仰起，你就真的是隻長得還行的豬！」

「放屁，我比他帥多了，小時候長輩們都說我長得比他帥，比他喜慶好嗎！」

「你真的認為這是誇獎？傻子。」

谷妍當時站在路邊，目不轉睛地看著他逆著人流過去幫徐梔買車輪餅，她甚至都沒察覺自己眼角泛著熱意，心裡的酸意無法遏制，她知道這個男人對她永遠都具有吸引力，可也知道，她也只能是一個看客，在這條充滿年少時代青春回憶的大街上，重溫屬於她一個人的舊夢，遙遙相望地看著這段故事的結局。

無人察覺人海中的她。

等陳路周幫徐梔買完最後兩個車輪餅進去那家店裡，谷妍才恍然回過神繼續走著，經過他們聚餐的那家店裡，其實沒想過要跟他們打招呼或者刷存在感，只是下意識地往裡面看了眼。

他們一夥人坐在門口，原來不只朱仰起和那個女生，還有李科、姜成、杭穗、大壯和大竣都在，甚至還有張予。

陳路周正巧坐在面對著馬路的椅子上，徐梔就坐在他旁邊，陳路周靠著椅子，一隻手放在徐梔的椅背上，低著頭側耳在正經地聽徐梔說話，間或仰頭靠在椅子上笑得不行，眼神無奈，似乎被她氣到，完全拿她沒辦法，想拎起來暴打一頓顯然下不去手，然而一抬眼，便猝不及防地對上谷妍的視線。

谷妍以為他會避開，會視而不見，但是沒想到，陳路周對她微微一頷首，算是打了個招呼。

那瞬間，谷妍又在心裡忍不住嘲笑自己。

他怎麼會避開。

他從來都坦蕩。

對面的朱仰起察覺他的視線，頭也不回地啃著雞爪問了句：「誰啊？」

陳路周仍是一句大大方方，下巴一點，表情隨常、自在，「谷妍。」

谷妍也是在那瞬間突然覺得眼眶盈熱，她喜歡的那個人，並沒有因為自己曾經那段極其可恥的暗戀日記被曝光後看輕她，從始至終都尊重她。

那刻，是真的羨慕徐梔。

02、依舊熱戀

原本以為大一應該是大學生活裡最忙碌的一年，沒想到，大二大三對他們來說也絲毫沒辦法鬆懈下來，尤其還有李科這個競爭王在，兩人約會也只能是見縫插針地約。陳路周轉完系就開始忙保送研究所的事情，美國競賽陳路周他們隊伍獲得了F獎，那年A大的參賽隊伍多達百來支，獲獎隊伍超過半數以上，但獲得F獎也是屈指可數，確切來說，那年就他們一支隊伍獲得了F獎，全球總共十支隊伍。雖然是個挺讓人熱血沸騰的事情，但李科和陳路周也沒覺得多興奮，他們對於獲獎這件事，似乎已經麻木了。

但拿到獲獎證書的當晚，幾人聚餐慶祝，吃完飯，陳路周回宿舍的路上，想了想還是寄了一封感謝信給白老師，很短，卻也真誠。

等寄出去，把手機揣回口袋裡，一抬頭，看見徐梔正盯著自己，笑了下，「盯著我幹嘛？」

徐梔嘆了口氣，牽著他的手往宿舍走，「就覺得你這個人吧，活著很累，其實對於白老師來說，這可能就是分內的事情，換作其他教授說不定都不會打開看你的郵件。」

國內大多數大學老師都忙得腳不沾地，哪有老師會一封一封閱讀學生的郵件，有時候教授上課放著PPT，打開信箱裡面都是一大片的未讀郵件。徐梔覺得自己的男朋友這麼認真寫了一封感謝信給人，說不定只會孤零零地躺在信箱裡，無人問津，根本不會被打開，就好像陳路周的真心被辜負了，她想想就覺得心疼。

那封郵件一直都沒收到任何回覆，徐梔也一直以為陳路周那封感謝信應該躺在白老師的未讀郵件裡，直到很多很多年後，她和陳路周逛書店的時候，無意間看見一本書，作者署名是白蔣，因為曾經是陳路周數模競賽的指導老師，所以她下意識抽出那本書看了眼，是白蔣的個人自傳。

書名叫——《蓋棺定論》。

她覺得還挺有意思，趁著陳路周在經濟專區閒逛的時候，就匆匆翻看序章看了眼，很普通的自傳書，剛想闔上，卻在最後看見兩段話——

「我一度最害怕的就是蓋棺定論四個字，因為曾經有學校高層不認同我的教學理念，認為我在學校不搞科研，不發表論文，不參與評獎，不符合現在教育體制，遲早會被邊緣化，當然，那位高層也是善意的提醒，他語重心長地勸了我好幾次，他說，老白啊，你都快六十歲了，說難聽的，你半隻腳都踏進棺材裡了，就是該被蓋棺定論了，臨退休還是個講師，人家只會認為你教書不行。也因為這樣，曾經一度想提早退休，直到前幾年，我指導幾個學生參加美國競賽，這段經歷或許對他們來說沒什麼特別的，但是對我來說，還挺特別的。」

「其實也不是第一次指導學生了，但那幾個孩子，讓我覺得，哪怕到了六十歲，他們也不會在乎自己是否被人蓋棺定論，他們身上有一種有知而無畏的拚勁，不是初生牛犢不怕虎的亂拚，是在慢慢拓展自己認知的世界裡去尋找最優解。比賽結束之後，其中有個學生寄了一封郵件給我，這個學生很優秀，任何時候跟人提起這個學生，我都可以很驕傲地說，我曾經是他的老師。他在郵件裡對我表達了感謝，還說了一句話，我至今都記得，他說，白老師，無論從哪個角度看，您都帥得在發光。嗯，為師很感動，畢竟六十年了，沒人誇過我帥，行了，就這麼蓋棺定論吧。」

白蔣寫這段序的意思，徐梔懂。陳路周寫那封郵件的意思，徐梔想白蔣應該也懂，不然就不會在序裡出現他的影子，在這種逆大流的教育環境中，白蔣的堅持和不忘初心，確實讓人敬佩，也確實擔得上一個帥字。

徐梔心滿意足地闔上書，轉身去經濟區找人，找了一圈沒找到，轉頭看見陳路周在童話區，正蹲在地上，一隻手放在膝蓋上，神情專注地在幫人找書，旁邊蹲著個半大的小女孩，綁著兩根馬尾，搖頭晃腦地散發著天真無邪的童真，只見陳路周抽出來一本花花綠綠的繪本遞給她，小女孩搖搖頭，「不是這本，封面上有隻豬的。」

陳路周又抽出來一本。

搖頭，不是。

陳路周又抽出來一本給她，「這本？」

她再次搖頭，咬著字一句一句說：「不是啦，哥哥，是豬！豬啊！」

陳路周「欸」了聲，人蹲著，手還放在大腿上，笑著回頭半開玩笑說：「妳怎麼罵人呢。」

「不是罵你啦。」

陳路周又接著幫她找，耐心頗足：「真的不記得書名了？」

「不記得。」

「妳還沒認幾個字吧？」陳路周站起來，往上層書架看了幾眼。

「不認字不能看書嗎？我看插畫不行嗎？」

「牛。」

「是豬，不是牛。」小女孩很執著。

陳路周：「……」

徐梔站在他們身後，突然覺得時間過得很快，一眨眼，就五六年了。

那年她剛畢業，陳路周讀研二。

她好像還在跟這個男人熱戀。

只要一想到他，那顆心就滾燙炙熱，哪怕他此刻就站在她面前——

手上還拿著一本讓他看起來智商不太高的粉紅豬小妹，非要跟人說：「吹風機改名字了？」

小女孩一開始眼裡是對大哥哥赤裸裸、毫不遮掩的仰慕，到後來逐漸嫌棄，最後二話不說抱著粉紅豬小妹跑了。

等兩人回到家，剛開門進去，兩人站在門口換鞋，陳路周這狗東西還很無辜，「那小屁孩想泡我。」

徐梔憋著笑，把車鑰匙甩他身上，「你要是不說吹風機，她還能再泡一下。」

陳路周也笑，轉身進去臥室換衣服，剛撩起衣服下擺，一雙纖細的雙手從背後抱過來，繞在他的腰上，他低頭耐人尋味地看了眼，明知故問，壓低著嗓音問：「想幹嘛？嗯？」

徐梔手在他小腹上沒分寸地摸，沿著腹肌的線條，慢條斯理地刮蹭著：「你說呢？」

陳路周衣服沒再脫，轉身過來，一手勾著她的腰，一手捧著她的臉頰側，手指插在她的髮間，一邊安撫性十足地來回摸著，一邊低頭順著她的額頭一路熟門熟路地親下去，屋內安靜，氣氛瞬間熱火朝天，只聽幾聲若有似無的啄吻聲靜靜迴響。

徐梔現在跟他做這件事，心跳還是控制不住地加快，血液甚至在身體裡橫衝直撞，一跟他接吻就腿軟，像沒骨頭似的，怎麼也站不住。

但只要陳路周在她旁邊，她就忍不住想往他的身上靠，好幾次陳路周都笑她，骨頭呢？老往我身上靠幹嘛？

徐梔知道他這人就喜歡明知故問，得了便宜還賣乖，在床上尤其荒唐，兩個人早已摸清對方的性子了，陳路周想聽她說情話，便總會問個不停，早幾年，徐梔情話張嘴就來，後來在一起越久呢，她反而還不好意思了，總覺得再說就成了形式化。

於是，更多時候都是嗆他。

「陳路周，你珍惜吧，再過幾年，說不定讓我靠，我都懶得靠，好好珍惜你的八塊腹肌吧。唉。」

那時候，他們的聊天紀錄裡出現頻率最高的一句話——

『我只有八塊腹肌了是嗎？不愛了……就別勉強。』

已經快成陳路周的口頭禪了，直至發展到後來，陳路周一句話都懶得打完，每次被她嗆完，字數逐漸減少——

『妳已經三天沒回家了，女朋友，不愛了……就別勉……』

『不愛了……就別……』

『不愛了……就……』

最後索性就簡短有力、但通俗易懂的兩個字。

徐梔：『陳嬌嬌……』

陳路周：『不，別。』

那時候課相對來說比較少，陳路周已經在校外租了房子，李科也在外面租了間工作室，恰巧就在陳路周樓下，徐梔週末會過去。剛好，有年國慶，蔡瑩瑩來北京待了整整七天，那幾天蔡瑩瑩和朱仰起吵架，又難得過來一趟，徐梔就把所有時間都騰出來給她，陪她逛景點，等她心情好了點，才想起自己也有好幾天沒見男朋友了，剛想傳則訊息給他哄哄，才叫了個名字，那邊就秒回兩個字。

不，別。

一想到陳路周不太爽的表情，徐梔有時候越看他們的聊天紀錄越發覺得好笑，但有時候也真的忍不住想逗他。

但總歸身體還是很誠實，陳路周好幾次都調侃她說：「也就在床上的時候，感覺妳還愛我。」

徐梔被迫仰著頭，脖頸被人密密地吮著，忍不住低哼出聲，直到屋內氣氛越來越曖昧，等被剝得差不多一乾二淨，露出蔥段一樣的白淨，徐梔下一秒發覺自己被人推進廁所，陳路周幫她打開蓮蓬頭，試了下水溫，才靠著浴室門笑著說：「妳先洗個澡？我去回個郵件給劉教授，剛在開車看了眼，還沒來得及回。」

「快點啊。」

「別催啊。」門外傳來他懶洋洋的聲音。

「陳路周！」

「欸，知道了。」難得沒得了便宜還賣乖，聲音從空蕩蕩的客廳裡傳來，很散漫卻又莫名聽話，顯然是進入回郵件的狀態了。

這麼乖的男朋友，不能老氣他欸。

徐梔嘆了口氣，關掉蓮蓬頭想。

等等哄哄。

03、克制

在這件事上，兩人都挺心照不宣的。其實他們還算克制，除了剛開始那陣子有點沒邊，大一剛回北京那陣，兩人也稍微冷靜下來，約莫是寒假那幾天太瘋，陳路周開學跟人打球，發現自己遠投準度大不如從前，甚至好幾次連球框都沒沾到，被李科等人大肆嘲笑一番之後，從球場回來傳了個欲哭無淚的無奈貼圖給徐梔。

徐梔當即回了個問號。

Cr：『……真的廢了。』

徐梔頓時反應過來，笑得不行，當即回他：『怪我？』

自然也怪不到她頭上，真要怪，只能怪他自己自制力太差，陳路周在別的方面不做人，再混帳，在這點上，倒也不敢賣乖。

Cr：『哪敢，得了便宜還賣這種乖，我還是人嗎？』

徐梔笑笑，回了個乖，就繼續上課了，本來以為這事就這麼過去了，但萬萬沒想到，陳路周愣是大半個學期都沒碰她，無論徐梔怎麼撩，他自明月清風如山崗，嵬然不動。聊天對話一天比一天直白。

直到有一天真的忍不住，傳了一則訊息給他。

徐梔：『快被你耗乾了。男朋友。』

那人才回了一則不痛不癢的訊息。

Cr：『我也有點，不過還能再忍忍。』

徐梔：『忍你大爺啊！』

那邊大概笑了半天，才解釋。

Cr：『不鬧了，真的不是故意的，等忙完這陣就陪妳。』

那陣子陳路周確實挺忙的，一邊要轉經管系，一邊還在跟李科見縫插針地弄創業的事情，李科當時那個沙盤計畫的創業基金剛申請下來，要寫的策劃書一籮筐，一天也睡不上幾個小時，確實有點顧不上，倒也真不是故意的。加上那時候還時不時接點航拍的活，總歸還得養家糊口。

後來等他忙完，偏巧徐梔建築系一年一度的寫生又開始了，那年A大去了雲南采風，徐梔一走就是兩週，等她回來，學校已經開始放暑假了，人都陸陸續續走得差不多了。陳路周暑假接了個航拍的活沒回慶宜，本來打算直接搬去李科朱仰起那邊，後來想想還是不太方便，又自己單獨在附近租了間房子。

等徐梔拖著行李箱風塵僕僕回來，陳路周剛把房子收拾好，給了她一個地址，徐梔從校車上下來，二話不說就直奔他那邊，一刻都沒耽擱。

陳路周那天陪李科去見了幾家小企業的負責人，也是剛從外面回來，身上難得正經地穿了件襯衫和西裝褲，徐梔進門的時候，他坐在沙發上在改李科的策劃書，正準備去上個廁所，沒承想，徐梔來得這麼快，一進門就不管不顧地把行李箱往門口一丟，直接撲進他懷裡，不由分說地緊緊抱了一下，身體使勁蹭著他，陳路周那時身體都繃得緊緊的，又是穿著修身熨貼的襯衫，線條前所未有的緊緻和明朗，一身有力乾淨的清薄肌看起來好像一張蓄勢待發的弓。

於是徐梔笑咪咪地在他胸口抬頭說：「看出來了，你也很想我。」

陳路周靠在沙發上笑得不行，一副事不關己高高掛起的表情：「從哪看出來的？」

徐梔一副你還有什麼要狡辯的嗎的樣子。

陳路周明白過來，然後拖音拖腔地「啊」了聲，嘴角還是耐人尋味地帶著笑，若有所思地看著她，似乎有些不忍心把真相告訴她。表情猶豫，又好笑。

徐梔有所察覺：「什麼意思？你不想我？」

結果那狗東西說：「想的，不過我現在是想上廁所。」他終於忍不住笑出聲。

「……你滾吧。」徐梔說。

後來，徐梔也終於知道陳路周不太喜歡穿西裝褲的原因了，那晚，徐梔總時不時想盯著他，兩人點了外送還在吃飯，她終於忍無可忍，「陳路周，你是不是有點尿頻？」

陳路周：「……」

然而，那人靠在椅子上，眼睛緊緊盯著她，嘴角也像被繡針縫著，繃得緊緊的，一言不發地開始解他的襯衫扣，表情似乎對她剛才說的話非常不屑一顧，挺冷淡。但手指靈活又嫻熟，一顆顆慢條斯理地解扣子，襯衫下擺剛剛被她抽了一半出來，半進半出地搭著，人懶散地靠在那，像個遊戲人間的浪子，但嘴裡還不鹹不淡、風度十足地問了句：「吃完了嗎？」

徐梔猛然反應過來，默不作聲地喝著湯，眼神不住地往他胸膛肌理心不在焉地瞟著，心口怦怦直跳，險些蹦出來。

吃完飯，桌上一攤狼藉，沒人收拾。

屋內有人被收拾得一句完整的話都說不出來。

陳路周襯衫扣坦蕩蕩地散開，垂在身側，露出胸口一大片紋理分明、乾淨的肌理。

他去堵她的嘴，親了一下，發現堵不住，忍不住發笑埋在她肩上，「李科在隔壁。」

徐梔人都傻了，瞬間嚇醒一半，但很快反應過來，應該是逗她的。

「陳路周，你就騙人吧。你這房子總共就兩房一廳，你把李科養在廁所啊！」

「對面，他租了間工作室，在我對面。」

徐梔頓時心驚肉跳，直接爬到床頭，反身人靠著，隨手撈起旁邊的枕頭往他身上砸，氣得面紅耳熱，「陳路周！你不早說！」

陳路周倒也沒躲，仍是神態自若、直挺挺地半跪著，手都沒擋，隨她怎麼砸，笑得不行，「膽小了？妳菜不菜啊，我鎖門了，聽不見的，而且，他跟張予出去吃飯了，這時候不在。提醒妳一下而已。」

徐梔停下來，靠在床頭，看著他不滿地嘟囔了一句：「他怎麼也這麼黏你，兩個跟屁蟲煩不煩。」

陳路周抽過她的枕頭，丟到一旁，拽著她的腳踝把她扯過來，壓在身下，兩手撐在她旁邊，額上汗水涔涔，髮梢貼著額角，眼神清朗卻又縱著情，看起來莫名很夠勁，他平息了一下，才低頭笑著說：「妳不是想跟著李科創業？我幫妳留條後路，他要是欺負妳，轉頭就敲我們告狀，男朋友還能及時幫妳出個氣。」

「那也不用住隔壁啊。」

徐梔說著把手勾上他的脖子，在他喉結上咬了口。

他仰頭，悶聲不吭，陳路周很少出聲。

徐梔不服，但仍一言不發，挺豪橫。陳路周轉而眼神壓抑地低頭親她說：「那不行，再離遠點，我怕妳氣消了，妳這人生氣也生不了多久，想著李科是我朋友，應該還沒到我這，就已經把自己哄好了，多虧啊徐梔，有沒有聽過一句話，春江水暖鴨先知。」

什麼跟什麼。

「小朋友告狀要及時。」他說。

徐梔笑得不行，「神經病。」

「笑什麼，這是我弟的至理名言。」

陳星齊從小到大確實都挺沒心沒肺的，也就是他，要換作任何一個人，陳路周在陳家被收養的日子或許也真的沒這麼好過了。他那個金貴弟弟，雖然是個少爺脾氣，但不長記性，也不記仇。陳路周也知道，被他用籃球坑一次是傻，但每次都被他坑，陳星齊多半也是真的黏他。

而且，陳星齊屬於記吃不記打，真把人惹急了，隨便哄兩句，立刻又屁顛屁顛地跟在他屁股後面哥哥長哥哥短。不過有時候真急了，也不太好哄，比如一旦提到他的班花茜茜，陳星齊全然是要跟他哥拚命的，陳路周也老是逗他，真要說情種，陳星齊才是真的小情種，從五歲開始喜歡茜茜，直到現在嘴裡都還是茜茜長茜茜短。茜茜要生氣，他天都要塌了，但茜茜一直有喜歡的男生，陳星齊還一直傻乎乎地表示，迷之自信說等茜茜長大了才會知道什麼樣的男生適合她。陳路周笑得不行，但又不忍打擊他。

後來，回北京之前陳星齊打了無數通電話，陳路周去陳星齊讀的國際國中見過他一面，陳星齊還是那樣沒心沒肺，齜牙咧嘴地笑著叫他哥。

他其實不知道自己哪值得讓他這麼念念不忘的，從小到大似乎也沒怎麼對他好過。一個徐梔，一個陳星齊。

好像也值了。

陳路周伏身下去，徐梔緩聲說：「你弟從小到大應該都挺快樂的。」

他「嗯」了聲：「所以他大半夜離家出走的時候，都沒人信，走到門口的時候，門衛大爺還順手給了他一袋垃圾，讓他幫忙扔一下。」

「少來，門衛大爺才不會幹這種事，是你吧。」

徐梔頓覺脖子被人咬了口，心猝不及防地一抖，一陣麻，那人埋頭無奈笑著：「這麼了解我啊？」

「難怪你弟老是被你氣死。」

最後，徐梔好勝心作祟，非要他出聲，幾乎卯著一股勁。屋內再也沒有別的聲響，兩人不再說話，呼吸聲已經昏熱得一塌糊塗，到最後，衣服也沒脫乾淨，陳路周襯衫還敞穿著靠在床頭，中途想脫下來，徐梔沒讓。

褲子皮帶被人抽掉，隨手丟在地上，扣子解開。

最後，陳路周靠在床頭，徐梔伏著，陳路周低頭看她表情生澀，偶爾抬頭，眼神直勾勾地瞧著他，春情起伏著。

陳路周自己靠著床頭，一條腿屈著，在笑，肌理清晰的胸膛正劇烈起伏著，最後腦袋都笑歪了，斜斜懶懶地倚著床頭，後腦勺頂著床頭後的白牆，頭微微仰著，眼皮垂睨著她，喉結無聲地慢悠悠滾著。

徐梔覺得莫名其妙，伸手探了一下他的額頭，「陳路周，你笑什麼呢。瘋了？」

他笑著把她手拿下來，「沒，夠了，我知道妳想幹嘛，真是一點不讓著妳都不行。」

確實，就想聽他出聲。

徐梔也笑了下，忍不住譴他：「陳路周，當初怎麼說的，但凡叫一聲，你都不夠格當我男朋友。」

他在心裡罵了句，靠，服了，這還能讓她補回來。

「得了吧，我這要是不叫，也不夠格當妳男朋友。」

「……」

04、爽點

也就那晚，小別勝新婚，年少輕狂，戰績斐然，東西撕了一個又一個，後來一直到徐梔大學畢業，他們的戰績也沒再打破過。那天幾乎從傍晚沒羞沒恥地折騰到後半夜，但也就那晚，兩人都瘋。瘋完幫徐梔洗完澡，等她睡著了，陳路周坐在床邊幫她蓋被子，然後就靠著床頭，也睡不著，仰頭看著天花板，腦子裡亂七八糟地想些不著邊際的事情。

他倒也不是擔心別的，就怕真的這麼倒楣惹出人命來，挨老徐多少打都沒什麼好說的，但也抵不上這事對女孩子的傷害。但這種事情無論到哪個地步來說，既然做都做了，事後彌補，都是亡羊補牢，於事無補，所以他每次都嚴防死守，哪怕是前戲也會乖乖先把東西戴上，從沒讓徐梔吃過藥。

但這種事，真的沒那麼嚴謹，戴套避孕機率也才百分之九十八，誰也不知道自己女朋友是不是剩下那百分之二。

所以，在這件事上，陳路周後來還算克制，儘管大二就在學校外面租了房子，徐梔大多時候還是住在學校裡，偶爾週末才過去，平均下來，一個月大概也就一兩次，一次都不做也不現實。

要不是擔心徐梔亂想，他真打算禁欲禁到結婚前。

好在，一直到徐梔畢業，她都平平安安的，陳路周從沒有那麼一刻覺得老天爺對他還算不錯。

他從來都不覺得自己是個幸運的人，從小到大，也就這樣，在遇上徐梔以前，他身上的光環都是別人給他的，因為小時候被拋棄，總想證明自己是個還算不錯的人，所以各方面都要求自己做到極致，目的也不過是，或許偶然有一天，他功成名就後，遇見了曾經拋棄他的親生父母，想讓他們後悔，想讓他們後悔曾經拋棄了這麼好的他。然後，他會毫不猶豫地告訴他們，別想了，我不會原諒你們，永遠不會。

然而，老天爺對他不太好，每一步，都算在他的意料之外，包括傅玉青的出現。

因為徐梔，他不想跟傅玉青扯皮，讓她左右為難。

他更恨不上連惠，連惠為了他，連命都不要了，在被陳家收養的這幾年，連惠對他的關心都不是假的。

所以知道真相那刻，陳路周其實有點崩潰，他所有預設的場景和開場白都派不上用場，就好像一記重拳打在棉花上，他所謂藏在心裡這麼多年的唯一執念，也只能自己消化，從小到大，老天爺從沒有一次讓他徹徹底底爽過。

直到高三那年暑假，遇見徐梔。

不管是第一次見面吃燒烤那晚毫不猶豫拿出手機跟他說，我不會讓警察冤枉你的徐梔，還是在電影院對他說陳路周你玩不起的徐梔，抑或者是幫他過生日說這個禮物送給六歲的陳路周小朋友的徐梔。

一個完完全全、處處都能踩在他爽點上的女孩。

陳路周認為自己其實並不缺愛，無論小時候在育幼院也好，還是後來被陳計伸收養也罷，他缺少的是回饋。

沒有回饋的愛，是白狗身上的黑，是人孔蓋裡的玫瑰，對別人來說，只是一種多餘突兀的浪漫。

是徐梔，讓他徹底爽了一把。

有人能理解他那些蹩腳的浪漫，以及有回饋、事無巨細的愛，真的很讓人上癮。

真的很上癮。

陳路周頭疼地想。

上癮到，哪怕徐梔夢裡叫著別人的名字，他都覺得很帶勁。

後來，徐梔還真的叫過。

很含糊，好幾次，陳路周都聽見了，他簡直想拿枕頭捂死她，在一起這麼久，從來沒聽見她在夢裡叫過自己的名字。

徐梔說完夢話，自己也昏朦轉醒，多少察覺到了，想著解釋說：「我最近好像壓力太大了，老是說夢話，是不是吵到你了？」

陳路周當時一隻手肘搭在眼睛上，仰面躺在床上，聽她不太有底氣、顫巍巍的解釋聲，噗哧笑了聲，「別怕，哥不打人，馬上要考試了，讓妳再苟延殘喘幾天。」

徐梔頓時一個激靈，戰戰兢兢地斜他一眼：「我說什麼了？」

他手臂依舊懶洋洋地擋在眼睛上，表情慘澹地喟嘆一聲，不太想理她。

「妳，叫了一個男人的名字。」

「不可能吧，」徐梔瞬間清醒大半，支稜著手臂撐在枕頭上，低頭想去親他，「是你吧？」

陳路周不太爽地撇了下頭，沒讓她碰到，「不是，別親我，在生氣。」

「那不可能。」

「下次錄音給妳聽，妳自己好好反省反省，我們這感情是不是到頭了。」

等第二天，徐梔聽見自己睡夢中喋喋不休的囈語，頓時前合後仰地笑倒在陳路周的懷裡，「嚇死我了，貝聿銘啊，我還以為是誰。」

貝聿銘的大名學建築的應該都耳熟能詳，哪怕陳路周不學建築也知道，北京香山飯店就是他設計的。

陳路周把錄音關掉，手機往茶几上隨手一丟，氣急敗壞把人掐在懷裡，手上青筋都被她氣出來了，清晰地爆著，好像一條條青蔥的山脈，沒入清澈的河流裡。

有種凜冽的暴力感。

「誰啊，妳他媽還有誰啊。」

徐梔笑著躲，「真沒有，陳路周，我只愛你啊——好好好，我錯了，別鬧了，我要畫圖了。」

「畫屁。」

徐梔捏捏他的臉，笑得嘴角都抽：「我怎麼這麼愛你呢。」

「愛屁。」

「你有完沒完。」

他終於笑起來，掐她臉低聲哄說：「妳知不知道，睡妳旁邊真的挺累的，不光說夢話，還磨牙，妳怎麼回事，二十幾歲了還磨牙？」

「誰磨牙？」

「妳啊。」

去。

「不可能，陳路周，不愛了，別勉強……」徐梔仰在他懷裡，理直氣壯地把這句話甩回去。

「勉強再愛一下吧。」他低頭看著她，笑說。

「滾。」徐梔跟著氣急敗壞地踹他一腳，站起來，「真不鬧了，我要趕圖了，專案學姐剛用訊息催了我好幾遍，對了，我網路上訂的花今天應該到了，你等等查一下快遞，以後每週都會送一次。」

陳路周笑著在沙發上靠了一下，然後把茶几上的電腦闔上也準備出門，下巴漫不經心地朝著陽臺上一點說：「養著呢。」

「你也出門啊？下午不是沒課嗎？去打球啊？」

「去趟劉教授的沙盤實驗室，交個課題，我先開車送妳。」

「好。」

陳路周大四的時候就已經買了輛車，徐梔那時候跟著幾個學長學姐在校外接了幾個設計專案，那年正好是二〇二〇年初，新冠疫情忽然爆發，工人停工，各大學提早放假，北京有疫情，慶宜那時還是零病例，陳路周徐梔他們幾個那年就都沒回去，就地過年。

但那個時候大家都沒想到這次疫情這麼嚴重，一直延續到四五月，很多大學仍舊沒有開學，期間上了幾個月的線上課。徐梔建築系要讀五年，而陳路周那時候正好臨近畢業，不過他大三結束就已經保送研究所，跟著劉教授進了實驗室，他們那屆畢業典禮也取消了。中途就沒有再回過學校。

兩人在那房子裡待了小半年，起初還只能瞞著老徐，後來老徐視訊電話打多了，漸漸也發現隱情了，一開始還總疾聲厲色地在電話裡孜孜不倦地警告陳路周，你他媽給我有點分寸。陳路周自然是有的，也照單全收，沒辯駁。後來，日子一長，老徐也發現沒分寸的不是陳路周之後，於是，他一到晚上就隔三差五地拉著他們視訊，那陣子，他們看書，桌子中間都擺著一個手機，連著視訊。

畫面上是老徐嚴肅的監督頭貼，時不時傳出幾聲中氣十足的喝斥：『幹嘛呢！徐梔，好好看妳的書，妳老是看陳路周幹嘛？』說著，還意猶未盡地掰一瓣橘子塞進嘴裡，『妳看陳路周，人家多認真。』

徐梔：「……」

某人憋著笑，裝模作樣地翻過一頁《銀行貨幣論》，不痛不癢地給她補上一刀，「對啊，妳老是看我幹嘛？」

徐梔小聲說：「你欠不欠揍啊，在家看書穿什麼西裝褲。」

他清清白白地「欸」了聲，一副妳還惡人先告狀的樣子，笑得不行，「少來啊，昨天讓妳別把我運動褲都扔洗衣機，我要是有得穿也不會穿這件。」

徐梔：「……狗。」

然而，等後來再復工復學，疫情雖然控制住了，但還沒完全消除，世界已經變了樣，出行的人都規規矩矩地戴著口罩。徐梔那陣子跟著幾個學長學姐的專案到處跑工地，每天早上擠公車地鐵，那陣子老徐時不時傳一些北京公車地鐵的路線感染資訊給他。陳路周第二個月就用所有的積蓄、又跟連惠借了一筆錢買了輛車，不敢再讓徐梔去擠公車。

「等一下，我換件衣服。」陳路周拿上車鑰匙，往臥室走。

兩人一如往常往門外走，嘴裡還在有一搭沒一搭地聊著。

「要不然我們養隻狗吧，陳嬌嬌。」

「妳有時間遛？」

「你沒時間遛？」

陳路周：「……」

陽光靜靜地鋪灑在房間裡，天光大好，春意勃發，房門輕輕被人闔上，聲音越來越小，細碎卻充滿笑意，未來的美好光景似乎都寫在這些隻言片語裡。

「欸，哥幫妳養花，還得養狗，我要不要再去考個飼養證照，正好還能養隻豬。」

影射誰呢，女孩擰他，「陳路周，不愛了就別勉強。」

他吃疼的笑了聲，「哪種？秋田犬不行啊，我老是想到小八，」他頓了一下，又說：「泰迪也不行，老是抱人腿，出去遛狗尷尬。」

女孩笑起來，「比熊！你不是送了我一個羊毛氈嗎，好可愛，我想養一隻活的。」

「行吧，回來路上我看看，能不能撿一隻。」

徐梔：「……？？」

05、打賭

李科和張予大三才正式確定關係，剛確定關係那陣，兩人去哪約會都要帶上陳路周和徐梔，陳路周是懶得作陪，李科太愛競爭，談個戀愛也要跟他競爭，陳路周都懶得理他，但李科認為，陳路周這幾年對徐梔大家都看在眼裡，女生都拿他當男朋友標竿了，李科好不容易有了個新身分，自然也想跟他一較高下，競爭一下。

「張予傳訊息給我說，李科晚上約我們去看電影。」

徐梔看完張予的訊息，嘆了口氣對著一旁正在電腦上模擬股票量化的陳路周說。

他那時剛進劉教授的實驗室，跟著幾個學長學姐在幫幾個公司做股票量化，挺忙。

「看什麼？」陳路周敲鍵盤百忙之中，隨口問了句。

「《為了與你相遇》。」

「……」陳路周罵了句髒話，「不看。」

鬼知道李科安的什麼心。

見他態度堅決，徐梔笑得不行，一臉你個小膽小鬼的表情，還明知顧問地放下手機問他一句：「怕了？」

「妳站哪邊啊？」陳路周靠在椅子上，扔下滑鼠，不太爽地瞥她一眼。

「好好好，不看，」徐梔哄了句，立刻表忠心，二話不說拿起手機拒絕了，「回了，回了。」

李科哪肯就這樣放過他，他幾乎無孔不入，抓住時機就瘋狂競爭，儘管徐梔大多時候都三言兩語把人打發了，在這件事上，他們有個共同的默契，堅決不讓對方成為李科的「攀比工具」。

而且李科競爭來競爭去這些招數和手段，什麼張予昨晚陪我打了三小時電話，週末做了個手工小餅乾給我，諸如此類，都是他和徐梔當年玩剩下的，陳路周要是真的在意，跟他正經地競爭，李科大概整個人都要掏空。

陳路周覺得他都是小兒科，是屬於剛談戀愛，荷爾蒙激素一陣陣的，單純閒得慌。真要吹牛，光徐梔當初送給他那個大 house，就夠他吹好幾年的。

陳路周沒那閒工夫。

但徐梔閒工夫還挺多，跟李科聊了兩句。

李科：『我們打個賭？』

徐梔別提多堅決了，忠心耿耿地堅決不拿陳路周打賭。

徐梔：『No。』

其實之前賭過一次，那次幾個人去遊樂園玩，進園之前，李科信誓旦旦地說陳路周絕對不會坐雲霄飛車，他一向不喜歡這種刺激遊戲，就像當初馮覲問他飆車嗎，陳路周很惜命地表示，不玩，太危險。陳路周倒也不是怕，是單純不喜歡。徐梔問他去遊樂園想玩什麼，陳路周下巴對旁邊豪華兒童套餐區的旋轉木馬區一點，「玩那個。」

李科挑眉：「我說他不會玩雲霄飛車的。」

徐梔想了想，痛定思痛地對李科說：「賭五百塊錢，我帶他上自由落體。」

李科當即痛快答應，彷彿天上掉錢，「不是我說妳，徐梔啊，妳男朋友在任何時候都可以是條龍，但是在這種地方，他寧可當蟲，妳不知道吧，哈哈，他有懼高症，雲霄飛車都夠嗆，還自由落體，妳要他命啊——」

徐梔看著不遠處尖叫聲四起的自由落體，不為所動，很冷酷，「你賭不賭啊？廢話這麼多？」

李科還想勸兩句。

徐梔：「一賠五。他不上，我給你兩千五。」

「賭！」

話音剛落，徐梔就二話不說拉著陳路周買票了。

李科一愣，忙拉著張予追上去，給陳路周洗腦，親切地叫他綽號：「欸，草，你是不是懼高……我們為了五百塊錢不帶玩命的？」

陳路周被徐梔拽著，雖然看起來不怎麼情願，但還是跟著走，抽空還懶洋洋地瞥他一眼，「誰說我懼高。」

李科絞盡腦汁地回憶：「上次我們班級活動不就在遊樂場嗎，班長說的啊，說找你坐雲霄飛車，你說你懼高——靠！」

……一頓長久的沉默之後。

李科後知後覺地反應過來，破口大罵：「……你個狗東西，嘴裡沒一句真話是吧！」

陳路周不為所動，徐梔已經去自由落體的售票口排隊了，他看著忽上忽下、尖叫聲連連的自由落體，實在不太有興趣，也懶得替自己辯解，只在李科耳邊說了一句：「投降打對折，二百五？」

李科在心裡罵大爺，「……」

那次連自由落體都沒上去，最後被陳路周坑了二百五。

所以他又來了，勢必要把那二百五坑回來。

李科：『《為了與你相遇》，他哭，我給妳一千。』

徐梔態度很堅決：『不賭啊，弄哭了又要哄，煩。』

李科：『我截圖了啊，傳給陳路周，說妳現在哄他哄煩了。』

徐梔更不耐煩：『再加點。』

李科：『……一千五。不能再多了，他的眼淚又不是珍珠。』

徐梔：『成交。』

剛傳出去，轉頭看見陳路周端著幫她熱好的牛奶，冷冷地盯著她，「又賣我？」

徐梔把手機往桌上一丟，靠在椅子上毫無誠意地反省片刻，嘆了口氣翻開書繼續說：「沒辦法，我也不想賭，可是他給了一千五。」

陳路周：「……」

當然，徐梔還是不能理解李科，「你說他老是跟你較勁幹嘛？」

能幹嘛，李科那點小心思陳路周摸得透透的，他就是想讓張予看看，全世界最有安全感的男人到底是誰。

陳路周這人從來都有成人之美，當然也只能含淚賺下這一千五。

然而李科沒想到，他賠了夫人又折兵。看完電影後，張予發了一則動態。

張予：『如果我有罪的話，希望用法律來懲罰我，而不是在看《為了與你相遇》的時候，整個電影院都哭得稀里嘩啦，我男朋友卻問我，一隻狗三生三世都記得主角的味道，妳說他得多久不洗澡？』

徐梔：『……』

陳路周：『……』

朱仰起：『……這樣的人為什麼有女朋友？』

這邊情侶已經date了好幾輪，那邊朱仰起還是個二桿子脾氣的愣頭青，虎頭虎腦地傳訊息給陳路周，問蔡瑩瑩是不是在釣他。

蔡瑩瑩第二年考上四川師範大學，朱仰起那幾年得空就往四川跑，偶爾假期蔡瑩瑩會來北京，兩人打打鬧鬧，但閉口不提感情的事情，日子一長，連跟他們相處沒那麼久的張予都知道蔡瑩瑩到底在顧忌什麼，但朱仰起仍神經大條無知無覺，隔三岔五地騷擾陳路周。

從學生餐廳出來，朱仰起電話。

從實驗室出來，朱仰起電話。

跟劉教授去企業調研，朱仰起電話。

跟徐梔接個吻調個情，朱仰起電話。

兩人只能停下來，徐梔被子一捲乖乖滾到旁邊，眼神一瞥，示意他接電話。陳路周哪還停得下來，直接撈過手機把手機關機了，「啪」一聲沒好氣扔在床頭櫃上，打算繼續埋頭苦幹。

「你不怕他等等找上門來？」

話音剛落，門鈴就不急不緩地響了。

徐梔一臉無辜地捲著被子看著他：「……」

陳路周好氣又好笑，不情不願地下床撈過褲子穿上，「……妳這張嘴，我真服了。」隨手又從旁邊撈過她的衣服褲子，丟床上，「穿上再出來，我去開門。」然後，起身插著口袋，正經地低頭看著躺在床上的人，腳上還在勾著散落在床腳的拖鞋穿，笑了下，挺不正經地說：「答應我一件事，下次我們買房子，地址別告訴他行嗎。」

徐梔望眼欲穿，誠懇道：「你先買行嗎？」

「別那麼財迷行嗎？」

「趕緊賺錢行嗎？」

「這不是在賺，當初是誰把我們準備結婚的錢，大義凜然地借給李科創業了？」

這事提起來，陳路周都覺得氣，坐在床邊捏著她的鼻子半天沒撒手。

徐梔也很硬氣，死都不呼吸，甕聲甕氣地說：「我是入股。」

「喲，妳還氣呢。」陳路周掐她臉。

徐梔自然不敢，當時兩人為這事吵過一次架，那陣子陳路周訊息都只回兩個字，哦、嗯、了解。徐栀多半知道他在氣她毫不猶豫就把錢投進去了，那筆錢裡有陳路周這幾年的獎學金和航拍收入，也有徐栀的獎學金和專案分紅，總歸還是陳路周的錢多點。徐栀知道他在存結婚基金，也想出一分力，二話不說把自己的錢也存進去了。結果二〇一九年末新冠肺炎開始擴散，李科專案受阻，不少合作商跑路，他的專案被迫停滯，徐栀知道這個專案早期都是陳路周在寫策劃，也不忍心他的心血這麼白搭了，就提出要不然先把準備結婚的錢借給李科救個急。

徐栀當時算過一筆帳，陳路周那時候剛讀研究所，後面不知道還要不要讀博士，他們一時片刻大概也結不了婚。如果存銀行，幾年利息也沒多少錢，還不如直接投資，李科的能力他們是信得過的。只是沒想到臨了碰上這一場天災人禍，把少年熱血消磨殆盡，別說李科，那陣子徐栀在李科工作室為了專案前期籌備忙前忙後，都挺受打擊的。

陳路周當時也不是不肯借，李科專案初期籌備還差一筆錢的時候，也是他給的。他那時還算有錢，連惠有一年突然往他帳戶上轉了一百萬，他多半猜到是誰給的，那筆錢他沒動，也沒還回去，本來想著如果李科真的需要，他可以從那筆錢裡拿出來一些借給他。

他只是沒想到徐栀會提出先動結婚基金。

於是，他那次也沒忍住，不冷不熱地問了句：「這次是李科，下次呢？我跟妳結婚就這麼不重要，但凡誰遇上點事，我是不是就得先靠邊站？」

這兩件事怎麼能扯上關係呢，如果他們準備明天就結婚，這錢她肯定是不會借的，畢竟他們那時經濟還沒穩定，他還在讀書，徐栀那時候還在實習，結婚根本還是沒影的事。這錢存著也是存著。

徐梔沉默了一下，心想，陳路周的思考方式跟別人還真的不太一樣，真是敏感又可愛。她想了想，覺得他說的也沒錯，於是從善如流地改口說：「那不借了？」

「我說不借了嗎？」他又不高興了。

徐梔笑起來：「那你想怎麼樣。」

「妳他媽就不能哄我兩句！」

徐梔最後又直接笑倒在他懷裡，「陳嬌嬌，你真是──可愛死了。」

「我又不是不會算，我知道那筆錢現在用不著，但是結婚基金，妳隨隨便便借出去，我不爽應該的吧？」

「我知道，所以我說，如果這錢我們急用，我肯定不借，但是我們用不上，借給他救個急，就當存在李科那裡了唄，我跟他說，結婚之前一定要還。他斬釘截鐵地跟我保證，不還把頭割下來。」

「對，我到時候提著他的頭去跟妳結婚。」

「……」

話是這麼說，但那幾年疫情影響，行業普遍不太景氣，陳路周那時候天天在實驗室和劉教授幫各個公司做沙盤模擬和風險預算，跟劉教授交好的幾家公司委託他們做的風險評估其實都不太樂觀，裁員的裁員，停工的停工。更何況初具雛形的工作室，前景確實也不如徐梔想的那麼宏亮。

徐梔的仗義感動了李科，但是感動不了天地，李科那專案現在仍舊是不死不活地運營著，隨時都有可能完蛋。

但徐梔認為，李科或許在談戀愛上有點小兒科，在做生意上絕對是個合格奸商，跟他投資，不會虧的。她也堅持認為，李科是支潛力股。

陳路周沒理她，這女生想賺錢想瘋了。

「潛力股不潛力股的另說，我當初警告妳，離會做生意的省榜首遠一點，還記得嗎？妳還老是跟他打賭，總有一天，小心把本都賠進去。」

徐梔擁著被子笑起來，踹他一腳，「去開門吧！怎麼聽起來，你有點吃我跟李科的醋呢？陳嬌嬌。」

陳大少爺表示，沒吃過，不太懂。

徐梔笑得不行。

吃大醋的是朱仰起，一進門就吭哧吭哧灌了一桶水，也壓不下心裡湧起的一陣陣酸勁，氣急敗壞地跟他們吐苦水，口氣說得上是凶神惡煞，逮著徐梔就凶巴巴地問：「徐梔，妳他媽老實告訴我，蔡瑩瑩是不是有情況了！！！」

徐梔那時剛收拾乾淨出去客廳，看見他們坐在沙發上，表情挺嚴肅。她聞言頓時一臉茫然，看了陳路周一眼，又轉頭去看朱仰起，剛要說話，被陳路周打斷。

只見那哥一臉不太想奉陪的冷淡表情靠在沙發上，一把奪過朱仰起手裡的水杯，不肯給他喝了，放在茶几邊，口氣也不善，不太耐煩：「蔡瑩瑩有情況，你凶她做什麼，不會好好說話？拿我女朋友撒氣？信不信我踹你出去？」

換作平時，朱仰起大概立刻就堆上慣常的笑臉，但這時急火攻心，也喝了不少酒，腫著一張豬肝臉，怎麼也拉不下臉來說好話，只能默不作聲地沉著氣。

徐梔走過去，對陳路周搖搖頭，才坐在旁邊的沙發扶手上問朱仰起：「瑩瑩怎麼了？」陳路周眼神盯著朱仰起，朱仰起緩和了口氣，說：「我前幾天跟她挑明了，她說考慮一下，這幾天打電話給她都不接，訊息也不回，妳說她什麼意思？我真的服了，反正對她來說，我就是個備胎。」

這事徐梔其實說不上話，瑩瑩一直以來都是個挺有主見的女生，經過翟霄和某次網戀事件之後，她對男人有些恐懼，哪怕身邊的人都談戀愛了，她也沒有談戀愛的欲望，雖然嘴上總是喊著我要找個男朋友，可實際上根本不敢找。朱仰起這幾年對她明裡暗裡有過一些表示，也知道蔡瑩瑩還沒走出來，所以他一直都沒逼她，想著等她想清楚之後，自己再表白。

誰知道，這一等，就是四五年。

中途兩人吵過一次架，彼此都說了狠話，後來蔡瑩瑩來北京找徐梔，之後跟朱仰起就斷了聯絡，有兩年幾乎不怎麼聯絡，後來因為徐梔和陳路周，兩人免不了總是要見面，朱仰起一碰見她就陰陽怪氣，專挑些她不愛聽的話刺激她，蔡瑩瑩對朱仰起僅剩的那點好感都被他自己搞沒了。

不知不覺，兩人打打鬧鬧這麼多年也過來了，對蔡瑩瑩來說，他們可能更適合當朋友。

「我跟她挑明了，要麼好，要麼就徹底別聯絡了。」

陳路周和徐梔對視一眼，陳路周腦袋仰在沙發上，看著天花板，想了想說：「那我們結婚，我發個喜帖給你，你送個紅包算了，人就別來了。」

朱仰起：「你他媽是人嗎？」

陳路周仍舊看著天花板，懶散笑笑，沒說話。

徐梔這才說：「所以你還沒明白嗎，以我跟陳路周的關係，你們就徹底斷不了，總歸要見面的。除非陳路周先徹底跟你斷關係。」

陳路周詫異地看她一眼。

朱仰起：「你看，我兄弟第一個不同意——」

陳路周卻不痛不癢地看著徐梔，「欸，妳怎麼跟我想到一塊去了？」

朱仰起：「……」

陳路周：「沒辦法，我女朋友就這一個閨密，我朋友多，沒了你，我還有科科，姜成，再不濟，王躍也算一個，我最近跟劉教授去調研的時候，還認識了一個人，論年紀，我能叫他一聲叔，人真的挺有意思，這麼一想，李科我也不想要了。」

朱仰起：「你他媽真的不是人。」肯定句。

陳路周斜他一眼，毫無人性地噗哧笑了聲，「你不是早就知道了。」

然而，朱仰起絮絮叨叨發一整晚牢騷，那個毫無人性的人，還是披著一身人皮坐在沙發上聽他說完，徐梔睏得不行，回房睡覺，隱隱還能聽見他們在客廳的說話聲。

「我當初看你和徐梔，我都覺得我兄弟好慘，我沒想到，我比你更慘。」

「你是很慘，但我不慘。」

「……」

「徐梔對我很好。」

「……」

「有人做房子給你嗎？」

「……」

「你一年過幾個生日啊，徐梔一年幫我過兩個生日，哦，對不起，忘了，你四年過一次生日。」

「你能閉嘴嗎？」

「你聲音能輕點嗎？」

「不能，那是我心碎的聲音。」

「…………」

徐梔嘆了口氣，何必呢，都知道他說話難聽，怎麼一個個都還上趕著去找他安慰。

「你剛問我是不是認真的，到底是什麼意思？」朱仰起問。

「字面意思。」

「那你覺得怎麼樣算認真？像你對徐梔那樣？那我真的做不到，你這人從小想的就多，做事也謹慎，我在這方面肯定是不如你的，蔡瑩瑩要把你對徐梔的標準考核我，那我覺得她有點搞不清狀況，朱仰起就是朱仰起，我也有自己的優點好嗎。」

他笑了下，聲音好像一如在高三公寓初見那天下午，冷淡又自在，對，是自在，徐梔一直說不出他現在是什麼狀態，就是自在，像無拘無束的風，拂開了波瀾不驚的水面，依舊乾淨清澈，「你想什麼呢，扯上我跟徐梔幹嘛，我的意思是，如果你沒有想清楚，就不要追蔡瑩瑩，她顧忌的是我跟徐梔之間這層關係，如果沒有我們，或許她早就答應你了，蔡瑩瑩跟徐梔不太一樣，徐梔一直以來目標明確，她對我一見鍾情吧，她自己還不承認——」

「你他媽給我停下，她對你媽一見鍾情！傻子。」

他嘖了聲，「你煩不煩？」

「明明是你對她一見鍾情，那天晚上，你就是打壞主意了，別以為我不知道，那個行動電源，明明是你故意沒拿走，你還想她再找你對吧？」

「……」

「我跟你學的，所以後來跟蔡瑩瑩吃飯的時候，我也故意把錢包落下。」

「然後呢？」

「然後錢包就真的弄丟了。」

「…………」

06、占盡上風

那時候是二〇二一年十月，疫情還在，甚至反覆無常，但經濟復甦，人們出行已經習慣性戴口罩，世界好像變了，但似乎什麼都沒變，依舊對生活充滿熱情。

李科的專案總算有了些起色，賺了第一桶金就立刻轉第一筆分紅給徐梔，遠遠大於她當初借給他那筆錢的數目，當然，這是工作，他們依舊時不時打一些無傷大雅的小賭，比如——

「你猜朱仰起那麼討厭香菜，他如果有錢了會不會把陳路周抓去種香菜？」

「一斤米線能打幾個中國結？」

「動感超人洗完澡還能不能釋放出動感光波？」

……諸如此類。

李科吃了秤砣鐵了心，勢必要把那二百五賭回來。

只是數目與日俱增，距離二百五已經相去甚遠。

朱仰起是學舞臺美術設計，畢業之後野心頗大，恬不知恥地寄了幾份履歷給國內某位大導演後石沉大海，又被一個自稱是有過很多爆紅作品的名導演騙去當了幾天腳模之後，老老實實用他爹給的錢在北京重金開了一家美術工作室，還是個黃金地段，就在馬路邊，人流量非常大，朱仰起對他爹很無語，哪有人把美術工作室開在馬路邊的，人家都是開在辦公大樓裡好嗎？

朱老闆輕描淡寫地回覆了一句：「我怕你沒生意。」

好，生意是不錯。第一個客人是個八十歲老太太。

朱仰起耐心地說：「欸，奶奶，我這是美術工作室，不是美甲。欸，不畫指甲。」

「不是不會畫，我不做這個。」

「那你會畫，幫我畫一個也行。」老太太隨便得很，操控著電動輪椅慢悠悠地滾到朱仰起面前，「我還有個朋友，你幫我們畫一個。我看你門口貼著這張照片就是美甲嘛。」

「那是人體藝術！」

「隨便，」轉頭聽見老太太叫身後的人，「美瀾！這個小夥子會做美甲！」

朱仰起：「……」

緊跟著進來一個瘦高英俊的男人，連朱仰起都是一愣，穿著一身黑，黑襯衫和西褲，長得人模狗樣，聲音又磁性，乍看不覺得有多驚豔，但越看越覺得這人帥，好像跟陳路周差不多帥，尤其那雙眼睛，乾乾淨淨，聲音也清澈，還挺有禮貌，「不好意思，打擾了。」

說完，把老太太推出去了。

老太太不情不願，「李靳嶼！我要做美甲。」

「他不做美甲。」

「那做什麼。」

「畫畫的，葉濛剛打電話給妳沒聽見？」

「沒有啊，我手機沒電了。」

「真行，手機沒電了，輪椅也沒電了，還跑出來做美甲，能不能少看直播。」

「你就敢這麼跟我說，美瀾每天捧著個手機，你怎麼不說她。」

「行，等等妳們回去一起挨葉濛的訓，我懶得管，我先送妳上車，我去隔壁買點螃蟹給葉濛，吃飽了才有力氣訓人是不是？」

「李靳嶼！！！」

雖然嘴裡在罵，但老太太的眼神洋溢著笑意。

朱仰起不知道他們是誰，卻隱隱能感覺到他們身上有故事，因為那個男人手腕上有個疤，他皮膚太白了，手腕又清瘦，那凸起的表皮很顯眼。

自殺過嗎？

也許是他想多了。這或許是他作為美術人的同理心。

當然作為吃貨，他的同理心也很強。

是啊，又到了吃螃蟹的季節。

朱仰起嘴饞地舔了舔嘴角，有點想念慶宜的螃蟹了。

朱仰起當即到群組裡吼了一聲。

朱仰起：『回去吃螃蟹嗎？』

李科立刻回覆：『可，但我賭陳路周回不去。』

張予：『你看徐梔理你嗎？』

徐梔：『賭多少？』

李科：『妳上次從我這裡贏走的所有。』

朱仰起：『上次是哪次？』

張予：『就動感超人洗完澡進了水，還能不能釋放出動感光波以及櫻桃小丸子的爺爺到底能喝幾斤白酒。』

朱仰起：『……這有答案？』

張予：『有，他們把這兩部卡通全部看完了，摳完細節，排除了所有可能性後，徐梔贏了。』

朱仰起：『……』

徐梔：『行，賭，我賭陳路周肯定回不去。』

李科：『……』

那個月確實回不去，陳路周忙得連訊息都沒時間回，實驗室的科研課題做不完，時不時還要跟劉教授出差去調研，免不了要應酬。劉教授對他期望很高，陳路周讀不讀博士他都無所謂，因為現在他研究所還沒讀完，就已經有不少知名企業跟他要人了，開出的待遇非常優渥，搶手得很。

陳路周算是一個一直到大四畢業都還能時不時聽見他名字的人。

所以說，徐梔又何嘗不是這麼覺得，陳路周無論從長相上還是性子上，也是處處踩在她的爽點上。

儘管朱仰起和李科幾個，說他百分百戀愛腦，但人家獎學金、保研、各種競賽獎狀也沒落下。

大一就獲得了美國競賽F獎。

大二參加數學競賽，丘成桐競賽，他好像是目前唯一一個獲得五項全獎的學生。

即使在A大，他仍舊風頭無兩。

嘴雖然欠揍，但永遠對她心軟，也坦蕩。

高三的時候，談胥幫她複習，徐梔很感激，也曾一度理所應當地承受著他突如其來的脾氣和抱怨。

——「徐梔，是我幫妳複習，沒有我，妳能考出這個分數？」

——「是我！是我在幫妳！」

——「我考不好是因為誰啊！妳半夜打什麼電話給我！做不出來的題目不會白天再問？」

——「徐梔，我犧牲了那麼多時間幫妳複習，妳現在就這個態度？」

——「老師對差等生就是有偏見啊，徐梔，幸好妳坐我隔壁，不然這時妳肯定跟蔡瑩瑩一樣被拎出去訓話。」

徐梔有時候甚至都說不清這人是自卑過度，還是極其自負，一點也不肯讓人占便宜，他一生最風光的兩年，就是轉學來睿軍的那兩年，一中學霸，隨便考考就是第一，競賽獎狀糊滿櫥窗。

但談胥很討厭被人沾光，誰都別想沾他的光，誰沾了他的光，他會記一輩子。

談胥甚至一直認為徐梔很沒尊嚴，甚至沒臉沒皮地沾了他的光。

徐梔也因為這點「光」，一直麻木地承受著他所有言語暴力和攻擊。

那時她說實話都沒開竅，什麼都不懂，甚至是迷茫，誤以為自己對他的那點感激，就是好感，直到被他消磨殆盡。

直到遇上陳路周，是夷豐巷那個少年讓她知道什麼叫感覺，什麼叫喜歡。

原來真正喜歡一個人並不丟臉。

原來真正喜歡一個人也可以很有尊嚴。

就算妳願意放下尊嚴，他也會幫妳撿起來，笑著問妳：「幹嘛呢？」

這是陳路周，是夷豐巷那個永遠占盡上風的少年。

07、尊重

等他們再回到慶宜，已經是二〇二一年十二月。

劉教授提前讓陳路周放了一個小長假，徐梔興奮地一蹦三尺高，「那明天買票回去？」

陳路周把車鑰匙扔在茶几上，人坐在茶几邊沿，低頭看她說：「別高興太早，我過年可能回不去了，過年劉教授打算讓我留在這邊。妳設計院那邊不用上班了？」

「我老師這週去外地監工了，」徐梔把電腦一闔，撈過一旁的手機開始查機票，嘆了口氣說：「結果工地上查出一個密切接觸者，他現在被隔離了，老師讓我和幾個學姐這段時間不用去設計院那邊，有事他會找我們，我把電腦帶回去就行。」

於是，一夥人第二天就飛回慶宜了。

朱仰起睡過頭了，沒趕上飛機，等陳路周和徐梔下飛機，手機幾乎要被他打爆，他沒開擴音，徐梔都能清晰聽見他語音訊息裡的歇斯底里：『靠，你們大半夜在群組裡商量買機票，老子早就睡了好嗎！！！現在在哪呢，速速回電給老子。』

陳路周牽著徐梔的手，帶她穿過擁擠的人流去取行李，另隻手按著語音錄音，回了一則給朱仰起，「到機場了，你自己買票回來吧。」

說完，把手機放回大衣裡，低頭看她一眼，「妳爸來接？」

徐梔點頭。

張予和李科直接叫車走了。

老徐依舊站在航廈接機大樓外，迎接世界冠軍的氣勢，大力地揮舞著手臂上和臉上的橫肉，只不過這次，嘴裡不再喊她一個人的名字。

「徐梔！！陳路周！！」聲如洪鐘，看得出來，最近身體養得不錯。

老徐曾跟韋主任說過一句悄悄話，被徐梔聽見過一次，他說，有了陳路周，我好像又多了一個兒子，一點也沒覺得他搶走了我的女兒，陳路周好像比徐梔更愛我。

想到這，在如潮水一般的人流，徐梔忍不住拽緊了陳路周的手。

他察覺，低頭看她，「怎麼了？」

徐梔笑笑，「沒什麼，就突然感覺很愛你。」

他笑起來，「是嗎，那真是受寵若驚。」

「你得了好吧。」

「妳還記得大一寒假嗎？」

「啊？」徐梔還真的忘了。

「『陳路周，我好像在北京更愛你，回到慶宜我就沒那麼想你了欸』，」他勾著徐梔的脖子，低頭在她耳邊說著，一副春風得意的模樣，真是欠揍得不行，還模仿她的聲音：「『你好好準備比賽吧，我去過寒假了！』是誰？是哪個負心漢？」

徐梔踹他一腳，「你煩不煩？」

他笑得不行，「煩，妳不也喜歡了這麼多年了？」

「得寸進尺是吧？」

徐梔跟在他後面，怨念深重地又踹他一腳。

結果被老徐看見了，陳路周還一副人畜無害的樣子，惡人先告狀：「徐叔，看見了吧，徐梔這是不是有家暴的傾向。」

徐光霽笑呵呵，一手滿滿摟一個，陳路周太高，還要配合他的身高，往下蹲。

「走走走，回家，幫你們做好吃的！」

「韋主任呢？」

「韋主任在前線奮戰啊。她還能在哪，最近我們市裡有幾個密切接觸者在隔離，還沒確診，你們這幾天出門記得戴口罩。」

「韋林真的去當兵了啊？」

「可不是嗎，那小子大二就走了，這幾年應該是見不到了。對了，路周，你媽媽前幾天來過。」

「嗯，我等等回去看她。」

「不急，我們家附近開了間星周商場，等等你們吃完飯可以去逛逛，順便讓徐梔買點新年禮物過去。」

陳路周說：「好。」

徐梔問：「星周商場，什麼時候開的啊？」

「就年初啊，你們今年沒回來，有個模範企業家叫什麼我忘記了，反正在我們市裡大興土木，又是建商場，又是建育幼院的。」

徐梔下意識看了陳路周一眼。

「姓陳嗎？」

「好像是，管那麼多幹什麼，對了，車上有妳蔡叔買的蘋果，讓你們平安夜吃一個。」

「平安夜不是還有一週嗎？再說，爸，你少上網，晚上吃的都是毒蘋果。」

「妳才少看那些專家亂講。」

徐梔：「這麼久沒見了，說話能不能客氣點。」

徐光霽：「妳愛吃不吃。」

「回北京了。」

「出門左轉。陳路周，上車。」

「……」

陳路周把她拽回來，笑著把她推進副駕駛座，「怎麼跟個小孩似的，妳爸逗逗妳。」

這大概就是徐梔很愛他的一點。

他永遠知道怎麼在長輩面前保留分寸和禮貌，哪怕已經到了這分上，陳路周也不會不管不顧地拉著她跟自己坐後座，而是讓徐梔陪老徐坐副駕駛座。

徐梔坐在車裡和徐光霽對視一眼。

——你看，老徐，他有多尊重你，就有多尊重我。

——囡囡，妳贏了。他根本不需要爸爸挑刺，他早就把自己的刺拔光了。

唉，這孩子到底經歷過什麼啊。

老徐發動車子的時候，心不在焉地想。

08、訂婚嗎

隔日，海鮮骨頭燒烤。

店裡，熱氣騰騰，觥籌交錯的杯影在落地窗上晃動。這幾年陳路周和徐梔都忙，李科也忙著創業和談戀愛，蔡瑩瑩在四川樂不思蜀，姜成和杭穗已經登記結婚，杭穗已經懷孕八個月，只有朱仰起這個大閒人偶爾想回來聚個餐，人也都湊不齊，今天倒是難得這麼齊，幾個人一見面，嘰嘰喳喳說個不停。

「所以，朱仰起你不打算把美術工作室開回慶宜嗎？北京這種小工作室比較難混吧，而且瑩瑩不是在慶宜當老師嗎？」

「別，可別把我跟他扯上，他愛去哪去哪，免得以後賺不到錢賴我。」

朱仰起放下酒杯，「蔡瑩瑩，妳到底有沒有心？」

蔡瑩瑩：「就你有心。」

朱仰起：「我還就在北京混吃等死，不回來了！」

蔡瑩瑩笑了聲，「你就是看陳路周在北京，捨不得回來了唄，朱仰起，你真是個跟屁蟲。」

「陳路周打算留在北京了嗎？」姜成問：「他現在還在讀書吧？」

杭穗聞言抬頭掃了眼，發現陳路周和徐梔不見了。

桌上一攤狼藉，旁邊還放著一個切了一半的蛋糕，吃得差不多，幾人也都飽了，都在聊天。

李科晃了晃酒瓶子，酒瓶還在響，不知道還剩多少，一邊晃一邊說：「他導師撿到寶了，怎麼可能會放他走，想讓他留在學校，但陳路周自己大概想出去上班，但多半是留在北京了。導師對他期望高，陳路周壓力其實也挺大，別人用四五年時間完成的事情，老劉要求他兩年。」

「那徐梔呢？」杭穗好奇問了句。

「在設計院吶，應該也留在北京了，她爸不是再婚了嘛，年初登記結婚，我猜她沒後顧之憂，兩人應該都在北京了。」

朱仰起還在跟蔡瑩瑩爭論。

「妳到底行不行。」

「……」

「保不齊我再改個姓，我媽姓牛，牛仰起，怎麼樣？」

「……」

另一邊，燒烤店門外。

慶宜市也就這條街還有點人味，市區大部分街區這兩年都已經鳥槍換炮，商業街一環套一環，走到哪，都走不出這些黑心企業家的魔爪。

捲簾門在身後哢哢作響，冬夜，有些店家關門早，除了幾家燒烤店仍舊生意興隆，這是慶宜市獨一份的寂靜和熱鬧交錯。

常年的闌風伏雨，巷子裡青苔仍舊斑駁，石板縫裡掩不住的腥氣，不過冬夜，是透著一股澀腥味，冷風也挺刺骨。

音樂噴泉一如既往地高亢激昂，水跟不要錢似的，滋滋往上冒，大冬天的還有幾個小孩蹲在一旁玩水，旁邊就是夜市街，熱鬧熏天，電話柱上一如既往地貼滿小廣告，那隻叫 Lucy 的狗已經被主人找到，這時換了一隻叫 Tomy 的，至今毫無下落。

「之前那隻 Lucy 狗找到家了欸。」徐梔繞著電話柱找了一圈。

「我怎麼聽起來妳在拐著彎罵我呢？」

兩人靠在電話柱上，有一搭沒一搭地閒聊著。

「真的沒有，就是突然想起暑假那晚，欸，陳路周，你遊戲名字真的是宇宙第一帥和世界第一情人嗎？」

陳路周懶洋洋地靠著，手上拿著徐梔沒吃完的蛋糕，一點點，把她剩下的蛋糕慢條斯理地吃完，低頭笑了下，說：「不是。」

「那是什麼？」

「用戶1576382002，這種吧。」

「……」

路邊不少宵夜攤，從清晨到日暮，一如既往的繁華和充滿生活氣，每個人臉上都洋溢著熱情和知足的笑容，只不過賣煎餅的大叔換成了一個年輕人，一對情侶在宵夜攤上吵架，吵得熱火朝天，徐梔羨慕地冒出一句。

「好久沒吵架了。」

「別找事啊。」

「真想吵一架。」

「要不然用嘴真槍實彈地打一架？」陳路周把徐梔剩下的蛋糕吃完，把紙盤和湯匙扔進一旁的垃圾桶裡，靠在電話柱上，笑著給出一個不太像樣的建議。

徐梔：「……」

結果，下一秒，另一根貼滿小廣告的電話柱上真的有人用嘴打架。

「那是朱仰起和蔡瑩瑩嗎？」

「是吧。」

兩人悠閒自在地靠在電話柱上，一副欣賞世界名畫的表情。

「欸，對了，你知道你媽前幾天來找我爸幹嘛？」徐梔突然想起來問了句。

陳路周沒回答她，而是突然問了句：「去看日出嗎？」

徐梔那時看著他深黑而又正經的眼神，不知道哪來的靈感直覺，他可能會做點什麼，一顆平靜心瞬間變得怦怦直跳，熱烈又期待，他會說什麼呢。

有這個靈感來源，主要也是昨天晚上陳路周走後，徐光霽把她拉進房間裡，說了好一陣子的話，大致意思就是陳路周媽媽那邊提出讓他們先訂婚，當然她的意思是直接結婚也可以，但是老徐想的是，徐梔也才剛畢業不久，陳路周又還在讀書，目前這個階段結婚不是太好的時機，他建議是先訂婚。

所以連惠應該也告訴陳路周了。

他會說什麼呢？

09、繼續往前走

日出那天，徐梔做好了百分之八十的準備，陳路周鐵定是要求婚，還傳訊息給蔡瑩瑩，說：『陳路周是不是讓妳瞞著我？』

蔡瑩瑩「啊」了聲：『沒有啊。』

徐梔：『哎呀，別裝了，我都知道了。』

蔡瑩瑩：『真的沒有。』

徐梔：『呵呵，妳演技好差。』

蔡瑩瑩：『……』

然而，真的沒有。

陳路周真的是單純來看日出的。

「然後呢？」徐梔耐著性子問。

陳路周一臉茫然，「嗯？什麼然後？」

徐梔：「……」

剛剛陳路周拍照叫她名字，徐梔都差點以為他要跪下了，手都伸出去了，那是第一次猜錯。

第二次是去慶宜海邊，冬天去看海，要不是求婚，神經病跟他去海邊，結果他真的只是去海邊看海。

徐梔：「……」

就是那幾天，他像一座火山，半年不爆發，一爆發就得活動個半年，活動特別多。

但徐梔每次都猜錯。

一直到回北京前一天，徐梔記得那天是耶誕節。

兩人在外面吃完飯，陳路周靠在椅子上，看著她慢條斯理地吃飯，然後看了門外路過的一中學生一眼，這個時間，基本上都是高三學生下課，於是，隨口問了句，「要不要回高三公寓看看？」

徐梔沒想到，那房子他還有密碼，居然還能進去。

然而，打開門之前，陳路周按著密碼鎖，遲遲沒去拉門，而是意味深長地低頭看了她一眼，徐梔那時才有點後知後覺的反應，可沒等她真的反應過來，那人就直接打開房門，屋內燈火瞬間映入她的眼簾，四周拉炮聲接二連三地在屋子裡炸開，漫天炫目的彩帶在空中紛紛揚揚，打著轉，洋洋灑灑地飄落到地面上。

滿屋子熟悉的人臉，漫天細碎的彩色碎片，徐梔確實沒想到，陳路周最後又回到這個地方。

他們初見的地方。

其實整個求婚流程，從徐梔進門那刻就崩了，本來陳路周一進門，他一說話，朱仰起就要放歌帶一下氣氛，但陳路周沒說話。

他一句話都沒說。

因為徐梔先進門，陳路周而後才慢慢關上門從後面走進來，等徐梔聽見身後的關門聲，知曉這屋內即將發生什麼的時候，回過頭去看他，陳路周當時靜靜地靠著餐桌旁的桌沿上，默不作聲地對上她的視線。

一直都沒說話。

他們之間那種誰也插不進的眼神，很讓人動容，一瞬間便讓屋子裡的人沉默下來，蔡瑩瑩直接熱淚盈眶地捂著嘴，她也形容不出來為什麼，可一看見他們兩個獨獨又堅定地只盯著彼此看的時候，她就沒忍住，眼淚啪嗒啪嗒大顆地從眼眶裡掉落下來。

後來，蔡瑩瑩想到了。

他們當時那種眼神，是慶幸，而又後怕。

慶幸，你愛我。

後怕，如果我們沒遇上。

陳路周慢慢走過去，那一步尤其慢，但走得格外穩，最後站在她面前，一點也沒邀功的得意，他在她面前，從來都不會邀功，任何事，做了就做了，他很少跟人計較得失，所以他以前總是失去多。

可徐梔是他第一個不想計較，卻處處給他回饋的人。

他站在那，低頭看著她，把她頭頂上的彩色碎片一一撥掉，一邊撥，一邊沒頭沒腦地問了句：「冷嗎？」

徐梔說：「開著空調呢。」

「哦，聖誕快樂。」

徐梔笑出聲，儘管自己的心怦怦直跳，耳邊如同有重鼓在敲，面對這樣的場景，誰也做不到心平氣和吧，更何況對面這個男人是陳路周。

「陳路周，你是不是很緊張。」

「嗯，心跳一百八。」

「要不要先幫你打一一九備著？」

他替她撥完腦袋上的細碎片，把人撥正，下巴點了下旁邊的攝影機，「要去廁所照一下鏡子嗎？那邊有相機。」

「我漂亮嗎？」

「問我沒用，我對妳有濾鏡，妳有時候覺得自己不漂亮，我都覺得漂亮得要死。」

他真的難得嘴這麼甜，今晚是個好日子，徐梔笑得不行，催他：「你還不跪下。」

「等等，妳先把手機給我。」

她摸出來，遞給他。

陳路周接過，把羊毛氈從手機孔上取下來，手一伸，旁邊人就遞給他一把剪刀。

屋子裡一片靜寂，所有人齊刷刷、好奇地盯著陳路周在剪一隻羊毛氈小狗。

「陳路周！」徐梔叫了聲。

陳路周頭也不抬地說：「再做一個給妳。」

等陳路周把那東西取出來。

蔡瑩瑩的眼淚再次奪眶而出，連向來溫柔文靜的張予都忍不住猛捶李科的背，「你看看人家！」

徐梔：「你怎麼放在這？」

陳路周：「妳這人做事不按牌理出牌，我不得防著點？」

那天是二〇二一年耶誕節。

徐梔，陳路周，新婚快樂。

時間先停在這，我們繼續往前走。

番外二

徐梔有一陣子特別迷戀香薰，大大小小買了一籮筐，不過那陣子工作太忙，很多都沒來得及拆，連同最原始的快遞包裝盒一起扔在角落裡。那時候他們在北京的房子還沒裝潢好，租的房子面積還算大，陳路周便專門騰了個地方讓她放快遞，有些快遞時間一久，徐梔自己都忘記她曾經買過什麼，等到她閒下來再去拆的時候，心情很是凝重，邊拆邊不可思議地和陳路周吐槽——

「我的喜歡這麼容易過期嗎？為什麼現在看這堆東西就平平無奇呢？」

也不知道哪個字戳到他心窩了，陳路周停下寫論文的手，若有所思地將電腦闔上，往後一靠，後背抵著沙發，眼神沉下來，靜靜地看著她，卻始終都沒搭腔。

「……」

「陳路周，這你買的？不對，收件人陳嬌嬌，這我的帳號。」

「我說我每個月信用卡帳單怎麼都成千上萬的，原來東西都在這，你怎麼不提醒我。」

他終於忍不住笑了，把人撈過來，抱在懷裡：「妳這成語跟誰學的。」

「跟你學的。」徐梔坐在他腿上，掐他臉，手感意外好，她忍不住捧住他的臉頰像搓擀麵杖那樣用力搓了下。

陳路周下意識躲了下，躲不過，只能乖乖被搓，嘴上故作冷淡地嚎個不停：「幹嘛，幹嘛。」

徐梔玩上癮了：「是不是偷偷用我面膜了，臉怎麼這麼滑？」

徐梔手勁還不小，疼得他忍不住倒抽一口氣，不過人還是任由她搓著，嘴都被擠變形了，也只是不痛不癢、囫圇不清地警告了句：「別得寸進尺啊，玩兩下得了，天天跟逗狗似的。」

「我說認真的，陳路周。」

「什麼？」聲音一如既往的清冽、乾淨。

「你最近好像回春了。」

他笑起來，顯然很受用，但嘴硬得很：「謝謝，一直都春色滿園。」

徐梔：「……然後呢？」

「什麼然後？」

「不禮尚往來一下，維繫感情嗎？」

陳路周：「不好意思，我這邊一直都繫得緊緊的。」

「……」

徐梔作勢要揍他，「蹬鼻子上臉了是吧？」

陳路周靠在沙發上笑得前合後仰、很不要臉，大概是看徐梔臉色越來越不好商量，才收起笑，咳了聲，說：「說認真的。」

「什麼？」

「晚上想吃什麼？」

「唉。」

和誰在一起都要解決老生常談的一日三餐問題，徐梔那一陣子壓力其實挺大，改圖改得精疲力竭，喝咖啡喝得完全沒有胃口再吃飯，也就和陳路周扯的時候感覺到細胞還有那麼點活力，一到吃飯時間就無精打采。

他已經去開冰箱，看看還有什麼能做的，徐梔坐在沙發上晃著腿，故意謔他說：「原來和陳大校草在一起，還要考慮一日三餐啊。」

陳路周計畫煎個牛排給她，正好前幾天朱仰起做雕塑的時候買錯噴槍了，就送他讓他幫徐梔煎牛排了。他把牛排和噴槍找出來，闔上冰箱門隨手把東西扔桌上，聽見這話，抬頭不太爽地瞥她一眼。

「對，陳路周不吃飯，」他陰陽怪氣地在廚房裡折騰著，有問有答，「吃飯多自降身分啊。」

徐梔笑倒在沙發上。

身後的音響緩緩流淌著彷彿在人靈魂深處遊走的藍調音樂。

兩人各自忙碌著，徐梔偶然抬頭看看陳路周，那高大清瘦的背影沉默安靜地在廚房裡走來走去，日子平靜地洗洗涮涮，渾然數不清已經度過了幾個日夜。

這樣的場面並不少見，自從畢業後，在時間針腳的催促下，所有人的生活都已經步入了正軌——蔡瑩瑩師範大學畢業後，回到睿軍當國文老師，朱仰起最終還是回到慶宜繼承家業，姜成和杭穗一畢業就回慶宜登記結婚，生了孩子，就連韋林都已經在部隊當了六年兵。而徐梔和陳路周在北京的生活就成兩點一線，工作、家，來回穿梭，徐梔如今仍在設計院，陳路周畢業後留校任教。除了週末偶爾和同樣在北京漂的李科夫婦聚個餐，其餘用來填滿時間的縫隙，都是彼此毫無邏輯卻能心領神會的碎語、呼吸以及那眼神深處的暗影。

奇怪，從來也沒覺得膩。

其實，那是他們在一起的第十年。

這十年裡，朱仰起欠揍得很，經常趁著蔡瑩瑩半夜憂鬱時間傳訊息騷擾陳路周——

『告訴兄弟，熱戀期過了沒？』

『要是沒過我明年再問問。』

『五千，說你們過期了，支付軟體一秒到帳。』

『……』

『現在總過了吧？』

陳路周一開始都懶得理他。

這種訊息，他向來不回。

直到十週年紀念日那天，徐梔原本提前請好假，結果遇上個很難溝通的甲方，老闆臨時把所有人都叫回去加班，等她忙完，火急火燎地往家趕，想趕在十二點前回去好好陪陪他，哄哄他。

可北京的交通總是讓人力不從心，那時徐梔停在紅綠燈路口，閃爍的車尾燈幾乎將整條街映成一片紅海，她靠在駕駛座上開始沒心沒肺地盤算自己今年的違規記點還夠不夠她闖個紅燈，正當她準備拿起手機查一下APP，便看見蔡瑩瑩傳來的聊天截圖——

朱仰起：『十週年不在家，熱戀期過了認證。』

陳路周：『你無不無聊？』

朱仰起：『我無聊？我聽說某人今天被放鴿子，好心來安慰你好不好。』

陳路周：『是嗎？哦。』

光看這句，徐梔多少能感覺出陳路周心情是有點不爽的，他們其實不太吵架，大多時候逗個樂，說話不著邊際，胡說八道也都有。但當他正經、一字一句回你的時候，多半是生氣了。這個「哦」字在徐梔看來就很有靈魂。但朱仰起不死心，還非要在這個時候去惹他。

朱仰起：『看得出來，你很傷心，但沒關係，兄弟情，大過天，只要你說一句，你們熱戀期過了，支付軟體立刻到帳一萬，我和李科今晚只陪你，老婆算什麼。』

陳路周：『不需要，謝謝。兄弟算什麼，我老婆會介紹新朋友給我。』

朱仰起：『……（血淋淋的刀.jpg），煩不煩？』

陳路周：『你煩不煩？』

朱仰起：『好好好，不鬧你了，徐梔還沒回來？』

陳路周回了一張截圖，顯然盯著看很久了。蔡瑩瑩怕她看不清，單獨轉給她，徐梔點開，才看見地圖上的紅點，是她現在的紅綠燈位置。

下一秒，她的手機就跳出一則那人的訊息，那時陳路周的名字，已經被徐梔改過無數個愛稱，從一開始的「陳陸周」，到後來的「裸男七一三」，再或者「salt」、「陳嬌嬌」以及熱戀鼎盛時期的「honeybaby鹽汽水」，都隨著時代價值觀的不斷摩擦，最終打磨成一個金光閃閃又不失情趣的──「嬌教授」，儘管陳路周現在和白蔣一樣還只是個講師，儘管他每次看見這個名字就忍不住狠狠掐她臉，咬牙切齒地在她耳邊罵：「靠，妳有完沒完了。」

嬌教授：『路口轉彎，左邊車道的第二棵樹下，妳會看見一個大帥哥。』

徐梔還回：『有多帥。』

嬌教授：『跟妳老公一樣帥，開車別玩手機，注意安全，對家人負責，謝謝。』

徐梔：『不玩手機，怎麼看到你的訊息。』

嬌教授：『正確的開車看手機操作應該是：彷彿抱著定時炸彈那樣的心情，作賊心虛地看手機一眼，然後火速扔回去。』

徐梔笑得不行，還是把車往前挪了兩公尺，停在計程車上下客的車道上，直接撥電話過去，眼神看著遠處那道站在樹下清瘦高大的身影，發出「作賊心虛」的邀請：「去我家嗎？炸彈哥。」

陳路周：『……』

她總能出其不意地幫你取各式各樣的外號。

但他好像總是能從這些莫名其妙的外號裡，感受到那些支離破碎的愛意。

碎是碎了點，但也是愛。

北京街道的看板推陳出新，除了越漸陳舊的霓虹燈，世界似乎在發生巨變。

那幾年行情不算太好，朱仰起的美術工作室直接開不下去回了老家繼承家業，李科差點直接宣布破產，經濟形勢不好，人心就容易冷漠，滋生的黑暗情緒總在不知名的角落肆意蔓延。

其實那陣子，兩人心情都算不上特別好。李科公司的一個合夥人，也曾經是他們的A大校友，在出租屋燒炭自殺。因為這次的自殺事件，李科深陷輿論風波，自媒體的標題為了吸引關注和熱度，移花接木，一度把李科往風口浪尖上推。什麼某省理科榜首因創業失敗燒炭自殺等話題頻頻上熱門。

這世道，說可笑也可笑，人人手中都有一柄劍、一桿槍、一個盾，偏把劍指向比自己弱的人，對著無畏無懼的天地放空槍，又把盾擋在銅牆鐵壁前。

說不可笑也不可笑，看起來藏汙納垢的塵俗裡，人人也還有一枝花、一場夢、一兩風，好像也還能容下一顆琉璃心。

陳路周當時看著車窗外，忍不住說：「徐梔，十年了。」

徐梔當時通訊軟體的理財經理推送了一款新基金給她，想起之前買的幾支基金，興沖沖點進去，然而看著冒著綠油油一片，心情如同雲霄飛車，有點沒滋沒味，下意識地喃喃重複：「是啊，十年了。」

兩人幾乎異口同聲地——

「怎麼辦，我好像，還是很愛妳。」

「我買個十年定期也回本了啊。」

「……」

「…………………」

那天晚上，徐梔總歸是不太好過的。

因為他總問——

「回本了嗎？回本了嗎？」

徐梔被撞得支離破碎，「回了回了，血都回了！」

……風雨飄搖的夜晚，樹叢裡鳥鳴聲不斷。

愛是什麼，好像是當你意興闌珊時，看見身邊這個人，你敢回頭看，也敢踏平腳下的荊棘，更敢憧憬風雨飄搖的未來。

愛是什麼，愛是白雲蒼狗，我有浪自翻湧。

番外三

陳路周的名字是「honeybaby鹽汽水」的那段時期，其實是陳路周做了個金融模擬交易系統，賣了六千萬，徐梔第二天就幫他改名字了。

還真是經濟基礎決定上層建築，也能決定老婆的備註名字。

但也比後來這個「嬌教授」好，陳路周那時候無數次軟硬兼施讓徐梔改回去他曾經最不屑的備註，果然人都是對比出來的。

陳路周（硬）：「改回去，不然我晚上就去睡沙發！」

徐梔：「……」

陳路周（軟）：「八千，不能再多了。這個月還沒發薪水。」

徐梔笑得不行，在床上來回打滾：「『嬌教授』就值八千？」

陳路周：「現在還是『嬌講師』，嚴謹點，謝謝。」

徐梔想起來，從床上坐起來，抱著枕頭看著對面那個八風不動、討價還價也一副討債的架勢，說：「我說認真的，陳嬌嬌，你今年是不是可以評副教授了？副教授是不是能有償分配小公寓？」

「是吧，但我沒打算申請。」

其實他年齡和年限都不夠，但去年那個交易系統確實讓學校賺了一大筆，學校高層和他曾經的導師找過他幾次，說今年可以破格申請。但陳路周沒明確回覆，只說考慮一下。

他慢悠悠地說著，人站在床前，一手抄著口袋，瞥了徐梔丟在床上的手機一眼，然後趁她不備，一把奪過，撈在手高高舉起，居高臨下地看著她說：「我也說認真的，這名字要是被朱仰起看到，嘲笑我一輩子。」

徐梔一下從床上彈起來，整個人直接蹦到他身上，雙腿夾著他的腰，一手摟著他的脖子，像隻無尾熊騎著他，另隻手拚命伸手去搆他手上的東西。

陳路周本來也就是逗逗她，沒想真的動她手機，兩人在一起十年，陳路周向來很尊重徐梔的隱私，從沒查過她的手機。這一下，看徐梔這麼著急，有點心猿意馬了。

「手機都不讓碰？」陳路周往後仰，氣定神閒地靠在身後的衣櫥上，手又往上送了送，口氣冷淡，還有種拖腔帶調的陰陽怪氣說：「徐梔，妳這反應不太對啊——」

徐梔把腦門埋在他頸肩，作賊心虛的樣子，不知道是演的，還是——徐梔偶爾也很戲精上身，兩人有時候閒著沒事在家 cosplay，也不是沒有過。

陳路周另隻手抱著她的腰，前臂青筋突戾的手將人牢牢箍在自己懷裡，耐心不太足地掐了一下徐梔的腰，惹得懷裡人輕輕顫了下。

聲音還是很有耐心，低聲哄她說話：「妳說不說，老實交代啊，不然——嗯？」

徐梔悶聲：「先把手機還我。」

陳路周：「妳先說。」

徐梔眼睛心虛地瞥了瞥他，只好一口氣說了，連一個字都不帶停頓的：「中國版的《忠犬八公》上映了，朱仰起和李科打賭誰能把你騙去電影院就幫對方洗一年的襪子，我想這活要是我幹的話讓他們互相洗襪子，就當為保護環境做貢獻了吧，當然你要是不願意的話我可以轉作汙點證人。我說完了。」

「互相洗一年襪子？」陳路周還是有條不紊地從她火箭似的、企圖吞下所有字的山頂洞人語速裡抓住了重點。

朱仰起穿的都是免洗，陳路周和他從小一起長大就沒見過他洗過襪子和內褲。

「你也不信是不是，我也覺得好離譜哦！」徐梔尤其誇張地乾笑兩聲。

陳路周面無表情地看著她。

「好吧，他們說一人給我五千。」

「………」

千防萬防，家賊難防。

陳路周把人從身上拎下來：「行，我明天就去申請評職稱。」

徐梔也是開玩笑的，知道他其實不會去申請，還是哄著說：「好，我錯了。」

陳路周：「我不告訴妳地址。」

徐梔笑：「我會自己打聽，實在不行，我去你們系隨便逮個小弟弟問問唄，教師公寓我一間間找過去——」

陳路周突然想起不太美好的回憶，一把將人重新撈回懷裡，用力掐著，「氣我，就氣我。」這次是真強硬，箍在懷裡動也不讓動，趁虛而入，威逼利誘。

「名字改回來，honeybaby 鹽汽水、陳嬌嬌、老……咳，公，都行。」

自己都磕巴了。

這麼膩歪的稱呼，徐梔從來沒叫過。

還都行，美得你。

徐梔在他懷裡亂拱，像隻無處遁形的貓，一邊拱著身子躲他遊走的手，一邊咯咯笑個不停：「名字、綽號都只是一個代稱，陳嬌嬌，我愛的是你的靈魂。」

陳路周這幾年已經被徐梔的甜言蜜語鍛鍊成銅牆鐵壁，「我信妳有鬼。」

「難道你不愛我的靈魂？」

「愛，改。」毫不留情、油鹽不進。

徐梔始終不解，「你幹嘛介意這個啊。」

徐梔不知道，這一切的源頭只是始於他和朱仰起的一場對話——

朱仰起：『草，我特別好奇，你和徐梔私底下都叫對方什麼啊？』

那陣子朱仰起和李科沒事就喜歡逗陳路周玩，陳路周和徐梔做什麼，他們就跟著模仿，跟著競爭，把陳路周競爭煩了，搬家都沒告訴他們地址。陳路周當時在幫學生上課，沒打算回覆這則無聊的訊息，但朱仰起的煩人勁他是了解的，怕手機震個不停，言簡意賅地回了一則。

陳路周：『別、煩、哥、在、上、課。』

朱仰起：『哦。』

但朱仰起是忍不住不惹他，又回了一則過去。

朱仰起：『還是注意一下，因為我發現蔡瑩瑩最近開始叫我彥祖。別被她們糊弄了，這已經不是愛一個人的表現，這是想愛兩個人的表現！徐梔幫你取那麼多外號，說不定她心裡有一個足球隊！』

陳路周：『滾啊，有足球隊叫 honeybaby 鹽汽水？』

很好，鹽汽水立刻就成為那陣子他們聚餐的常駐嘉賓。

徐梔：「⋯⋯⋯⋯」

那晚，徐梔晚上窩在他懷裡看書，正巧看到書上一句話，便舉著書念給他聽。

「陳路周。」

「嗯？」

「史鐵生先生說，且視他人之疑目如盞盞鬼火，大膽的去走你的夜路。」

他靠在床頭，一言不發地塞了一顆櫻桃到她嘴裡，不知道有沒有聽見。

「反正我就不改，」徐梔窩在他懷裡又強調了一遍，囫圇地嚼著櫻桃，又把籽吐回他手裡，「這是我對你未來美好的期待。」

他接過，看破也毫不留情地說破：「是對我退休薪水的美好期待吧？」

徐梔把書掀了：「⋯⋯⋯⋯看破不說破！你懂不懂！」

「真急了？」陳路周低頭，戳戳她的臉頰。

「你到底幹嘛這麼介意這個備註。」

「妳還記得白蔣嗎？」

「嗯？」徐梔一愣，想起那本《蓋棺定論》的序，還有陳路周那句，無論從哪個角度看，您都帥得發光。

白蔣退休時，仍舊是個講師，一生兢兢業業，深受學生喜愛，可始終被排擠、邊緣化在體制外。

徐梔突然明白，他想做什麼，也明白，他可能會做什麼。

她想，他會接過這根棒，可能會幼稚地想要嘗試跟這個世界抗爭一下。

只要朝陽未盡，你我總還有未來。

那些淋過風雪的日子，擰乾還是能過，至於該怎麼過——開心的過，傷心的過，滿懷憧憬的過，不抱期待的過。總歸都是過。

始終是我們選擇的這個世界，不是世界選擇的我們。

自由才是這個世界的第一要義。

哪怕去摘天堂的花，哪怕讓地獄的枯枝發芽，哪怕讓人間風雪交加。

陳路周。

回頭看我。

我會永遠在你身邊。
故事原來還沒結束。
我們一起走到未來的未來裡。

——《陷入我們的熱戀》全文完——

後記

其實我們中有人一生暗淡，藉著別人的光得以生存。

有人一生風光無兩，他也無妨別人沾他的光。

前者或許也在平凡的生活裡默默走過了無盡的漫漫長路，而後者的人，卻也許只活過某一瞬間。

我們都很渺小，也都很偉大。

因為我們有著鋼鐵一般的心，太陽晒一下就滾燙。

行止由我，快意恩仇自當由我。

我們也許屢戰屢敗，屢敗屢戰，永不服輸，哪怕永遠渺小，但也永遠熱愛腳下的土地。

人生還是很棒的！

大家加油！

二〇二一年十二月

耳東兔子

高寶書版集團
gobooks.com.tw

YH 198
陷入我們的熱戀（下）

作　　者　耳東兔子
封面繪圖　虫羊氏
封面設計　虫羊氏
責任編輯　楊宜臻
內頁排版　賴姵均
企　　劃　何嘉雯

發 行 人　朱凱蕾
出　　版　英屬維京群島商高寶國際有限公司台灣分公司
　　　　　Global Group Holdings, Ltd.
地　　址　台北市內湖區洲子街88號3樓
網　　址　gobooks.com.tw
電　　話　(02) 27992788
電　　郵　readers@gobooks.com.tw（讀者服務部）
傳　　真　出版部(02) 27990909　行銷部 (02) 27993088
郵政劃撥　19394552
戶　　名　英屬維京群島商高寶國際有限公司台灣分公司
發　　行　英屬維京群島商高寶國際有限公司台灣分公司
法律顧問　永然聯合法律事務所
初版日期　2025年04月

原著書名：《陷入我們的熱戀》由北京晉江原創網絡科技有限公司授權出版。

國家圖書館出版品預行編目(CIP)資料

陷入我們的熱戀 / 耳東兔子著. -- 初版. -- 臺北市
: 英屬維京群島商高寶國際有限公司臺灣分公司,
2025.04
　　冊；　公分. --

ISBN 978-626-402-242-2(上冊：平裝). --
ISBN 978-626-402-243-9(中冊：平裝). --
ISBN 978-626-402-244-6(下冊：平裝). --
ISBN 978-626-402-245-3(全套：平裝)

857.7　　　　114004502